# TERRA PARTIDA

# TERRA PARTIDA

## CLARE LESLIE HALL

TRADUÇÃO DE RENATO MARQUES

Copyright © Light Oaks Media Ltd 2025

Clare Leslie Hall tem o direito de ser identificada como autora desta obra.

Todos os direitos reservados. Nenhuma parte desta publicação pode ser reproduzida, armazenada ou transmitida, de qualquer forma ou por qualquer meio, sem a permissão prévia por escrito da editora, nem circular de outra maneira em qualquer forma de encadernação ou capa que não seja aquela em que foi publicada e sem que uma condição semelhante seja imposta ao comprador subsequente.

Todos os personagens desta publicação são fictícios e qualquer semelhança com pessoas reais, vivas ou mortas, é mera coincidência.

TÍTULO ORIGINAL
Broken Country

COPIDESQUE
Nathasha Chrysthie de Oliveira

REVISÃO
Carolina Vaz

ADAPTAÇÃO DE CAPA E DIAGRAMAÇÃO
Julio Moreira | Equatorium Design

DESIGN DE CAPA
Natalia Olbinski

IMAGENS DE CAPA
© Drunaa/Trevillion Images (casa e campo) | Jenn's Photography/Adobe Stock (árvore) | Ysuel /Adobe Stock (trilha) | Christina Rollo/Alamy Stock Photo (pássaros)

CIP-BRASIL. CATALOGAÇÃO NA PUBLICAÇÃO
SINDICATO NACIONAL DOS EDITORES DE LIVROS, RJ.

H184t
    Hall, Clare Leslie
        Terra partida / Clare Leslie Hall ; tradução Renato Marques. - 1. ed. - Rio de Janeiro : Intrínseca, 2025.
        320 p. ; 21 cm.

    Tradução de: Broken country
    ISBN 978-85-510-1299-4

    1. Ficção inglesa. I. Marques, Renato. II. Título.

25-96377
                      CDD: 823
                      CDU: 82-3(410.1)

Gabriela Faray Ferreira Lopes - Bibliotecária - CRB-7/6643

[2025]
Todos os direitos desta edição reservados à
EDITORA INTRÍNSECA LTDA.
Av. das Américas, 500, bloco 12, sala 303
22640-904 - Barra da Tijuca
Rio de Janeiro - RJ
Tel./Fax: (21) 3206-7400
www.intrinseca.com.br

Para Jake, Maya e Felix, minhas estrelas.

# Parte 1
*Gabriel*

O fazendeiro está morto. Ele está morto. E tudo o que querem saber agora é quem o matou. Foi um acidente ou assassinato? Parece assassinato, dizem, aquele tiro certeiro no coração só pode ter sido intencional.

Eles estão esperando que eu fale. Dois pares de olhos implacáveis me encaram. Mas não sei como falar o que ele quer que eu diga, as palavras que ensaiamos várias e várias vezes minutos antes de chegarmos à polícia.

Balanço a cabeça, preciso de mais tempo.

É verdade o que dizem: em momentos decisivos como esse, você vê a vida passar num piscar de olhos. Volta a ser aquela criança que tinha tudo pela frente, um mundo de beleza e noites estreladas.

Ele está esperando que eu o olhe e, quando finalmente o encaro, sorri para me mostrar que está bem, dando um breve meneio de cabeça.

*Diga, Beth. Diga agora.*

Eu olho de novo para o rosto dele, o rosto que sempre foi e sempre será lindo para mim, um último olhar de relance entre nós antes que tudo mude.

## 1968
## Hemston, distrito de North Dorset

— Gabriel Wolfe voltou para Meadowlands — diz Frank, o nome explodindo na minha cara durante o café da manhã. — Ele se divorciou. Agora ficam só ele e o filho zanzando de um lado para o outro naquela casa imensa.

— Ah...

Parece ser a única palavra que consigo pronunciar.

— Foi o que pensei. — Frank se levanta da mesa e se aproxima, pega meu rosto com ambas as mãos e me beija. — Não vamos deixar esse imbecil fazer nada com a gente. Não vamos chegar nem perto dele.

— Quem te contou?

— Todo mundo estava falando sobre isso no pub ontem à noite. Eles precisaram de dois caminhões enormes pra trazerem todas as coisas de Londres, aparentemente.

— Mas o Gabriel odiava este lugar. Por que ele voltaria para cá?

É muito estranho dizer o nome dele de novo. É a primeira vez que o falo em voz alta depois de tantos anos.

— Não há mais ninguém pra cuidar do lugar. O pai dele se foi há muito tempo, a mãe vive do outro lado do mundo, com sorte afundada até o pescoço em merda de cachorro.

Frank sempre consegue me fazer rir.

— O que tem aqui pra ele, afinal? — pergunta Frank, despreocupado, mas eu sei o que ele realmente quer dizer. *Além de você.* — Ele está fadado a vender tudo e se mudar pra Las Vegas ou Monte Carlo ou sei lá onde essas... — ele se esforça para encontrar a palavra e parece satisfeito quando consegue — ... *celebridades* gostam de ficar de bobeira.

Frank passa o dia inteiro — e boa parte da noite — na fazenda, cuidando dos nossos animais e do terreno. Ele trabalha mais do que qualquer pessoa que eu conheço, mas sempre tira um tempo para reparar na beleza de um pôr do sol de primavera ou numa cotovia levantando voo. A conexão que ele tem com a natureza está profundamente enraizada em seus ossos. Uma das muitas coisas que amo nele. Frank não tem tempo para ler ou ir ao teatro. Ele não saberia o que é um dry martíni nem se alguém lhe atirasse um na cara. Meu marido é a perfeita antítese de Gabriel Wolfe, ou pelo menos daquele que aparece nos jornais.

Eu o vejo se encostar na porta para calçar as botas. Em vinte minutos, sua pele estará impregnada com fedor de esterco de vaca.

Frank se sobressalta quando uma forte batida ecoa do outro lado da porta.

— Puta merda! — diz ele, abrindo-a tão rápido que seu irmão entra aos tropeços.

Nossas manhãs sempre começam desse jeito.

Jimmy, o rosto ainda vermelho da bebedeira da noite passada, olhos semicerrados, uma mecha de cabelo espetada para cima, diz:

— Tem aspirina, Beth? Tô com uma baita dor de cabeça.

Pego a caixa de remédios na cômoda, que é basicamente usada para as ressacas de Jimmy. Antigamente, era cheia de paracetamol infantil e curativos de emergência.

Há cinco anos de diferença entre eles, mas Frank e Jimmy são tão parecidos que, de longe, até eu tenho dificuldade para diferenciá-los. Os dois têm quase um metro e noventa de altura, cabelo escuro, quase preto, e olhos tão azuis que as pessoas costumam olhar duas vezes. Os olhos da mãe, me disseram, embora eu nunca tenha tido a chance de conhecê-la. Ambos estão usando calças surradas de veludo cotelê e camisas grossas, que logo serão cobertas pelos macacões azul-marinho, o uniforme diário deles. O pessoal na cidade às vezes os chamam de "os gêmeos", mas apenas de brincadeira; Frank cumpre muito bem o papel de irmão mais velho.

— O que aconteceu com "vou terminar só mais esta cerveja e encerrar a noite"? — diz Frank, sorrindo para Jimmy.

— Cerveja é a recompensa de Deus por um dia honesto de trabalho.

— Isso está na Bíblia?

— Se não está, deveria.

— Vamos cuidar dos carneiros ao meio-dia. Vejo você lá? — pergunta Frank em voz alta, saindo ao lado de Jimmy, ainda dando risada.

Os rapazes saem para ordenhar as vacas, e a cozinha fica vazia. Há uma porção de tarefas a fazer. Lavar a montanha de roupa suja (os macacões enxaguados dos dois irmãos estão à minha espera para serem esfregados no tanque). Lavar a louça do café da manhã. Varrer o chão que sempre precisa ser varrido, não importa quantas vezes eu passe a vassoura.

Em vez disso, faço um café fresco, visto uma velha jaqueta impermeável de Frank e me sento à mesinha de ferro forjado para fitar nossos campos até que meu olhar encontra seu alvo: três chaminés vermelhas de diferentes alturas espreitando acima da penugem verde dos carvalhos no horizonte.

Meadowlands.

## *Antes*
## 1955

Não sei se estou invadindo o terreno de alguém, estou perdida em um mundo de sonhos, fantasiando com cenários românticos em que tudo dá certo. Eu me imagino ao lado de uma fonte com uma orquestra a todo vapor, recebendo uma declaração de amor apaixonada. Ando lendo muitos livros de Austen e das irmãs Brontë, tenho tendência a embelezar as coisas.

Eu devia estar olhando para o céu, literalmente com a cabeça nas nuvens, então a colisão vem do nada.

— Mas que droga é essa?

O rapaz em quem eu esbarro não é nenhum herói. Ele é alto, esguio, arrogante, tipo um sr. Darcy adolescente.

— Você não olha por onde anda? — diz ele. — Esta é uma propriedade privada.

Acho toda essa coisa de "propriedade privada" um pouco absurda, principalmente quando acompanhada por um sotaque ríspido como o dele. A campina em que estamos, verde e curva, repleta de carvalhos cheios, é a Inglaterra em toda a sua glória. É Keats, é Wordsworth. Todos deveriam poder aproveitar este lugar.

— Você está sorrindo? — Ele parece tão zangado que eu quase caio na gargalhada.

— Estamos no meio do nada. Não tem mais ninguém aqui. Que importância isso tem?

O rapaz me encara por um instante antes de assimilar o que eu disse.

— Você tem razão. Meu Deus. O que tem de errado comigo? — Ele estende a mão em uma oferta de paz. — Gabriel Wolfe.

— Eu sei quem você é.

Ele olha para mim, esperando que eu diga meu nome, mas não sinto vontade de contar a ele. Já ouvi falar de Gabriel Wolfe, o rapaz bonito da casa grande, mas esta é a primeira vez que o vejo pessoalmente. Ele tem um belo rosto: olhos escuros emoldurados por cílios pelos quais minhas amigas seriam capazes de matar, cabelo castanho ondulado que cai sobre a testa, maçãs do rosto marcadas, nariz elegante. Uma beleza do tipo aristocrático, acho que dá para descrever assim. Mas ele está usando calça de tweed enfiada em meias de lã, jaqueta de tweed combinando jogada nos ombros, como se fosse uma capa, e um cinto. Roupas de velho. Definitivamente, não é meu tipo.

— O que você estava fazendo aqui?

— Procurando um lugar pra me sentar e ler — digo, e tiro meu livro do bolso do casaco, um volume fino de poemas de Emily Dickinson.

— Ah, poesia.

— Você parece um pouco decepcionado. P. G. Wodehouse é mais a sua cara?

Ele suspira.

— Eu sei o que você está pensando. Mas está errada.

Sorrio de novo, não consigo evitar.

— O que você é, um leitor de mentes?

— Você acha que sou um riquinho idiota. Assim como Bertie Wooster.

Inclino a cabeça e o examino dos pés à cabeça.

— Ele adoraria o seu estilo, você tem que admitir. Ele diria que você sabe se vestir.

Quando Gabriel ri, muda por completo.

— Esta é a velha calça de pescaria do meu pai. Eu roubei de uma caixa de coisas que iam para o bazar. Não teria vestido se soubesse que você ficaria tão ofendida.

— É isso que você estava fazendo, pescando?

— Sim, logo ali. Eu te mostro, se você quiser.

— Pensei que era uma área proibida pra gente como eu...

— Então, é por isso que você tem que vir. Eu fui rude e queria corrigir o meu erro.

Fico plantada diante dele, indecisa. Não quero me meter numa situação difícil de sair. Tudo o que eu queria era um lugar bonito para me sentar e ler.

Gabriel sorri novamente, aquele sorriso que transforma o rosto. Bonito até com suas roupas de velho.

— Eu tenho biscoitos. Por favor, venha.

— Que tipo de biscoito?

Gabriel hesita.

— Com recheio de creme.

Fonte, orquestra. Lago, biscoitos. Não é tão diferente assim.

— Bem, neste caso... — digo, e é assim que começa.

## 1968

De todas as estações, o início da primavera — quando o ar está frio, os pássaros começam a voar e os campos estão cheios de carneiros — sempre foi minha favorita. Bobby era louco por nossos carneiros. Todo ano ele alimentava os filhotes com uma mamadeira, esse era seu trabalho, não deixava ninguém mais tocar nela, uma vez até faltou a escola para fazer isso. Ele era um menino alegre e cheio de vida. Durante o inverno, usava short e saía sem casaco, mesmo quando a diretora da escola o mandava voltar para casa para pegar um. Um menino de ouro. Quando era pequeno, cantava tanto que o chamávamos de Elvis. Era alto e magro, com cabelo castanho espetado, como o do tio.

Consigo ouvir o rádio de Jimmy antes mesmo de chegar ao celeiro. Está tocando uma música dos Beatles, "Hello, Goodbye", no volume máximo. Não é uma música muito tranquila, mas está claramente funcionando para a ressaca de Jimmy. Eu o observo enquanto entro pelo portão na parte mais alta do campo; uma de suas mãos está apoiada no traseiro de uma ovelha, os quadris balançando de um lado para o outro, o pé esquerdo balançando.

— Cadê o Frank? — pergunto, e Jimmy aponta para a parte mais afastada do campo.

Juntos, assistimos a meu marido saltar a cerca. Ele apoia um braço forte na tábua de cima e balança o corpo em um ângulo reto antes de passar por cima, tal qual um atleta olímpico. Frank faz isso quase todos os dias, mas ainda me dá uma pequena onda de prazer quando o vejo agir de forma tão inocente, mesmo sendo um homem cuja vida é tomada por trabalho pesado.

Ele caminha pelo campo em nossa direção, balançando com vigor os braços, e mesmo de longe sei que ele provavelmente está assobiando. Esse é o meu marido, no lugar onde ele mais ama estar.

A maioria das nossas ovelhas já pariu, temos quarenta e seis cordeiros no pasto e um punhado ainda no redil. Apenas um que ainda precisamos alimentar com mamadeira, além de um natimorto. Frank e Jimmy inspecionam as ovelhas prenhes, colocam a palma das mãos na barriga de cada uma para verificar se há alguma ruptura na vulva, e examinam seus traseiros em busca de sinais de que o parto se aproxima. É mais instintivo do que qualquer coisa; eles seriam capazes de fazer isso dormindo. Jimmy é o coração mole, ele conversa com as ovelhas enquanto trabalha e dá a elas um biscoito quando termina. Frank está sempre com pressa, com a cabeça sempre cheia e uma interminável lista de tarefas.

— Acha que a gente já pode encerrar a reunião das mães e seguir em frente? — pergunta Frank, e Jimmy revira os olhos.

— O cara é mandão, né? — diz o irmão mais novo às ovelhas.

As ovelhas ficam num campo extenso e inclinado, mas não se espalham muito, estão sempre agrupadas aqui em cima, ao lado do celeiro. Daqui a uma semana mais ou menos os cordeiros ficarão mais independentes, e é nessa época que começam a saltar, arqueando as pernas finas. A etapa que Bobby mais amava. Ele era um menino da fazenda, entendia como isso funcionava, mas todo ano ficava arrasado quando chegava a hora de despachar seus bebezinhos para o mercado.

Não sei qual de nós ouve o latido primeiro. Nós três viramos e damos de cara com um cão da raça lurcher de pelo dourado correndo em disparada na nossa direção.

Um cão perdido avançando nos nossos carneiros.

— Saia daqui! — Frank tenta bloquear o animal.

Ele é alto e forte, mas o cachorro simplesmente o contorna feito uma flecha e vai direto para o meio do rebanho.

As ovelhas estão gemendo, os minúsculos filhotes balindo de medo; têm apenas alguns dias de vida, mas sentem o perigo. De repente, há uma súbita mudança no cão. Olhos pretos, rosnando com os dentes à mostra, o corpo rígido de adrenalina.

— Pega a arma, Jimmy! Agora! — grita Frank, e Jimmy se vira e corre para o galpão.

Frank é veloz e, gritando, se lança em direção ao cachorro, mas o cão é mais rápido. Ele abocanha um cordeiro, pegando-o pelo pescoço e rasgando sua garganta. O vermelho assustador do sangue se empoça na grama. Um cordeiro, dois cordeiros, depois três, as tripas sendo jogadas como oferendas em um ritual. As ovelhas se espalham por toda parte agora, tropeçando, cegas de terror, seus recém-nascidos expostos ao perigo.

Corro em direção ao cachorro, gritando, tentando afastar os cordeiros, mas ouço Jimmy berrar:

— Saia do caminho, Beth! Saia da frente!

E então Frank me envolve em seus braços e me aperta com tanta força que sinto o coração dele martelando no peito. Ouço um tiro e depois outro, e o breve e indignado uivo de dor do cachorro. Acabou.

— Puta merda! — diz Frank, se afastando, verificando meu rosto, pressionando uma palma contra minha bochecha.

Caminhamos até o cachorro, nós três murmurando para chamar as ovelhas de volta.

— Venham, meninas...

Mas elas estão tremendo e balindo, mantendo distância dos três jovens cadáveres.

Do nada, como uma miragem, um menino vem correndo pelo campo. Pequeno e magro, de short. Talvez uns dez anos de idade.

— Meu cachorro! — grita ele.

Sua voz é tão doce e aguda.

— Porra! — diz Jimmy, assim que a criança vê o monte de pelo ensanguentado.

— Você matou meu cachorro! — grita o garoto.

O pai dele está aqui agora, ofegante e corado, mas ainda muito parecido com o menino que conheci.

— Ah, Jesus Cristo, você atirou nele.

— Eu tive que atirar. — Frank gesticula na direção dos cordeiros massacrados.

Não acho que Gabriel tenha ideia de quem seja Frank, ou pelo menos com quem ele é casado, mas então ele se vira e me vê, e por um momento vejo um vislumbre de pânico em seu rosto.

— Beth — diz ele.

Mas eu o ignoro. Ninguém está prestando atenção na criança. O menino está de pé ao lado do cachorro, as mãos cobrindo os olhos como se quisesse esconder o horror.

— Aqui.

Em segundos, eu me ponho ao lado do menino, minhas mãos em seus ombros. E então, me ajoelho na frente dele e o envolvo em um abraço. Ele começa a chorar.

— Pode chorar — digo. — Chorar vai ajudar.

Ele desmorona em cima de mim, agora aos prantos, um garoto de short em meus braços.

E é assim que começa de novo.

# *O julgamento*
## Tribunal Old Bailey, Londres, 1969

Nada no mundo poderia me preparar para a agonia de assistir ao homem que eu amo sentado no banco dos réus, cercado por dois agentes penitenciários, enquanto aguarda seu veredicto.

Um homem acusado de um crime impensável.

Em momento algum ele olha na direção da galeria, à procura do meu rosto. Tampouco encara o júri. Ele não observa os jurados, como eu faço, examinando um por um, o pânico martelando meu corpo dos pés à cabeça enquanto me pergunto: *Será que essa mulher de cabelo grisalho e aparência cansada vai acreditar na inocência dele? Será que esse homem de meia-idade, vestindo roupas formais — terno risca de giz, camisa azul com colarinho e punhos brancos —, será o único a votar contra ele? Será que o rapaz com cabelo na altura dos ombros, que parece mais bonzinho do que os outros, vai nos ajudar?* A maioria mantém uma expressão de indiferença, os sete homens e cinco mulheres que têm o destino dele nas mãos. Minha irmã diz que é bom que haja muitas mulheres. Segundo ela, as mulheres são mais piedosas. Sinto que estamos desesperados, nos agarrando a todo custo a qualquer coisa, mas parte de mim tem esperança de que as juradas entendam que a paixão desvairada nos fez arriscar tudo.

Depois de meses de falatório, o julgamento começou. Tudo no tribunal parece enfatizar a gravidade da situação: o teto alto e as paredes com painéis de madeira; o juiz, resplandecente de toga vermelha em sua cadeira de espaldar alto, feito um rei sentado no trono para inspecionar sua corte; abaixo dele, os advogados com perucas brancas e vestes pretas, lendo papéis enquanto aguardam o início dos procedimentos; e o meirinho, que, calmo e pomposo, posta-se diante do banco dos réus e faz sua arrepiante proclamação: "O senhor é acusado do assassinato..."

A bancada da imprensa está abarrotada de jornalistas envergando paletós de tweed e gravata, nenhuma mulher entre eles. E depois há a galeria, onde estou sentada com Eleanor e todos os curiosos. Não muito tempo atrás, eu compartilhava a sede deles por drama. Acompanhei com entusiasmo o escândalo envolvendo Profumo e o subsequente julgamento de Stephen Ward. Ainda me lembro, como se fosse ontem, das fotos de Christine Keeler e Mandy Rice-Davies saindo do tribunal, de como estavam elegantes, e de como a imprensa ainda conseguiu difamá-las e depreciá-las.

É muito diferente quando o prisioneiro no banco dos réus é a pessoa que você ama. *Olhe para mim. Por favor, meu amor.* Tento me comunicar com ele por telepatia, do jeito que costumávamos fazer, mas ele encara fixamente à frente, os olhos estranhos e vazios. O único indício da angústia que sei que ele está sentindo — um sentimento que o acompanha desde que isso tudo começou — é a mandíbula cerrada com raiva. Para quem não o conhece, talvez ele pareça hostil, mas eu sei que não é. Essa é a única maneira de ele se impedir de chorar.

## *Antes*

Se eu fosse pintar um quadro de um lago inglês clássico, seria idêntico ao de Meadowlands.

A superfície é coberta por lírios-d'água, as flores brancas e cor-de-rosa com vistosos gólfão-pequenos. Na extremidade oposta, um par de salgueiros se estende sobre a água e três cisnes brancos deslizam em nossa direção numa linha reta, como se os espaços entre eles tivessem sido medidos com a precisão de uma régua.

Gabriel havia levado uma toalha de piquenique, uma cesta e uma cadeira de lona dobrável, na qual apoiara um par de varas de pesca.

— Por favor, fique à vontade. — Ele gesticula apontando para a cadeira.

Mas eu escolho me sentar ao lado dele na toalha. Da cesta, ele tira uma garrafa térmica com chá e um pacote de biscoitos de passas. Eu levanto as sobrancelhas e ele abre um sorriso.

— Achei que você não viria se eu dissesse que eram "biscoitos de mosca esmagada".

Eu o observo despejar chá em uma caneca de lata branca com borda azul-marinho. Gabriel tem mãos lindas, com dedos longos e elegantes. Ele adiciona leite e açúcar sem perguntar e me entrega a caneca.

Do outro lado do lago, rente aos salgueiros, há uma tenda cáqui de aparência antiga, do tipo que se vê em filmes de safári. Posso imaginar Grace Kelly sentada do lado de fora, tomando um gim-tônica, com uma camisa elegante por dentro da calça.

— Para que serve a tenda?

— Eu acampo aqui no verão. Acordo e nado todas as manhãs. Frito bacon e ovos em um fogareiro pequeno.

Parece estranho para mim, um rapaz que mora em uma casa do tamanho de Meadowlands preferir viver em uma tenda.

Como todo mundo na cidade, fui a Meadowlands para a festa anual de verão. Comi fatias de bolo Victoria na barraca de chá, participei da corrida de três pernas com a minha irmã, fiquei em penúltimo lugar na corrida do ovo na colher. Vi a mãe de Gabriel, Tessa, vestida como uma modelo de alta costura: terninho preto bem cortado, que combinava mais com Paris do que Hemston, um chapéu de aba larga também preto, óculos de sol enormes. Os lábios escarlates eram o único toque de cor. Comparada a todas as outras mães, com seus vestidos estampados simples e sandálias, ela sempre pareceu excêntrica e intocável. Consigo visualizar o pai de Gabriel, Edward, de terno, óculos, muito mais velho do que a esposa, numa das barracas de jogos, arremessando bolas de madeira para derrubar os cocos equilibrados nas estacas.

Mas não consigo me lembrar de Gabriel.

— Por que nunca vi você na festa de verão?

— Eu estudava num colégio interno. Mas fiz minha última prova há duas semanas. Agora vou passar três meses em casa antes de ir para a faculdade, não sei como vou suportar.

Eu gesticulo, apontando para a paisagem. A água cintilante e as copas das árvores, cujas folhas e ramos se refletem em uma imagem espelhada de ouro emplumado. O pontilhado irregular de branco e cor-de-rosa.

— Não deve ser tão difícil, né?

Ele me olha de soslaio e em seguida dá de ombros.

— Não é uma história triste, se é isso que está pensando. Eu sei a sorte que tenho. Mas passei a maior parte da vida num colégio interno. Eu não conheço ninguém da minha idade aqui. Acho que o que quero dizer é que não gosto muito de estar em casa.

— E quanto aos seus pais? Você não se dá bem com eles?

Ele faz um gesto com a mão para indicar que mais ou menos.

— Meu pai é quieto, estudioso, passa a maior parte do tempo trancado no escritório, lendo; não sei como ele acabou se casando com a minha mãe. Deve ter sido um momento de loucura, eu acho. Eles não poderiam ser mais diferentes. Ele não me pergunta nada, ela nunca me deixa em paz. Minha mãe quer saber cada detalhe da minha vida, quem são meus amigos, para quais festas fui convidado, se tenho namorada. Principalmente isso. Minha vida amorosa é o assunto favorito dela, é bizarro. E ela pode ser difícil. Principalmente quando bebe, o que ela faz na maior parte do tempo.

Conheci Gabriel há quinze minutos, talvez menos, mas já consigo entender o que ele quer dizer nas entrelinhas. Posso imaginá-lo com dez ou doze anos de idade, sentado ao lado de uma árvore de Natal grande e toda decorada, rodeado de presentes, mas desejando outra coisa: atenção, caos e brincadeiras.

Quando começo a falar sobre minha própria família, percebo a melancolia no rosto de Gabriel. Conto a ele sobre minha irmã, que trabalha como secretária em um escritório de advocacia em Londres. Ela passa os dias redigindo minutas para homens de temperamento explosivo, mas, depois do expediente, sai para explorar Londres em toda a sua glória do pós-guerra. Ela me escreve para contar sobre clubes de jazz no Soho, saídas para bares e antros, sobre como ficava vagando ao amanhecer pelo mercado de flores em Covent Garden, acordando horas depois em um quarto repleto de rosas vermelhas.

Para uma garota do interior, a vida da minha irmã parece ter muito mais cor e beleza; mal posso esperar para me juntar a ela.

Conto a Gabriel que eu e minha irmã passamos a maior parte da adolescência debruçadas na janela do quarto de Eleanor, dividindo cigarros roubados do maço de Benson & Hedges do nosso pai, contando sonhos uma para a outra.

— Meninas adolescentes sonham com o que? James Dean? Marlon Brando?

— Somos um pouco mais intelectuais do que isso — rebato, imediatamente na defensiva.

Mas Gabriel está certo, falamos principalmente de garotos e amor.

— E... — ele olha para cima, como se estivesse examinando as nuvens — você sonha com algum mortal comum? Quer dizer, alguém específico por quem você se interessa...

Na verdade, tem um garoto, sim, embora eu não vá dizer isso a Gabriel. Não tem muito o que contar, de qualquer forma. É um garoto que pega o mesmo ônibus que eu para a escola e sempre sorri para mim. Ele é alto, forte e bonito, e grande demais para seu uniforme, parece que a roupa vai rasgar a qualquer momento. Sua pele está sempre queimada de sol dos fins de semana trabalhando na fazenda da família. Ele já disse para alguns amigos dele — que contaram para os meus amigos — que gostaria de sair comigo um dia. Respondi, também de forma indireta, que, se ele me pedisse, eu provavelmente aceitaria.

Mas é mais simples fugir da pergunta de Gabriel.

— Na maior parte do tempo nós ficávamos imaginando futuros uma para a outra. Os sonhos que eu criava pra ela eram sempre mais detalhados do que os que ela criava para mim. Eleanor fica entediada fácil. Já eu me perco nos detalhes, passo horas falando, inventando histórias que começam com alguma dificuldade, mas terminam com um final feliz.

— Você é uma contadora de histórias, então. Vai ser escritora, aposto.

— Eu escrevo poesia.

Eu nunca mostro a ninguém os poemas que escrevo, provavelmente porque devem ser ruins. Mas não consigo parar de escrevê-los. Encho cadernos com linhas de versos, meias frases e palavras que rimam, quando deveria estar fazendo uma redação sobre a Revolução Russa.

Ele tamborila o livro de Emily Dickinson na toalha entre nós e diz:

— Uma poeta. Bem que eu desconfiei que você poderia ser uma.

— Uma poeta ruim. Péssima, talvez.

— Não diga isso. Você tem que imaginar que já é a coisa que quer se tornar. É o que meu pai diz. Você escreve; logo, é uma escritora.

Há um momento de silêncio, e então ele continua:

— Eu também escrevo.

E eu percebo como ele fica envergonhado ao me contar isso.

Ambos sorrimos, talvez pensando a mesma coisa. Dois aspirantes a escritores, dois sonhadores, dois adolescentes solitários esperando que a vida comece. Quem imaginaria que teríamos tanto em comum?

— Que tipo de coisa?

— Um romance que comecei mil vezes, mas sempre empaco no mesmo ponto, lá pela página setenta.

— É sobre o que?

— Tenho vergonha de dizer.

— Por acaso o protagonista é um rapaz que mora numa mansão e usa roupas questionáveis?

Gabriel parece desanimado, e de repente me sinto muito constrangida. Por que estou me comportando assim? Eu não o conheço bem o suficiente, não deveria provocá-lo dessa forma.

— Desculpe. Estou brincando com você, mas não deveria. Eu sei melhor do que ninguém o quanto tudo isso é doloroso.

— Você está certa, é meio autobiográfico. A personagem principal é uma alcoólatra. Uma mulher bonita, infelizmente casada com um homem muito mais velho. A única coisa que eu quero na vida é escrever romances. Eu queria ser Graham Greene. Mas aí eu li *Lucky Jim*, de Kingsley Amis, e tudo mudou pra mim. É um livro tão engraçado, mas ousado também. Esse é o tipo de escritor que eu gostaria de ser. Quero correr riscos.

Surpreender as pessoas. Ter um best-seller antes dos trinta anos, se eu tiver sorte. Pronto. Eu te contei meu maior segredo. Você pode rir de mim agora.

— Eu não quero rir de você — eu me apresso em dizer. — Eu quero retirar todas as coisas maldosas que falei. Podemos começar de novo?

Dessa vez sou eu quem estende a mão para ele apertar.

— Você é uma garota estranha, Beth Kennedy — diz ele, pegando minha mão.

— Estranha no bom ou mau sentido?

— No bom sentido, sem dúvida. Meu tipo de estranha. Eu tenho um sexto sentido pra essas coisas.

A luz está começando a desaparecer do céu quando me levanto para ir embora. Estamos conversando há horas.

— Vou te acompanhar até a estrada — anuncia Gabriel.

— Vai me escoltar pra fora de suas terras?

— É mais pra curtir os últimos minutos com você.

Ao ouvir isso, sinto uma onda de prazer, mas não demonstro.

— Quando você vai voltar?

Gosto disso; é uma promessa de que nos veremos de novo.

— No fim de semana?

— Venha na sexta à noite. O lago é mágico à noite.

Há um arrepio de constrangimento quando nos despedimos, como se devêssemos trocar um aperto de mãos ou nos beijar ou algo assim, mas não fazemos nada disso.

— Tchau, então — digo.

— O tweed vai direto pra lata de lixo! — grita ele atrás de mim.

— Que ótima notícia! — respondo, também aos gritos.

Na curva da estrada, eu me viro para acenar, e posso sentir os olhos dele me seguindo até eu desaparecer de vista.

## 1968

Já imaginei muitas vezes ao longo dos anos como seria um reencontro com Gabriel Wolfe, mas nunca pensei que um dia seu filho e seu cachorro morto estariam no banco traseiro do meu carro. Estou levando os dois de volta para casa, o cachorro enrolado em um casaco velho de Frank. O choro de Leo me dilacera.

De vez em quando, Gabriel tenta nos acalmar e justificar o comportamento do cachorro.

— Foi instinto — diz ele ao filho. — Não tínhamos como saber que ele faria isso. Os lurchers são uma raça criada pra caçar e matar. O fazendeiro fez a única coisa que podia. Ele teve que detê-lo.

— Ele matou o Rocket — choraminga Leo.

— Ah, querido — diz Gabriel com um leve sotaque que me faz pensar em sua esposa norte-americana. — Ele teve que proteger os cordeiros dele.

Gabriel diz isso sem muita convicção, e eu entendo. Como ele poderia saber qual é o verdadeiro custo de perder carneiros para um fazendeiro? Não é uma questão financeira, embora minha família dependa da venda de cada cordeiro para sobreviver aos meses de inverno. A questão é a tristeza de ver seus animais mortos. O absoluto terror do rebanho enquanto assiste ao massacre dos seus. Cinco meses cuidando da ovelha prenhe, a alegria pelo nascimento do cordeiro, não importa quantas vezes você veja um nascer, apenas para perder a cria numa morte selvagem e sangrenta.

Mesmo assim, a dor do menino é difícil de suportar.

— Eu sinto muito — me desculpo.

— Beth?

Eu olho de relance para Gabriel. A idade não roubou nenhum traço de sua beleza.

— Você não tem culpa.

É surreal vê-lo assim, como uma pessoa normal, um pai lidando com um filho enlutado, em vez do alter ego que me acostumei a ver em jornais e revistas. Gabriel Wolfe, o *enfant terrible* do mundo literário. Gabriel se tornou aquilo que ele mais desejava: um escritor respeitado. Seu primeiro romance, publicado quando ele tinha apenas vinte e quatro anos, foi um best-seller; em seis anos, seu sonho se tornou realidade. Sua escrita arrojada e indiscutível beleza garantiram a atenção da imprensa. Se no mercado editorial escritores fossem equivalentes a astros do rock, então Gabriel era Mick Jagger e sua linda esposa loira era Marianne Faithfull. Nossas vidas agora eram muito diferentes em todos os aspectos. Eu era a esposa de um fazendeiro, meus dias repletos de manhãs extremamente frias e da magia de cordeiros chegando ao mundo ao nascer do sol.

Eu não mudaria nem um segundo disso.

Entramos pelos portões de Meadowlands. A mansão da família de Gabriel ainda é uma das casas mais bonitas que eu já vi. Parece um castelo de pedra amarelada; degraus que vão até uma descomunal porta de carvalho; janelas em arco, cujas guarnições são pintadas de azul-claro. Eu sempre amei as janelas azuis. Fico feliz por ver que eles não as mudaram.

Gabriel sai do carro e carrega seu cachorro enrolado em direção à casa; seu filho o segue.

— Vou deixar vocês em paz, então — digo em voz alta.

Gabriel se vira, e vejo uma expressão de perplexidade estampada no rosto.

— Eu não sei o que fazer com o cachorro.

— É melhor você enterrá-lo.

Estou pensando no Bobby, meu menino sensível, em como enterramos cada pássaro, cada coelho, cem pequenos funerais.

— Onde?

— Falta de espaço não é exatamente um problema, certo? — digo, e ele me dá aquele mesmo olhar de esguelha de antigamente.

De repente, voltamos a ser aquelas crianças do passado: ele, o filho do proprietário de terras; eu, a garota do interior com humor ácido.

Mas não somos mais jovens. Ele é pai, e eu fui mãe, nossas identidades fundidas na mesma medida em que antes eram separadas. Não se pode voltar atrás depois de ter um filho, mesmo que esse filho não exista mais.

Leo diz:

— Eu sei onde. Quer vir com a gente, Beth?

Ele pergunta com muita educação — levando em conta que acabamos de assassinar seu cachorro — e me encara com seus grandes olhos castanhos. Os olhos de Bobby também eram castanhos; eu dizia que eram da cor de lama recém-revolvida. Ele sempre ria disso.

— Vamos, então. Vamos encontrar um lugar legal.

Atravessamos o perfeito gramado verde e passamos por uma casa na árvore que não estava aqui na minha época — Gabriel deve tê-la instalado para Leo. Penso no quanto meu filho a teria adorado. Bobby ficava feliz da vida deslizando por uma pilha de fardos de feno ou andando de trator com o pai. Não era um menino mimado, que ficava pedindo por brinquedos, ele entendia, assim como Frank, a glória da nossa fazenda.

— Pra onde estamos indo? — pergunto.

— Pro lago — responde Leo.

Gabriel olha para mim e sorri, mas é um sorriso pesaroso, como se a dor das lembranças fosse a mesma para ele. Não posso me permitir pensar nisso. Quando meu relacionamento com Gabriel terminou, séculos atrás, por algum tempo fiquei arrasada, depois fiz o que toda mulher que se preze faria: fechei a porta para nossa história, para ele. Eu me forcei a pensar em Gabriel como alguém que fez parte da minha adolescência, uma primeira paixonite, tão relevante quanto minha breve obsessão pelo cantor Johnnie Ray. Rever Gabriel, assim, no lugar onde antes significávamos tanto um para o outro, poderia me abalar completamente se eu deixasse.

Pai e filho escolhem um lugar sob um dos salgueiros.

— Se você tiver algumas pás, eu ajudo vocês a cavar — digo.

Quando Gabriel vai buscar as pás, Leo e eu ficamos juntos, contemplando o lago.

Leo parou de chorar, mas encara a água com um olhar melancólico. Queria saber se ele se sente constrangido por ficar sozinho comigo, uma desconhecida.

— Você acha que vai gostar de morar aqui?

— Duvido. Sinto falta dos meus amigos. E eu não gosto das crianças da minha turma. Elas são más.

— Quem é sua professora? A sra. Adams? Ela é legal, não é?

— Acho que é — diz ele, com o sotaque norte-americano. Seu sotaque vai e vem, certas palavras ele pronuncia como os norte-americanos, mas na maior parte do tempo ele soa mais como um britânico. — Como você a conhece?

— Meu filho estudava na mesma escola que você.

Eu tive dois anos para treinar, mas nunca fica mais fácil esperar pela pergunta seguinte.

— Quantos anos ele tem?

— Ele morreu faz dois anos. Ele tinha nove anos.

— Quase a minha idade.

Leo leva minhas palavras a sério, do jeito que só uma criança consegue. Mas então, em um gesto tão gentil e inesperado que tira meu fôlego, ele pega minha mão e pergunta:

— Você sente saudade dele, não é?

— Sinto, sim — respondo, e Leo deve ouvir o pesar na minha voz, pois rapidamente aperta minha mão.

Quando Gabriel volta com três pás, uma para cada um de nós, Leo e eu ainda estamos parados no mesmo lugar. Não conversamos, mas há uma sensação de paz entre nós. Talvez seja a proximidade com esse menino, que não é o meu menino, mas há uma energia e doçura que trazem Bobby de volta para mim.

Cavar é trabalhoso e desgastante. O solo é duro demais, o que nos impede de fazer grande progresso; Leo logo desiste, se senta perto da gente e fica observando.

Gabriel e eu cavamos em silêncio por um tempo. Em certo momento, eu digo:

— Eu soube que sua mãe está morando na Austrália agora.

Ele olha para mim.

— Apenas dezesseis mil quilômetros nos separam. Deus existe, afinal.

— Claro que Deus existe, papai — intervém Leo. — Por que você acharia que não existe?

— É só jeito de falar. Estou brincando.

— O papai não gosta muito da minha avó — diz Leo em tom confiante.

— Não faço ideia do porquê.

Eu tinha me esquecido da risada de Gabriel, como ele se entrega à gargalhada até que ela se torna contagiante, e não consigo deixar de rir também, mesmo sem querer; ou melhor, apesar do que eu sinto pela mãe dele.

— A Beth tinha um filho, papai — diz Leo. — Mas ele morreu. Ela ainda está muito triste.

A risada morre em nós dois, instantaneamente.

— Ah, eu sei — diz Gabriel, olhando para todos os lugares, menos para mim. — Eu queria escrever, mas fiquei na dúvida. Eu não sabia se você...

— Está tudo bem — digo. — Sério.

Frequentemente, preciso lidar com o constrangimento de outras pessoas quanto ao meu luto, minha perda. Mas falar com Gabriel sobre Bobby, uma criança que ele nunca conheceu, me machuca de uma forma muito específica.

— Não está tudo bem. Eu deveria ter escrito, pensei muito em você, mas...

— Gabriel?
— Sim?
— Pare. Por favor.
— Tudo bem. Mas posso dizer uma coisa?
— Pode, contanto que não seja um pedido de desculpas. Eu odeio isso.

Falo num tom mais duro do que eu pretendia, mas os pedidos de desculpas intermináveis derrubam a gente. Os olhares suaves e tristes, o tom reverente. Essas coisas me dão vontade de berrar.

— Existe alguma possibilidade de você e eu sermos amigos? — pergunta ele, e estende a mão, em um gesto que me faz lembrar do nosso começo.

Ao olhar para a expressão ansiosa no rosto de Gabriel, penso no quanto eu gosto dele. Sempre gostei. Apesar de tudo.

Por cima da cova, estendo a mão para ele e declaro:

— Amigos.

## *Antes*

Gabriel está esperando no final da entrada para carros de sua casa, mas olha para o lado errado, como se tivesse se esquecido de onde estou vindo. Isso me dá um segundo para observá-lo. Hoje ele está vestindo roupas escuras — um suéter azul-marinho e calça cinza —, e de longe a silhueta dele é longa e esguia. Não consigo ver seu rosto, mas absorvo todo o resto: sua altura, seu corpo magro, o jeito como ele passa uma das mãos no cabelo várias vezes, a outra mão enfiada no bolso da calça.

— Já estou sentindo falta do tweed! — grito, e ele se vira.

Sorrimos um para o outro. Sorrisos escancarados, largos e bobos. Isso significa que ele sente a mesma coisa? A semana foi quase insuportável, só conseguia pensar em Gabriel e nada mais, ficava repetindo em minha cabeça todas as conversas de que eu conseguia me lembrar, pensando com meus botões se eu havia imaginado aquele sentimento de conexão.

— Você fica bem diferente com suas próprias roupas — disse, e com isso quero dizer que ele está lindo. Lindo de um jeito quase chocante.

Estamos a alguns centímetros de distância, e sinto uma irrefreável vontade de beijá-lo. Só por um segundo. Para ver como seria, ver o que ele faria. Em vez disso, eu me viro. Tenho a sensação de que Gabriel consegue ler meus pensamentos.

— Eu não tinha certeza se você viria — diz ele.

— Não havia perigo disso.

Sou recompensada com seu sorriso lento enquanto ele assimila o que eu disse.

Gabriel fez um caminho até o lago com uma dúzia de velas acesas em potes de geleia. Em frente à água, há uma mesinha quadrada coberta com uma toalha de linho branco e posta com taças de vinho, facas e garfos de prata, e um jarro de rosas de um tom rosa-claro no centro. Há duas cadeiras de madeira dobráveis com almofadas e cobertores pendurados no espaldar, para caso fique frio, o que é improvável porque, a poucos metros de distância, uma espécie de fogueira foi acesa em um panelão de ferro fundido. A lua brilha no céu, tornando tudo ao nosso redor branco-prateado: os salgueiros, a superfície do lago, e até mesmo a grama bruxuleia como se fosse feita de cristal. É a coisa mais romântica que eu já vi na vida: um cenário feito para dois.

— É maravilhoso. Você teve uma baita trabalheira.

— Eu disse pra você: tenho muito tempo livre. Infelizmente, minha mãe me pegou arrumando as coisas, então agora ela está toda ansiosa querendo saber pra quem eu fiz tudo isso. Não se preocupe, eu a fiz prometer que não viria aqui.

— Eu não me importaria de conhecer sua mãe — digo, e Gabriel ri.

— Eu vou te lembrar disso quando você de fato a conhecer.

Ele serve duas taças de vinho. Há salada de frango e batata cozida, tomates e alface da estufa, e um pequeno pote de geleia com vinagrete já pronto. E lá está Gabriel, desamarrando o cachecol com estampa Paisley enrolado no pescoço antes de sorrir para mim e levantar sua taça.

— Aos invasores — diz ele, e nós fazemos tim-tim.

É estranho contar apenas retalhos de histórias a alguém. Um atalho para nos conhecer, como se isso fosse possível.

Eu digo a Gabriel que minha família é irlandesa, ou pelo menos meu pai é, embora tenha nascido em Londres e sua família tenha se mudado para Shaftesbury quando ele tinha oito anos. Ele nunca viveu na Irlanda e não tem nenhum indício de sotaque, mas é fascinado pelo país do mesmo jeito.

— Uma vez ele me disse que se sentia totalmente errado na Inglaterra. Como se tivesse sido deslocado de seu hábitat natural. Eu lhe perguntei como isso era possível se ele nunca havia pisado na Irlanda. Ele disse que era apenas um sentimento. Que devia ser sua herança genética e que estava entranhada em seus ossos, gostasse ele ou não. Tudo o que ele sabia era que na Irlanda as peças de repente se encaixariam.

Minha mãe é uma garota de Dorset, nascida e criada na região, assim como eu. Ela conheceu meu pai aos dezesseis anos e está com ele desde então. Os dois cursaram a mesma faculdade e se tornaram professores, se casaram logo após a formatura e, antes mesmo de completar vinte e cinco anos, tiveram duas filhas. Eles se adoram com uma devoção simples e inabalável, e às vezes acho que isso elevou muito minhas expectativas e as de Eleanor. Como é possível estar à altura disso?

Conversamos um pouco sobre religião. No meu caso, catolicismo, outra herança do meu pai — por isso estudo em um colégio de freiras desde os cinco anos.

— E como elas são, as freiras?

— Algumas são legais. Algumas podem ser bem desagradáveis, ainda mais a diretora. Ela tem suas favoritas e, infelizmente, eu não estou entre elas. Graças a Deus só falta um ano para eu me livrar delas.

Gabriel está de malas prontas para ir para Oxford, onde estudará no Balliol College, faculdade na qual o pai e o avô estudaram. Ele acha que ficará no mesmo dormitório que seu pai ocupou, com vista para o pátio quadrangular.

— Eles teriam aceitado você mesmo se você fosse burro?

— Provavelmente. O reitor estudou com o meu pai, eles ainda são bons amigos.

Gabriel começa a rir, talvez esperando que eu também faça isso.

Fito meu prato, forçando-me a não dizer nada, enquanto por dentro sinto minha indignação ferver. Tudo é muito fácil para alguém como Gabriel, que já tem seu futuro traçado de antemão desde o nascimento.

— Eu sei que você acha isso injusto. Mas você também poderia ir pra Oxford se quisesse, Beth. Hoje em dia existem algumas faculdades que aceitam mulheres. Você poderia se matricular no St. Anne's College. Ela só se tornou uma faculdade autônoma recentemente e é bem radical, para os padrões de Oxford.

Ninguém da minha escola ia para Oxford ou Cambridge. Pouquíssimas chegam à faculdade. Muitas alunas do último ano acham que estudar para entrar na faculdade é perda de tempo, parecem que estão apenas esperando o tiro de largada que as libertará para uma vida resumida a filhos e tarefas domésticas, como se essas coisas fossem o Santo Graal.

— Você ama literatura — insiste Gabriel, já que não digo nada. — Em Oxford você vai ter o melhor ensino do mundo. Você não imagina como são as bibliotecas. Prédios lindos abarrotados de primeiras edições. Eles têm manuscritos de Gerard Manley Hopkins e Shelley. Pense em todos os escritores que estudaram lá antes de você. Você estaria andando pelas mesmas ruas que Oscar Wilde e T. S. Eliot.

— Alguma mulher?

— Se for importante pra você, vou encontrar algumas.

Arrastamos nossas cadeiras para mais perto do fogo quando a noite começa a esfriar. Gabriel alimenta a fogueira com mais lenha, mexendo as brasas com um atiçador e soprando as chamas até que elas se elevem no ar. As estrelas parecem brilhar mais aqui do que no jardim lá de casa; as mesmas estrelas, incrustadas feito joias em um céu azul-marinho.

— Está ficando tarde — digo. — Daqui a pouco vou ter que ir pra casa.

— Fique mais cinco minutos. Dez. Esta noite passou rápido demais.

Algo muda na atmosfera. O olhar no rosto de Gabriel faz meu coração disparar. Ele se inclina para a frente e pressiona sua boca na minha. Um beijo hesitante, titubeante e suave.

— A noite inteira eu quis beijar você.

— Por que demorou tanto?

Gabriel ri, e eu adoro a maneira como isso o anima. Na maior parte do tempo, ele parece estar atento e alerta, mas, quando ri, abaixa a guarda.

— Eu estava nervoso, acho. Não tinha certeza se você sentia o mesmo. — Gabriel segura minha mão e me puxa para seu colo.

Nós nos beijamos novamente, e dessa vez é tudo, sua língua procurando a minha, hesitante, depois com mais confiança. Nós nos apertamos um contra o outro, damos beijos profundos, nossos dedos se entrelaçando.

Eu não sabia que um beijo poderia ser assim, que era possível perder-se nele, sem pensar em mais nada, seu corpo inteiro iluminado pelo toque e gosto do outro.

Gabriel me acompanha a pé de Meadowlands, nos arredores da cidade, até minha casa, bem no coração do povoado. Na frente do portão, trocamos outro beijo de adeus na bochecha, para o caso de meus pais estarem assistindo da janela do andar de cima.

— É muito cedo pra eu dizer que gosto de você mais do que de qualquer outra pessoa que já conheci até hoje? — pergunta Gabriel.

Não consigo parar de sorrir enquanto subo os degraus.

Ao som da minha chave na porta da frente, meu pai sai todo alvoroçado da cozinha. Ele estava claramente à minha espera.

— Olha só a cara dela — diz ele assim que me vê. — Meu Deus, acho que a minha bebezinha talvez esteja apaixonada.

— Papai! — protesto, rindo. — Pare com isso!

Mas eu flutuo escada acima até minha cama, pensando nas palavras que ele me disse. Talvez seja isto, este sentimento que nunca vivi. Euforia, entusiasmo, uma felicidade intensa. Talvez seja isto o amor.

## 1968

Frank me deixou um bilhete dizendo para ir ao pub.
    Coloco a chaleira para ferver e preparo uma xícara de chá, mas não bebo. Ando de um lado para outro, inquieta, tentando não pensar no que estou sentindo. Tentando não pensar no garoto. Na sua mão segurando a minha. Eu tinha esquecido como crianças pequenas, assim como animais, sentem sua dor sem medo. Frank e eu dançamos em torno da tristeza um do outro. Qualquer casal que perdeu um filho diria o mesmo. Você vê isso no outro, é claro que vê, mas é como se estivesse em uma gangorra de tristeza, e tudo o que você quer é evitar derrubar seu parceiro.
    Às vezes, quando estou assim, eu entrego os pontos. Eu me sento em silêncio e penso no Bobby, em como sinto saudade dele, do menino que ele era. Em outros momentos, eu me levanto — como faço agora —, pego meu casaco e saio. Preciso me distrair, ver outras pessoas, da leveza que somente o álcool e as conversas podem trazer.
    O Compasses Inn, com seu telhado revestido de colmo, piso de ardósia irregular e cantos escuros, é onde todo mundo na cidade se reúne às sextas-feiras. Há um piano velho e sempre tem alguém o tocando, na maioria das vezes pessoas que não sabem cantar nem tocar. A decoração do pub, se é que essa palavra se aplica, é meio sombria, com equipamentos agrícolas assustadores nas paredes: uma foice enferrujada do século XVIII, um arado antigo, até mesmo uma armadilha de guarda-caça. A cerveja sempre acaba, assim como as batatas fritas, e o chão fica pegajoso de sidra. Não existe lugar melhor no planeta.
    Frank e Jimmy estão sentados no bar, copos de cerveja pela metade à sua frente. Eu dou um tapinha em Frank por trás e ele

abre um largo sorriso ao se virar para mim, como se me ver fosse a melhor coisa do mundo. Uma vez, depois que minha irmã Eleanor me ouviu conversando com Frank ao telefone, ela disse: "Quando você fala com o Frank, não parece que são casados. Parece que acabaram de se conhecer."

Eu tenho sorte, sei disso.

A namorada de Jimmy, Nina, está atrás do bar. Eles estão juntos desde os 19 anos. Ela é uma mulher lindíssima, com uma cabeleira loiro-avermelhada que nesta noite está presa no alto da cabeça num coque em formato de colmeia. Ela adora se vestir bem. Volta e meia, Nina e eu fazemos piada sobre os *Swinging Sixties*, já que por aqui não há o menor sinal disso. Não seria estranho se alguém visse os frequentadores habituais do pub — homens que fumam cachimbo e usam veludo cotelê, mulheres em suéteres e calças simples — e achasse ter entrado em um túnel do tempo. Não é o caso de Nina, porém, que sempre que pode faz compras em Londres e gasta seu salário em peças da última moda.

Eu adoro ver Nina em ação. Ela transita perfeitamente entre o flerte e a grosseria. Ninguém mexe com ela, nem mesmo os bêbados. Ainda que o bêbado que ela mais maltrate no bar seja Jimmy.

— Como estava o garoto? — pergunta Frank assim que me sento ao seu lado.

— Ele ficou muito triste. Provavelmente um pouco em choque também, por ver seu cachorro matar nossos cordeiros daquele jeito. Ele cresceu na cidade grande, né.

— E Wolfe? Como ele está?

Eu sinto que ele me observa cuidadosamente. Frank juntou os cacos quando Gabriel e eu terminamos. Ele sabe, melhor do que ninguém, quanto tempo levei para me recuperar, e o alto custo que isso cobrou.

— Ele está bem — digo, com um sorriso forçado. — Adulto, diferente. Um pai, sabe?

— Uma vez ricaço esnobe, sempre ricaço esnobe — declara Jimmy.

Até onde eu sei, Jimmy não conhecia Gabriel, mas, mesmo assim, não gosta dele por lealdade a Frank. O vínculo entre os irmãos é forte. Quando li *Ratos e homens*, fiquei quase tonta de tanta identificação, como se Steinbeck tivesse bisbilhotado minha vida. É um insulto da minha parte compará-los a George e Lennie. Eu nunca diria isso em voz alta. Não há nada de simplório em Jimmy, mas ele idolatra Frank, e essa devoção toda às vezes parece exagerada. No entanto, ele tem um charme genuíno. Jimmy consegue seduzir qualquer um, das mulheres da igreja aos policiais; ele é o tipo de homem que cumprimenta tirando o chapéu, abre portas e geralmente é o primeiro a pagar uma rodada de bebida, mesmo quando não tem dinheiro.

Helen também veio ao pub; ela é minha melhor amiga desde a escola. Quando Bobby morreu, todos na cidade ficaram de luto e choraram por uma ou duas semanas. Depois aparentemente esqueceram. Ou talvez só estivessem evitando tocar no assunto, então, em vez disso, iniciavam um bate-papo descontraído que apenas mascarava o assunto não dito. Dava para ver a aflição no olhar das pessoas. *Sobre o que podemos falar? Ah, já sei, sobre o clima!* Mas Helen era diferente. Durante o primeiro ano, ela veio à nossa casa toda semana, sem falta. Entrava sem cerimônia e lavava tudo o que precisasse ser lavado, limpava a cozinha, trocava as roupas de cama. Ela não falava muito; simplesmente nos deixava em paz enquanto trabalhava nos bastidores, cozinhando, arrumando, fazendo chá, silenciosamente ajudando nossa vida a funcionar melhor. Eu nunca esqueci isso.

Helen espera até Frank e Jimmy engatarem numa conversa. Então ela diz, em um sussurro baixo:

— O Gabriel voltou? Que merda é essa?

— E nós já conseguimos matar o cachorro dele.

Nós duas rimos baixinho, aquela risada reservada para momentos inapropriados, assim como fazíamos na escola.

— Qual é a piada? — indaga Frank, virando-se.

— Nada de mais — diz Helen. — Eu te contei que nossa spaniel engravidou? Uma noite com um labrador, pelo que parece. Safada. Seis filhotes no total. Ainda falta encontrar um lar para um deles. Um machinho, muito bonito.

— Eu fico com ele — digo, e Frank ri de surpresa e beija minha bochecha.

— Consultar o marido não é algo que minha esposa costuma fazer — diz ele.

— Por que não? Seria legal ter um filhote na fazenda.

Mas uma ideia já está se formando. Eu conheço muito bem os encantos curativos de um filhote. E há alguém que precisa disso ainda mais do que eu.

## *Antes*

A ordem de freiras que nomeou a escola de Convento da Imaculada Conceição devia ser fortemente contra sexo fora do casamento, e provavelmente dentro dele também. Ao longo dos anos, a Irmã Ignatius, nossa atual diretora, demonizou tanto o sexo que estamos predestinadas a ser sexualmente retraídas para o resto da vida ou — como no caso da minha irmã — fadadas a percorrer uma trilha de promiscuidade desenfreada a partir do momento em que estivermos livres. Há rumores de que, não muito tempo atrás, uma aluna do sexto ano engravidou — e foi expulsa da escola antes mesmo de a barriga começar a aparecer.

Toda segunda-feira a diretora nos leva para a aula de estudos religiosos, a última do dia.

— Elizabeth! — grita a freira, mas estou muito perdida em pensamentos para reagir.

Meu corpo está em chamas desde a última vez que Gabriel e eu estivemos juntos, não há outra palavra para descrever o que sinto. Já beijei alguns garotos, mas nunca um que despertasse esse desejo intenso e insistente. Agora eu anseio por coisas que nunca imaginei que ansiaria, penso nele me despindo, em seus dedos roçando minha pele, em nossos corpos pressionados um contra o outro, e muito mais. Há uma aflição que não estava aqui antes, como se eu tivesse sido catapultada para outro universo; onde antes a luxúria não existia, agora é tudo o que existe.

— Elizabeth Kennedy!

— Sim, Irmã?

— Você poderia ficar depois da aula, por favor? Eu gostaria de falar com você.

Assim que o restante da turma sai, eu me posiciono ao lado da escrivaninha da Irmã Ignatius.

— Ouvi dizer que você está pensando em se candidatar a uma vaga em Oxford.

Quando eu disse à minha professora de inglês que gostaria de cursar literatura inglesa em Oxford, ela foi contra. Oxford não era para "garotas como eu", segundo ela. A professora não deu mais detalhes, mas entendi o que ela quis dizer.

— Sim, isso mesmo.

— Seria um orgulho para nossa escola ter uma de nossas meninas lá, tenho certeza. Você é inteligente, só precisa se esforçar.

Isso é inesperado; não consigo deixar de sorrir para ela.

— Nós vamos ajudar você em tudo que pudermos. — A freira meneia a cabeça para sinalizar o fim da conversa. — Depressa, Elizabeth, ou você vai perder o ônibus.

No trajeto de ônibus para casa, Gabriel toma conta de todos os meus pensamentos. No sábado, vou passar a noite inteira com ele, e é difícil pensar em outra coisa. Contei aos meus pais que vou dormir na casa de Helen. Não gosto de mentir para eles, mas sei que minha mãe ficaria preocupada se soubesse a verdade. Ela me diria que é cedo demais.

Quando combinamos, Gabriel disse:

— Por favor, não pense que estou planejando me aproveitar de você.

Eu pensei, mas não disse: *Ah, eu espero que você se aproveite*.

Estou tão distraída e perdida em pensamentos que não noto quando alguém se senta ao meu lado, até que ouço uma voz:

— Oi, Beth.

É Frank Johnson. Pela primeira vez, ele não se sentou em seu lugar habitual, no fundo do ônibus, com os amigos. Eu gosto de Frank, ele parece mais maduro do que os outros garotos da minha idade. Nós nos vemos nas festas de amigos da escola ou no baile anual da cidade, e ele sempre me chama para dançar ou se oferece para me trazer uma bebida. Teve uma época em que eu esperava que nossa amizade pudesse se transformar em outra coisa.

Quando Frank tinha treze anos, sua mãe morreu por conta de uma hemorragia cerebral.

Ela estava ajudando na ordenha da tarde quando uma vaca começou a desferir coices e a atingiu com uma violenta pancada na têmpora. Acidentes acontecem com frequência em fazendas, todo mundo sabe disso, o que me chocou foi o fato de que, no dia seguinte, Frank já estava de volta ao ônibus escolar.

Naquela tarde, tivemos aula de artes, duas horas colando flores prensadas em papel azul poroso. A maioria das meninas levou narcisos colhidos do jardim de casa, mas eu consegui arrumar campânulas na floresta. Quando me levantei para descer no meu ponto, passei por Frank, de rosto pálido, sentado em silêncio em seu assento de sempre. Tirei da mochila a minha colagem de flores e entreguei a ele, sem dizer nada. Eu me lembro de seu olhar de surpresa, e depois um mero esboço de sorriso. Desde então somos amigos.

— Eu queria te perguntar uma coisa — anuncia Frank, e meu coração acelera de pavor.

A coisa que eu mais queria, com a qual eu sonhei acordada ao longo de semanas e meses, chegou tarde demais.

— Eu acho que você sabe o que é.

Eu sei, ah, eu sei, e eu quero, mais do que tudo, impedir que isso aconteça.

— Beth. — Meu nome de novo, o início de um discurso que Frank deve ter ensaiado. — Eu esperei muito tempo para te dizer isso. Eu penso em você o tempo todo. Ver você no ônibus é o ponto alto do meu dia. Eu ficaria muito feliz se você aceitasse sair comigo neste fim de semana.

Frank falou sem olhar para mim, mantendo seus olhos fora do alcance dos meus. Mas agora ele me fita, e instantaneamente vê minha expressão de rejeição.

— Ah — diz ele. — Você não está a fim? Eu achei que estivesse, não sei por quê.

Coloco a mão no braço de Frank, meus dedos bem abertos espalhados sobre o material preto e barato de seu blazer escolar. Sua mão está fechada.

— É que... me desculpe... mas é que eu conheci alguém.

Frank parece desolado.

— Deixei passar tempo demais.

— Desculpe — digo novamente.

Quero que as coisas fiquem bem entre nós, quero ver aquele rosto bonito e saudável sorrindo de novo.

Mas Frank se levanta e vai para a frente do ônibus. Quando o motorista para, ele desce, a quilômetros de casa, como se não suportasse ficar perto de mim nem por mais um minuto sequer.

Pelo restante da viagem, é Frank quem toma conta dos meus pensamentos, e meu coração acelera só de pensar em sua longa caminhada para casa e na humilhação que ele deve ter sentido a ponto de sair do ônibus. E, por baixo disso, uma sensação de arrependimento, remorso ou confusão, de que eu talvez tenha jogado fora a chance de algo maravilhoso.

## 1968

De sua casa na árvore, Leo espia quem vem subindo a entrada para carros. Quando vê que sou eu, acena e desce pela escada de corda. É eletrizante olhar para ele, tão pequeno, um lembrete do menino que perdemos; parte de mim deseja que Frank estivesse aqui para vê-lo também. Desde que Bobby morreu, passamos muito pouco tempo com crianças, e nunca com uma da mesma idade. Foi decisão nossa, e eu sei o porquê de a termos tomado, mas eu não tinha percebido o quanto era solitário viver uma vida sem crianças.

Quando eu tiro o cachorrinho do carro, Leo solta um grito agudo:

— Ele é seu?

— Na verdade, ele não pertence a ninguém ainda. Ele está à procura de uma casa definitiva, digamos assim. Você quer segurar ele no colo?

Leo faz de seus braços um berço, e o cachorro se acomoda instantaneamente.

— Olha só como ele fica relaxado com você.

— Vamos mostrar pro papai. Ele está no escritório.

Fico curiosa para ver Gabriel trabalhando. Ao longo dos anos, li inúmeras matérias e fotos de Gabriel com ar pensativo, vestindo uma blusa preta de gola alta. "Fingindo ser o Hemingway de novo", disse Helen certa vez, mostrando um exemplar da revista *Vogue* que ela roubara do salão de cabeleireiro, e em cuja capa Gabriel aparecia diante de sua máquina de escrever, um copo de uísque ao lado. Eu lia os livros dele em segredo, procurando por traços de familiaridade, pelo rapaz que conheci. Eu sempre os encontrava. Mulheres de língua afiada com uma queda por bebida, e cenas de sexo escandalosas e provocantes que forjaram sua reputação como um escritor ousado, e que às vezes me faziam chorar.

Entro na casa e sinto uma vertigem ao ser arrebatada pelas lembranças do lugar. O corredor tem o mesmo cheiro: cera de polimento e madeira velha, por toda parte. Painéis de carvalho nas paredes, piso de parquete, uma gasta escada em espiral que eu sempre adorei, escorregadia quando se estava só de meias.

E aqui está o escritor em um cômodo ao lado da cozinha, onde uma vez entramos para caçar os cigarros do pai dele. Gabriel está de costas para nós, datilografando em alta velocidade com dois dedos, o famoso copo de uísque no devido lugar sobre uma escrivaninha caótica atulhada de livros e papéis. Eu espio as lombadas de W. H. Auden, Graham Greene e Henry James.

— Papai, olha! — diz Leo.

Gabriel se vira, observando a mim e ao cachorrinho ao mesmo tempo. Seu cabelo está um pouco desgrenhado, como se ele o tivesse bagunçado com os dedos, e há uma mancha de tinta azul em sua bochecha.

— Beth — diz ele. — E quem é esse? Meu Deus, ele é uma gracinha.

Ele se aproxima para acariciar o cachorrinho.

É perturbadora a nossa proximidade. Vê-lo novamente me dá uma sensação nova e empolgante, que sem dúvida não deveria ser assim. Eu disse a mim mesma que nosso passado não importa, somos adultos agora, podemos tentar, ou pelo menos fingir, ser amigos. É meu corpo que me trai.

— Como ele se chama?

— Ainda não dei um nome a ele.

— Mas você vai ficar com ele? — quer saber Leo.

— Se ninguém mais o quiser, então eu vou, sim. Estou ajudando minha amiga Helen.

Leo olha para Gabriel. Eles têm o mesmo sorriso. Do tipo que se espalha devagar até que, nos últimos segundos, não consegue mais se conter e se torna uma gargalhada sufocada.

— Qual é a raça? — pergunta Gabriel.

— Metade spaniel, e quanto ao resto não temos cem por cento de certeza. Mas achamos que tem um pouco de labrador aí. Totalmente desmamado e, ao que parece, treinado pra fazer as necessidades fora de casa.

— Então, se a gente quiser, a gente pode ficar com ele?

— Sim.

— A gente pode, papai? Por favor?

— Por que não? Contanto que você prometa que vai cuidar dele.

Leo coloca o filhote no chão, e ele imediatamente começa a fazer xixi.

— Encantador — diz Gabriel, olhando para mim e Leo. — Ainda bem que ele é treinado pra fazer as necessidades fora de casa.

É uma sensação boa, nossa risada repentina e compartilhada.

— Se você vai ficar com ele, vai ter de dar um jeito de ensiná-lo a se comportar perto do gado. Esta é uma região agrícola, tem gado por toda parte.

— Pode acontecer de novo? — pergunta Leo, ansioso.

— Não se você treinar ele direitinho. Se você quiser, eu te ajudo — digo sem pensar nas consequências.

Antes que eu possa mudar de ideia, Leo joga os braços em volta da minha cintura e pressiona o rosto junto ao meu peito. Por um ou dois segundos, isso me surpreende. Fecho os olhos, me esforçando para não pensar em Bobby, e quando os abro, vejo Gabriel observando, um sorriso suave e triste no rosto.

— Oi — diz Frank ao chegar da fazenda na hora do jantar. — Cadê o nosso filhotinho? Você não foi buscá-lo esta tarde?

— Eu o dei para o filho do Gabriel. Achei que isso ajudaria.

Frank não diz nada.

— Vou ajudar Leo a treinar o filhote. Não quero que a mesma coisa aconteça de novo.

— Sei.

As conversas entre nós dois são sempre fáceis. Falamos principalmente sobre a fazenda, nosso trabalho e paixão em comum. Desde que seu pai, David, morreu há um ano, depois de um ataque cardíaco — nos campos de cultivo, exatamente do jeito que ele sempre disse que queria partir —, Frank, Jimmy e eu administramos juntos a fazenda. Mas esse é um território novo.

Seu rosto está com uma expressão severa, uma seriedade que eu não vejo com frequência. O que ele quer dizer é: *Não se envolva com essa criança, Beth. Ele não é o nosso garoto. Nunca o teremos de volta.*

Em vez disso, ele diz:

— Eu devo me preocupar com o fato de você passar tempo com Wolfe e o filho dele?

E eu quero dizer a ele: *Você colocou a vida dele em risco. Você fez isso, não eu.*

Mas em vez disso, eu digo:

— Acho que não. Você está preocupado?

— Não se você me disser que não há necessidade.

Pego a mão do meu marido e sorrio até ele sorrir também, ainda que de maneira relutante.

— Não há necessidade, eu juro.

Naquele momento, eu realmente acreditava que isso era verdade.

# O julgamento

As cabeças se viraram na minha direção quando tomei meu lugar na galeria pública. Agora tenho uma nova identidade. A mulher que amava dois homens, um deles digno de páginas de jornal, o outro um fazendeiro comum.

Quando a história veio a público, os fotógrafos entraram furtivamente na fazenda para tirar fotos da nossa amada casa em ruínas, com suas janelas descascadas e jardim caótico, até que eu os vi da cozinha e saí correndo, gritando feito uma louca. No dia seguinte, essa foi a foto que eles escolheram publicar. Aprendi a duras penas a esconder meu rosto e nunca responder às perguntas que me fazem com violência. *Por que ele fez isso?* A pergunta que mais ouço. Repórteres, moradores, amigos e até mesmo a minha própria família no começo.

Conto a eles a história que inventamos, aprimoramos, praticamos, aperfeiçoamos, dia após dia após dia, na esperança de que seja suficiente.

Seria mais fácil se pudéssemos dizer a verdade.

## *Antes*

O interior da tenda de Gabriel não se parece com nada que eu já tenha visto, é como entrar em um universo alternativo. Há uma cama de casal improvisada, feita com lençóis e cobertores e uma colcha de veludo vermelho muito chique; consigo imaginá-la sobre a cama de dossel de Luís XIV. Tapetes de pele de carneiro cobrem o chão, há uma mesinha de cabeceira com uma garrafa de água e dois copos, e até uma pequena estante repleta de livros. Ele prendeu no teto faixas de seda de cores brilhantes, e velas ardem em lanternas de vidro em cada canto da tenda.

— O que você acha? — pergunta ele.

— É tipo *As mil e uma noites*. Se dependesse de mim, eu nunca dormiria em outro lugar.

Gabriel se senta na cama e estende a mão para mim.

— Vem cá.

Eu não fiz outra coisa além de imaginar este momento, e agora que ele está aqui, eu fico paralisada.

— Não consigo — digo, com a voz tensa. — Estou muito nervosa.

— Não fique. Estamos só conversando. Podemos dar as mãos em algum momento. Mas só se você quiser.

Eu me sento ao lado dele, e, como prometido, Gabriel começa a falar. Ele me conta sobre sua cadela, Molly, uma labradora que viveu até os dezesseis anos.

— Ela era a cadela mais carinhosa que você pode imaginar, amava todo mundo, incluindo dois ladrões que entraram pela janela da cozinha. Ficou lá abanando o rabo enquanto eles roubavam toda a prataria da família.

Ele então pega um romance que está aberto ao lado da cama, virado para baixo, e me mostra o título. *No caminho de Swann*, o primeiro volume de *Em busca do tempo perdido*, de Proust.

— Eu só escolhi este livro pra poder me exibir na frente dos meus colegas no próximo semestre, mas é melhor do que eu pensava. Bem engraçado às vezes.

Ele sorri enquanto olha para mim e diz:

— Às vezes o dia já está quase raiando quando eu enfim pego no sono, fico o tempo todo pensando em você. E em todas as coisas que eu gostaria de fazer com você.

— Que coisas?

Em resposta, Gabriel pega meu rosto com as mãos e me beija. Um beijo longo, lento e intenso.

— Melhor? — pergunta ele, recuando.

— Sim.

Deitados na cama, nós nos viramos um para o outro, os rostos a centímetros de distância.

Gabriel estende a mão para traçar uma linha delicada da minha testa até meu nariz, pousando o dedo acima do meu lábio superior.

— Eu penso nesta pequena depressão aqui — diz ele. — Em como ela é exatamente do formato e do tamanho certos para a ponta do meu dedo.

Gabriel segura minha mão.

— Só porque você vai passar a noite aqui, não pense que isso significa que temos que fazer algo mais do que isso.

— E se eu quiser? — digo.

— Então nós discutiríamos essa possibilidade.

— Eu quero.

Ele olha para mim, meio rindo, mas então seu rosto se altera, e o desejo que eu vejo nele acende algo em mim. Uma espécie de audácia, uma necessidade.

— Eu quero de verdade.

Se eu pudesse, congelaria esse momento, nós dois nos entreolhando, cheios de desejo, sabendo o que viria a seguir, mas ao mesmo tempo sem ter certeza de nada.

Gabriel e eu continuamos nos beijando, e sou eu quem leva as coisas adiante, desabotoando minha camisa, estendendo a mão para colocar a mão dele no meu seio.

Tudo é feito lentamente. Eu tiro minhas roupas, peça por peça. Depois Gabriel tira as dele. Nós dois nus nos braços um do outro, a eletricidade disso. Com calma, olhando e absorvendo sem pressa os segredos um do outro despidos. A rigidez de seus músculos sob a pele lisa e bronzeada, a linha de pelos pretos que vai do umbigo até a virilha, a surpresa dele excitado, seu suspiro quando passo o dedo de leve em seu pênis.

Com um toque hesitante e curioso, ele traça desenhos na minha pele, mas nossos corpos começam a nos conduzir, o caminho completamente desimpedido. Eu o puxo para cima de mim, e nos beijamos com mais paixão. É o instinto que me faz levantar os quadris para encaixar nos dele, e sinto a dureza de sua ereção pressionando para entrar em mim, mas Gabriel recua.

— Não, Beth, acho melhor não — sussurra ele.

— Por quê? — pergunto, também sussurrando.

— Você sabe por quê.

— Só um pouquinho?

Ele empurra o pênis para dentro de mim.

Começamos a nos mover um contra o outro vagarosamente, e logo estamos cedendo. Não foi planejado; era inevitável. E é uma sensação muito boa, até que Gabriel empurra mais fundo dentro de mim e eu grito de dor.

— Ah, meu Deus, me desculpe. — Ele tenta sair, mas eu aperto minhas coxas em volta dele.

— Fique — peço, num murmúrio.

E então, ele fica.

O que posso dizer sobre esse longo momento em que apenas olhamos um para o outro, nos permitindo experimentar a sensação de ele estar dentro de mim, nós dois conectados da maneira mais íntima possível? Eu imaginei isso tantas vezes, mas é muito diferente do que eu pensava. Meu coração está tão repleto de emoções que não consigo identificar o que estou sentindo exatamente. Não é alegria nem tristeza, mas algo no meio. *Isso somos nós*, eu penso. *Isso somos nós.*

Depois de um tempo, eu me mexo contra ele de novo, só um pouco.

— Está tudo bem? — pergunta ele. — Estou machucando você? Devemos parar?

— Gabriel? Por favor, pare de falar.

— Vou tentar.

Sorrimos um para o outro. Parte de mim ainda não consegue acreditar que isto está acontecendo, é como se eu estivesse do lado de fora olhando para dentro da tenda.

A dor começa a se transformar em algo mais prazeroso, uma espécie de ânsia. Parece que nos encaixamos perfeitamente e encontramos um ritmo lento e suave, balançando para a frente e para trás em nossa cama improvisada. Os olhos dele não desgrudam do meu rosto nem por um instante.

— Se eu pudesse, ficaria aqui pra sempre — diz ele.

Depois, ficamos maravilhados com o fato de que foi a primeira vez para nós dois e, ainda assim, parecíamos saber exatamente o que e como fazer. Deitamos juntos, o coração desacelerando, enrolados com tanta firmeza nos braços um do outro que não consigo ver o rosto de Gabriel quando ele diz:

— A propósito, eu te amo. Acho que amei você desde o primeiro momento em que te vi.

— Sim — digo, porque acredito que é verdade.

Esta é uma história de amor, e é, de longe, melhor do que tudo o que eu já havia imaginado. Se eu pudesse fazer um desejo, apenas um, então seria este: eu desejo que nossa história tenha um final feliz.

## 1968

Frank, Jimmy e eu estamos no campo de ovelhas, mas daqui a pouco vou até Meadowlands encontrar Leo. Alimentamos e demos água às galinhas, verificamos os cordeiros e revisamos a lista de quais serão vendidos primeiro no leilão da semana que vem.

Mesmo com um novo cocho de água e baldes de ração, algumas ovelhas se aglomeram em volta de Jimmy, zurrando e dando cabeçadas em suas coxas para chamar a atenção. É sempre assim: Jimmy é o astro do rock delas.

— Cai fora, sra. Tiggy Tipico, temos muito trabalho a fazer — diz Jimmy, dando um tapa na anca de sua ovelha favorita.

Foi Bobby quem começou a tradição de dar nomes às ovelhas, e Jimmy insiste em mantê-la.

— Puta merda! — xinga Frank, olhando de relance para seu relógio de pulso. — Você tem razão, já são três e meia! As vacas devem estar reclamando de fome. Você nos dá uma mãozinha, Beth?

— Desculpe, eu preciso ir agora. Treinamento do filhote.

Frank se vira. Ele tinha esquecido que eu ia a Meadowlands hoje, e eu me dou conta — a julgar pela maneira como sua expressão de ressentimento muda para uma simpatia forçada — de que ele nunca vai aceitar minha proximidade com Gabriel.

Eu percebo como Frank para um instante para observar minhas roupas, uma blusa preta de gola alta e uma calça jeans escura, estilo flare, com a barra se abrindo um pouco da panturrilha até os pés — peça descartada de Nina, que é muito mais elegante do que qualquer outra coisa que tenho.

Enrubesço sob o olhar de julgamento do meu marido, me sentindo constrangida e arrumada demais.

— Por que você está se incomodando com aquele palhaço? — indaga Jimmy.

Ele notou a expressão de Frank também.

— Porque, Jimmy — digo, e meu tom é defensivo, seco e frio —, às vezes é legal se esforçar pelos outros.

— Mesmo quando essa pessoa é um completo babaca?

— Ele está brincando, Beth — intervém Frank, antes que eu responda na mesma moeda.

— Mais ou menos — corrige Jimmy, e durante um segundo trocamos um olhar, mas depois sorrimos um para o outro. Nunca consigo ficar zangada com meu cunhado por muito tempo.

Em vez de pegar o carro, decido ir a pé até Meadowlands; preciso de tempo para pensar. Eu disse a Frank que ele não tinha motivos para se preocupar com a minha proximidade com Leo — e inevitavelmente com Gabriel também. Foi o que eu disse a mim mesma. Porém, no percurso de dez minutos da minha casa até a deles, meu corpo e minha mente se recusam a ouvir. Há um nó de tensão no meu estômago, posso sentir o sangue pulsando nas minhas veias, a ansiedade latejando. Naquela época, aconteceram coisas das quais ninguém sabe. Eu vivo apavorada, com medo de que esses segredos venham à tona. Mas há algo ainda mais inquietante: a empolgação que sinto com a perspectiva de rever Gabriel.

Bato na porta enquanto tento afastar da mente a lembrança de outra ocasião em que estive aqui, o coração martelando forte — mas por razões muito diferentes.

Gabriel atende e sorri ao me ver. Ele está vestindo calça jeans, uma camisa branca para fora da calça e por cima um suéter preto surrado, cheio de buracos. Parece que não faz a barba há dias. Está com olheiras profundas. Fico imaginando como está se virando para conciliar as obrigações sendo pai solteiro e escritor. Não muito bem, pelo visto.

— Beth. Entre. Alguém está muito animado pra ver você.

Nesse exato momento, Leo surge em disparada no corredor com o cachorrinho nos braços.

— Você já deu um nome pra ele? — pergunto.

— Herói — responde Leo.

— Gostei. Combina com ele.

— Uma xícara de chá antes de começarmos? — propõe Gabriel. — Eu estava prestes a preparar uma.

— Não, obrigada. E não se preocupe, nós vamos pro jardim, pode continuar o que estava fazendo.

Algo passa pelo rosto de Gabriel, e eu me pergunto se ele estava ansioso para ter alguma companhia adulta para variar. Tanto faz. Estou determinada a passar o mínimo de tempo possível com ele. Devo isso a Frank, a mim mesma.

— Tudo bem — diz ele, calmamente. — Vou deixar vocês dois em paz.

A onda de decepção que sinto quando o vejo ir embora é quase tão forte quanto meu alívio.

No jardim, Leo e eu começamos com o comando "senta", recompensando Herói toda vez em que ele obedece com um cubinho de queijo cheddar ou um pedacinho de presunto, guloseimas que eu trouxe de casa. Ele entende rápido, então progredimos para "fica". Primeiro eu demonstro como fazer Herói se sentar, depois mostro a palma da minha mão e repito "fica". Em seguida, Leo tenta, e o filhote se mantém parado, mesmo quando começamos a nos afastar dele, um passo de cada vez.

— Isto vai ser moleza — digo.

— Ele é um gênio?

— Eu acho que pode ser. Mas é melhor pararmos por hoje. Os gênios precisam descansar.

— Você já vai embora? — pergunta Leo. — Você tem que ir?

Dá para ver que ele falou sem pensar. E, num piscar de olhos, percebo o quanto ele está se sentindo solitário.

— Que tal primeiro você me mostrar sua casa na árvore?

Ele fica feliz da vida.

Por dentro, a casa na árvore é impressionante. É um espaço bem grande, alto o suficiente para que eu consiga ficar de pé, com cerca de dois metros e meio de largura e um janelão aberto com vista para o terreno. As paredes foram pintadas de azul-celeste, e o piso é coberto com gigantescas almofadas de veludo em deslumbrantes cores de joias: verde-esmeralda, rubi, o azul-escuro da safira. Há uma pilha de revistas em quadrinhos e livros de Tintim, velas, uma antiquada lamparina de querosene, uma caixa de dominós, baralhos e um tabuleiro de ludo.

— Eu adoraria ter uma casa na árvore como esta. É uma toca de verdade. Você já dormiu aqui?

— No verão nós vamos dormir, o papai prometeu. Ele adora acampar. Ele acampava na margem do lago quando era menino.

Meu coração dispara, mas eu ignoro.

— Nós pintamos a casa num fim de semana. Jantamos aqui e jogamos cartas à luz de velas. Foi o máximo.

Ouço a melancolia na voz de Leo.

— Você podia convidar alguns amigos. Eles adorariam vir aqui em cima.

— Talvez — diz ele.

— Como está a escola?

— Tudo bem, eu acho.

— Não parece.

Percebo que ele está ponderando se deve ou não me contar a verdade.

— As coisas ainda não melhoraram? Achei que a essa altura você já teria se adaptado.

— Eu odeio a escola — diz ele, e de repente parece furioso.

— Aconteceu alguma coisa?

— Estou sempre me metendo em encrenca. Todo dia eu sou mandado pra sala da diretora. Ou sou obrigado a ficar do lado de fora da sala de aula.

— Por quê?

— Eu fico com raiva. Às vezes eu grito com as outras crianças. Ontem eu bati num menino. Ele estava falando coisas maldosas e eu dei um soco nele. Simplesmente aconteceu. Eu não queria fazer aquilo.

— Seu pai sabe?

— Não sabe de tudo. Só o que a professora conta pra ele.

— Caramba. Não é de se espantar que você odeie a escola. Vai ser melhor quando você estiver mais acostumado.

— Duvido.

Leo é o retrato da tristeza; não parece justo ele estar tão infeliz.

— Topa jogar uma partida de ludo antes de eu ir embora?

— Sim! — aceita ele, seu rosto se iluminando enquanto pega a caixa.

Estou feliz em lhe fazer companhia, mas ainda sinto uma leve angústia. Não tenho certeza se tem a ver com Bobby. Já consigo sentir que estou começando a me importar com Leo, embora eu tenha prometido a Frank, prometido a mim mesma, que não me envolveria. E parece um pouco perigoso abrir meu coração assim, mesmo que só uma fresta. Sabendo que deveria parar. Mas não vou parar.

## *Antes*

Por uma gloriosa semana em agosto, os pais de Gabriel saem de férias e vão para as Terras Altas escocesas.

— Caça aos tetrazes — explica Gabriel. — E sim, é cruel. Mas veja só o lado bom: teremos a casa só para a gente por sete dias inteiros.

De vez em quando, Gabriel critica sua herança, mas sinto seu orgulho quando ele me mostra sua casa. O hall de entrada parece tão grandioso quanto um salão de baile, com seus painéis de madeira escura e um enorme lustre de cristal que pende do teto como uma demonstração de poder. O lugar tem cheiro de cera de polimento, flores frescas e algo menos distinto: um mofo encorpado e seco, como se até o ar tivesse sido filtrado em nome do refinamento.

É difícil não se intimidar com a beleza da casa, não apenas seu tamanho e esplendor, mas também a mobília — os quadros com molduras douradas, as tapeçarias e os móveis de madeira escura lustrosa, prata por toda parte, tudo com um brilho feroz, feito um espelho. Enquanto percorro os cômodos, conto quatro arranjos de flores; não são narcisos enfiados de qualquer jeito em uma jarra, mas arranjos artísticos em vasos de porcelana. A mãe de Gabriel é apaixonada por decorações florais; a minha fica sentada perto da lareira até tarde da noite corrigindo redações e planejando aulas para o dia seguinte.

Na sala de estar, observo as fotografias de família em cima do piano. Tessa Wolfe vestida de noiva na década de 1930 é mais bonita do que qualquer estrela de Hollywood, e é fácil ver de quem Gabriel herdou sua beleza. O vestido dela é de seda marfim, e ela usa um adorno de plumas na cabeça e longas luvas brancas. Há algo de frio e intimidador nela, mesmo no dia de seu casamento. Seu meio sorriso parece desdenhoso, como se ela desprezasse o fotógrafo, os convidados, talvez até mesmo o marido.

A foto de que eu mais gosto é de Gabriel, com cerca de nove anos, de short e camisa branca, sentado de pernas cruzadas com os braços em volta do pescoço de um labrador preto e gordo. Não consigo parar de olhar para a imagem, seu sorriso, seu olhar sincero. Há algo ali que mexe comigo.

Em uma semana de sol ininterrupto, passamos nossos dias jogando tênis e nadando no lago. Sabendo que temos o lugar só para nós, ficamos mais ousados. Tirando a "diarista", a sra. W, que limpa a casa pela manhã, estamos completamente sozinhos. À tarde, tomamos sol nus, fazemos amor ao ar livre e em quase todos os cômodos da casa, imprimindo nossa paixão nos móveis antigos — um sofá de couro estilo chesterfield, uma escrivaninha com detalhes dourados.

Quando eu estava saindo de casa, minha mãe me surpreendeu com um diafragma que ela havia pedido ao médico. Não havíamos conversado sobre eu dormir com Gabriel, mas eu tinha passado tantas noites com ele no lago que ela deve ter deduzido.

— A senhora não se importa? — perguntei a ela.

— Vocês parecem levar um ao outro muito a sério. Os homens namoram antes de se casar, por que as mulheres também não podem?

— A senhora não é como as outras mães — falei, e ela riu e me beijou.

— Graças a Deus.

Algo muda nesta semana, que parece duas vezes mais longa do que o normal. O tempo já não importa, ele se estende diante de nós feito um elástico. Para começo de conversa, mal dormimos. Há a novidade de estarmos nus juntos numa cama de verdade, para a qual podemos retornar a qualquer hora do dia. Eu digo a Gabriel que sempre que um de nós está dormindo, o outro está acordado, pulsando de desejo.

Vivemos esta semana como uma única pessoa. Tomamos banho de banheira juntos, sentados de frente um para o outro e mergulhados até o pescoço na espuma de banho de aroma delicioso que ele rouba do banheiro da mãe. Isso, para mim, é o auge do luxo. Na minha casa só podemos ter uma "noite de banho" duas vezes por semana, quando esquentamos água para encher a banheira de latão e Eleanor e eu nos revezamos para decidir quem entra primeiro.

Gabriel e eu preparamos refeições cada vez mais estranhas à medida que os ingredientes frescos acabam e somos forçados a depender da despensa. Sopa consomê com presunto enlatado, arroz que cozinhamos até adquirir a consistência de cola e batatas assadas com ervilhas graúdas. Abandonamos nossos próprios livros para podermos ler o mesmo, acompanhando o ritmo um do outro enquanto terminamos cada página, às vezes parando para falar sobre o que acabamos de ler, tão em sintonia que muitas vezes dizemos a mesma coisa ao mesmo tempo.

— Parece até que compartilhamos o mesmo cérebro — diz Gabriel. — Como vamos voltar ao mundo real?

Meus momentos favoritos são as noites, quando bebemos vinho da adega do pai dele e colocamos discos para tocar no gramofone. Ouvimos Dickie Valentine, Chuck Berry e Bill Haley & His Comets. Repetidas vezes tocamos "Rock Around the Clock", o hit do verão, enquanto Gabriel tenta me ensinar a dançar no estilo *jitterbug*, dando instruções feito um professor de dança de salão.

— Agora abaixe o braço, dois passos pra trás e balance o corpo!

Sempre termina com os dois desabando no sofá, às gargalhadas.

É nessas noites, com a língua solta pelo vinho, que começamos a falar de uma forma que nunca falamos antes. Confesso a Gabriel que havia outro apaixonado por mim antes dele, e que tenho medo de ter partido o coração do garoto.

Há rumores de que Frank Johnson abandonou a escola para trabalhar em tempo integral na fazenda.

— Ninguém pode escolher a pessoa por quem se apaixona — diz Gabriel, me beijando. — Mas, pobre sujeito, seja ele quem for. Eu não gostaria de uma vida sem você.

— Você não acha que eu sou um monstro sem coração?

— Eu acho você absolutamente maravilhosa.

Certa noite, Gabriel me conta um de seus segredos.

Alguns anos atrás, sua mãe lhe revelou que estava tendo um caso. O homem era jovem, mais ou menos da idade dela, e bonito, mas não tinha um tostão. Ela não se importava com isso. Ao longo de algumas semanas, eles se apaixonaram, e ela decidiu deixar o pai de Gabriel. Mas iria apenas se o filho fosse embora com ela.

— Ela parecia tão feliz quando me contou. Falava como uma menina apaixonada. Estava eufórica. Um lado dela que eu nunca tinha visto. Igualzinha a nós dois. — Ele faz uma pausa, como se as palavras seguintes fossem duras demais. — Eu disse a ela que, se fosse embora de casa, nunca mais me veria. Uma ameaça estúpida e sem sentido, eu não estava falando sério. Eu estava apenas preocupado com meu pai. Ela ficou por minha causa, e acho que o coração partido destruiu algo dentro dela. Minha mãe mudou quase da noite para o dia. Começou a beber de manhã. A brigar com o meu pai sem motivo, e comigo também, de vez em quando. Às vezes eu acho que acabei com a vida dela.

Por um momento, eu me calo, tentando encontrar as palavras certas. Estou perplexa com o que ele me disse, não apenas pelo caso extraconjugal da mãe, mas pela maneira como ela se ressentiu de Gabriel e do pai dele depois que deixou o amante. Ela parece egoísta e cruel.

— Não pense assim. Você não é responsável pela felicidade de sua mãe.

Gabriel me puxa contra seu peito.

— Para ela não bastou ser infeliz, ela tinha que fazer meu pai e a mim infelizes também. Eu odiava viver nesta casa, até você aparecer.

— Você não vai me deixar? — pergunta Gabriel na nossa última noite juntos.

É tarde ou muito cedo, não sei mais, e uma luz fantasmagórica começa a contornar as cortinas de veludo no quarto dele.

Estou quase dormindo, perdida naquela prazerosa névoa onde sonhos e realidade se misturam.

— Beth?
— Humm?
— Promete que você não vai me deixar.
— Até parece.
— Então promete.
— Você está falando sério? — Abro os olhos.

Ele faz que sim com a cabeça.

— Muito.
— Você primeiro — eu digo, e ele ri.
— Tão competitiva. Até mesmo quando está dormindo.

Ele promete, depois eu prometo, e isso não significa nada, não de verdade, é apenas uma conversa boba, o tipo de coisa que namorados dizem um para o outro, mas por um momento, antes de eu voltar a dormir, tenho a sensação de que nosso futuro está escrito.

## 1968

Os rapazes estão na fazenda, e eu passo a manhã em casa tentando dar conta das intermináveis tarefas que estabeleci para mim mesma.

Manter-me ocupada é a única coisa que ajuda. Depois que Bobby morreu, algumas pessoas me recomendaram meditação, outras me emprestaram livros da biblioteca sobre budismo e ioga. E pensei: *Sério, você acha mesmo que alguns minutos de respiração intensa vão diminuir minha dor?* Nos agonizantes primeiros meses, quando eu ainda via Bobby em todos os lugares e em lugar nenhum, eu nem sequer conseguia ler. Eu passei a vida inteira me consolando com livros. Quando criança, ficava tão absorta nas minhas histórias favoritas que às vezes os personagens pareciam mais reais que meus amigos. Mesmo depois de adulta, eu ainda conseguia me perder em mundos fictícios, e me sentia triste quando era forçada a retornar à vida real. Então, de repente, eu não conseguia fazer mais nada disso. Não conseguia ouvir o rádio. Não conseguia manter uma conversa com ninguém além de mim mesma. Mas o que eu conseguia fazer era trabalhar, com muito afinco. Foi meu sogro, David, quem me convenceu a voltar a trabalhar na fazenda, ele sabia que trabalho físico duro era uma válvula de escape necessária para minha dor. Eu sou capaz de fazer tudo o que os homens fazem: ordenhar vacas, pastorear ovelhas, consertar cercas, erguer fardos de feno. Eu, Frank e Jimmy somos os trabalhadores mais esforçados que já se viu.

Quando a campainha toca, estou ajoelhada no peitoril de uma janela, limpando o vidro com jornal e vinagre branco. Não quero descer e atender a porta, mas desço mesmo assim. As pessoas do campo geralmente são gentis umas com as outras, diferentemente das pessoas da cidade — pelo menos é isso que sempre imaginei. Nós nos cumprimentamos, emprestamos coisas, compartilhamos informações úteis.

No entanto, quando abro a porta, dou de cara com quem eu menos esperava: Gabriel.

— Oi — digo, tentando soar indiferente, embora meu coração acelerado diga o contrário.

— Estou interrompendo você?

— De jeito nenhum. Quer entrar?

Modos do interior, difícil evitar.

Gabriel entra e olha ao redor com curiosidade, e fico imaginando o que ele vê. É uma clássica cozinha de fazenda. Uma imensa mesa de carvalho que pertenceu aos avós de Frank e aguentou três gerações de comilança, risadas e discussões. Cadeiras de jantar pintadas por mim e outras em madeira escura e velha. Em uma extremidade do cômodo, a enorme lareira, que sempre atrai admiração — parece medieval, dá para imaginar grandes caldeirões pretos balançando na frente dela. A cômoda com as lindas peças de porcelana azul e dourada que herdamos dos pais de Frank e raramente usamos. Uma colagem de campânulas emoldurada, a mesma que dei a Frank no ônibus anos atrás, agora desbotando sob o vidro. E uma foto ampliada de Bobby em seu aniversário de três anos, o queixo sujo de chocolate, olhos enrugados e sorriso escancarado, sua marca registrada.

Observo Gabriel fitando a foto.

— Seu filho? Ele é igualzinho a você.

— Todo mundo diz isso. — Se minha voz sai muito dura, não consigo evitar. — Você precisa de alguma coisa?

Ele hesita, talvez surpreso com minha franqueza.

— Estou atrasado no meu prazo e cheguei à conclusão de que preciso de alguém para me ajudar a cuidar do Leo. Seria um trabalho remunerado, é lógico. Buscá-lo depois da escola e mantê-lo ocupado enquanto eu escrevo. Você teria interesse?

— Eu já tenho um emprego. Administro a fazenda com Frank e Jimmy.

— A questão é que ele adora você. Seriam apenas algumas horas por dia. E nos últimos dias você já vem passando esse tempo com ele. A única diferença é que agora eu te pagaria.

Gabriel está certo, nas últimas semanas tenho passado cada vez mais tempo em Meadowlands. A companhia de Leo — sua risada, sua tagarelice, sua curiosidade — me consolou mais do que qualquer outra coisa. Tudo começou com o treinamento do cachorrinho. Em pouco tempo, eu estava mostrando a Leo flores silvestres e o ensinando a reconhecer e diferenciar pássaros, suas cores, seus sons. Todas as coisas que uma criança que cresceu na cidade não sabe.

— Eu não gostaria de receber dinheiro de você.

— Você receberia dinheiro da editora, não meu. Eles me pagaram um adiantamento considerável por este livro, eu gostaria de retribuir o favor.

Gabriel Wolfe como meu empregador? Será que Frank concordaria com isso?

Ele se aproxima de mim, fica tão perto que consigo sentir a fragrância amadeirada com notas de cedro da loção pós-barba que ele está usando. Consigo ver os músculos de sua mandíbula trabalhando.

— Posso dizer uma coisa?

Eu faço que sim com a cabeça, sem coragem para falar.

— Fez uma grande diferença pro Leo ter você por perto. E para mim também. Eu só queria que você não sentisse que precisa me evitar. Eu sei que é esquisito, com tudo o que aconteceu. O que estou tentando dizer é que eu realmente adoraria se nós pudéssemos ser amigos.

— Nós somos.

— Nós não somos. Você quase nunca entra lá em casa. Sempre sai correndo assim que eu apareço. Nunca fica pra tomar um chá.

— Tenho coisas a fazer aqui.

— Beth. Olhe pra mim. Por favor.

Eu olho para ele, e a situação se torna uma espécie de competição de quem pisca primeiro, nós nos encaramos por tempo suficiente até começarmos a rir. Neste momento, eu me sinto como Beth Johnson, a esposa do fazendeiro. Não há vestígio algum de Beth Kennedy, a adolescente que outrora se apaixonou perdidamente pelo homem diante de mim. Eu penso: *Talvez seja possível fazermos isso. Talvez fiquemos bem, afinal.*

— Vou ter que falar com o Frank. Nós decidimos tudo juntos.

— Claro que sim — diz ele. — E obrigado.

Durante o jantar, Frank e eu conversamos sobre a fazenda. A dívida está cada vez maior, e uma iminente reunião com o banco o está preocupando. O que produzimos na fazenda não compensa em termos financeiros. Nós enfrentamos um pouco de dificuldade, mas nunca o suficiente para pensarmos em vender a fazenda, nossa grande paixão.

— Adivinha o que eu vi hoje? — Frank muda de assunto. Ele está me observando cuidadosamente, com um olhar que não consigo interpretar direito. — Os falcões voltaram.

— Mentira!

— Sim. Eu estava sem binóculos, então não consegui dizer se os filhotes já tinham nascido, mas acho que não. Eles acabaram de chegar, tenho certeza.

Por três anos seguidos, encontramos um ninho de falcões em um de nossos freixos, e Bobby era obcecado por eles. Frank construiu para ele um esconderijo em frente à árvore, instalou uma escada de madeira e um barril de cerveja como assento. Bobby passava horas lá em cima, com os binóculos apontados para o ninho, contando os filhotes conforme saíam dos ovos. Todos os dias, depois da escola, íamos para o esconderijo e ficávamos esperando o falcão macho voar em busca de comida, o que ele sempre fazia mais cedo ou mais tarde. Nossa coisa favorita era quando os filhotes ficavam um pouco mais velhos, grandes o suficiente para que pudéssemos vê-los esperando o macho retornar, com as boquinhas cor-de-rosa abertas. Sempre ficávamos tristes quando, com cerca de seis semanas de idade, eles deixavam o ninho, e emocionados quando voltavam na primavera seguinte. No ano em que Bobby morreu, os falcões pararam de aparecer.

— Amanhã eu vou com você e dou uma olhada — digo a ele.

Continuamos comendo, mas a conversa que estou evitando me atormenta, até que não consigo mais segurar.

— Eu tenho algo pra te dizer e você não vai gostar. Mas é dinheiro.

Frank ri.

— Se for dinheiro, eu vou gostar.

— O Gabriel me pediu pra cuidar do Leo depois da escola. Algumas horas por dia. De vez em quando vou ter de ficar em Meadowlands, mas eu gostaria de trazê-lo aqui. Ele vai adorar a fazenda. Ele é louco por animais.

— Não, Beth.

Eu odeio como sua expressão muda. Quando você passa anos olhando para uma pessoa, noite após noite, do outro lado da mesa, você conhece cada centímetro dela. Pela posição de sua boca, a dor em seus olhos, eu sei no que Frank está pensando. Estamos à beira de um precipício, eu não preciso que ele me diga.

— Nós não precisamos da caridade dele. Estou surpreso que você sequer cogite isso, depois de tudo o que aconteceu.

— Não é caridade, é um trabalho. Se eu não o fizer, outra pessoa vai fazer. Mas eu vou fazer. Pelo dinheiro, sim. Mas principalmente pelo garoto. Isso me ajuda, Frank.

— É perigoso o que você está fazendo — diz ele baixinho.

E não há nada que eu possa fazer além de concordar com um meneio da cabeça.

— Não quero que isso cause uma desavença entre nós — digo, mas ele dá de ombros.

Já causou.

## *Antes*

Tessa Wolfe é deslumbrante. Ela tem cabelo e olhos escuros, como os de Gabriel, mas suas feições são mais refinadas: nariz delicado, boca fina, pintada num tom escarlate, pescoço esguio que cintila com um colar de diamantes, que com toda a certeza são de verdade. Nunca estive perto de uma beleza como essa, ou de joias tão extravagantes, então fico tentando não encará-la o tempo todo.

Além disso, de acordo com Gabriel, ela já está ficando bêbada.

— Apenas concorde com tudo o que ela disser e você vai ficar bem — avisou ele quando cheguei para o temido jantar com a família dele.

— Eu estava ansiosa para conhecer você — diz Tessa, gesticulando para a cadeira ao lado dela. — E o Gabe manteve você para si mesmo durante todo o verão, que egoísta.

— É muito sábio da parte dele, se quer saber — intervém Edward Wolfe, piscando enquanto aperta minha mão.

Ele é simpático, queria estar sentada perto dele em vez de próximo à Tessa, do outro lado da mesa.

Eu nunca vi uma mesa tão ornamentada, com seu número assustador de taças, facas e garfos. Parece demais para um jantar com apenas quatro pessoas. Uma garota da cidade traz a comida, e percebo que são pratos dos quais eu nunca tinha ouvido falar: salmão defumado e bife wellington, que na verdade é um filé de carne inteiro que vai ao forno envolto em massa folhada e servido quase cru no meio. O racionamento só foi encerrado no ano passado, mas na minha casa a nossa dieta quase não mudou, só passamos a comer açúcar e um pouco mais de carne.

A empregada, Sarah, é alguns anos mais velha do que eu, nós duas fizemos o fundamental na mesma escola. Quando ela espera que eu me sirva de um pedaço de carne, eu me sinto uma fraude.

— Oi, Sarah — digo num fiapo de voz. — Como vai?

Mas ela simplesmente assente e desvia o olhar.

— Ouvi dizer que você vai tentar uma vaga em Oxford — comenta Edward. — Que bom para você. Qual faculdade?

— St. Anne's College, para estudar literatura inglesa.

— Ah, uma das *novas* faculdades — diz Tessa.

— Na verdade, o St. Anne's College tem uma reputação maravilhosa — afirma Edward. — É claro que na minha época não havia nenhuma mulher em Oxford. Estou realmente com muita inveja de Gabriel.

— As outras garotas provavelmente estudaram em um internato — continua Tessa. — Espero que você não se sinta tão excluída.

— Pelo amor de Deus, mãe, não seja tão esnobe — pede Gabriel, e vejo suas bochechas enrubescerem.

— Ah, eu sou uma esnobe incorrigível, de acordo com meu filho.

Tessa diz isso com orgulho, e eu percebo algo que diz mais sobre ela do que qualquer coisa que Gabriel tenha me contado. Acho que ela não pertence a este mundo, por mais que finja o contrário. Um mundo que ela quase abandonou, mas não conseguiu, e é por isso que é tão importante para ela. É um prêmio de consolação, e ela o protege com unhas e dentes.

Eu sabia que este jantar seria difícil, mas imaginei que Gabriel estaria por perto para me resgatar. Em vez disso, ele engata numa longa conversa com o pai, e me deixa sozinha com Tessa e suas perguntas importunas. Sinto Tessa Wolfe circulando, faminta por algo, mas não sei dizer o quê.

— Seus pais trabalham, não é? Imagino que sua mãe sinta que perdeu um pouco da sua infância, não?

— Na verdade, não. Eles são professores, então sempre passamos as férias juntos.

— Onde você gosta de passar as férias em família?

Isso parece algum tipo de teste, e não tenho a resposta certa. Ela quer que eu diga sul da França, ou algum lugar da moda que as pessoas chiques frequentam. Passamos nossos verões em casa, e meus pais nos levam para passear no litoral, visitar museus e a biblioteca, onde pegamos nossa cota completa de livros. Nos dias chuvosos, acendemos a lareira na sala de estar e ficamos os quatro lendo; quando penso nisso agora, sinto a mesma felicidade que senti naqueles dias.

Tessa parece não notar meu silêncio. Ela reabastece sua taça e dispara outra pergunta:

— Me conte sobre você e Gabe. Você o ama muito? Não precisa responder, consigo ver nos seus olhos. Ele gosta muitíssimo de você, eu sei disso.

Num tom baixo e confiante, ela diz que Gabriel é o tipo de rapaz que faz amigos com facilidade.

— O problema é que às vezes ele se dispersa um pouco. Quando estiver em Oxford, imagino que estará muito ocupado com sua vida social.

— Eu também estarei muito ocupada, estudando para o vestibular.

Tessa se inclina para mais perto, e nossos rostos ficam a apenas alguns centímetros de distância; posso sentir seu perfume intensamente floral e o vinho em seu hálito.

Ela abaixa a voz até que fique um pouco acima de um sussurro e diz:

— Acho que o que estou tentando dizer, e espero que isso ajude você de alguma forma, é que Gabriel sempre coloca a si mesmo em primeiro lugar. É por isso que ele se sai bem em tudo o que faz, ele é muito focado. E então, de repente, ele começa a focar em outra coisa. Já vi isso acontecer com os amigos dele. Provavelmente a culpa é minha, por fazer dele o centro do meu universo. Quando ele era um garotinho, eu o tratava como se fosse um presente de Deus. E ainda trato.

Eu me consolo com as coisas que Gabriel me contou sobre sua mãe. Que ela é uma bêbada má, obcecada pela vida dele porque não gosta da própria.

Vejo também que Tessa não conhece de verdade o próprio filho, não do jeito que eu conheço. Ela não sabe, por exemplo, sobre o sonho de Gabriel de ser um grande escritor, o medo de nunca ser bom o suficiente, de ser obrigado a fazer algo que ele odiaria, como trabalhar num banco ou se tornar advogado, as profissões que sua mãe tem em mente para ele. Tessa não faz ideia de que Gabriel não quer herdar Meadowlands, que a pressão de ser filho único o deprime e ele teme arcar com a responsabilidade de cuidar da mãe quando o pai morrer.

— Tudo bem se formos para o lago agora? — pergunta Gabriel, interrompendo sua conversa, quase que tarde demais.

— Claro — diz Edward, meio que se levantando da cadeira.

— Foi maravilhoso finalmente conhecer você, Beth.

— Primeiro vou ajudar a lavar a louça — digo, pensando em Sarah na cozinha, e me sentindo culpada e envergonhada por ter comido aquela comida chique enquanto ela me servia.

Eu me levanto e começo a empilhar os pratos, um em cima do outro, e recolher as facas e os garfos, mas Tessa estende a braço para me interromper.

— Aqui nós não empilhamos a louça, deixamos isso para as senhoras do refeitório da escola.

Saio da sala de jantar com os olhos ardendo, apertando com força um único prato entre as mãos. Talvez Gabriel não tenha ouvido, talvez ele ache mais fácil deixar as críticas da mãe flutuarem sem rumo para longe de sua cabeça. Mas no meu peito, a raiva cresce.

No canto mais distante da cozinha, Sarah está parada em frente à pia, uma pilha de pratos a seu lado. Ela não se vira quando eu entro.

Hesito, imaginando se vou piorar as coisas ao falar com ela, mas, antes que eu consiga me decidir, Tessa entra.

— Não precisa lavar a louça, obrigada, Beth. Nossa garota é perfeitamente capaz, não precisa de ajuda — diz ela, e então abaixa a voz para um pouco acima de um sussurro e continua:
— Antes de você ir embora, uma palavrinha rápida, se me permite. Você está sendo sensata e tomando precauções, não está?

Eu a encaro, horrorizada demais para falar. Sarah, do outro lado da cozinha, não consegue ouvir, mas mesmo assim me sinto extremamente constrangida.

— Não precisa ficar assim, sou a pessoa mais inabalável do mundo. E sou muito grata a você por manter Gabe ocupado durante o verão. Ele pode ficar extremamente entediado em casa. Espero que você tenha se comportado.

Sou salva de responder por Gabriel, que entra na cozinha e deseja boa-noite à mãe.

Do lado de fora cai uma chuva fina, o céu ficou azul-elétrico, com faixas de luz nas bordas. Certa vez, na beira do lago, uma tempestade nos pegou de surpresa. Nós nos beijamos até nossas roupas ficarem encharcadas, depois as arrancamos, dançamos e rodopiamos e tomamos um banho de chuva feito deuses do clima. Nunca me senti tão livre.

— Você está quieta. Foi muito ruim? — pergunta Gabriel, pegando minha mão.

Por um momento, não confio em mim mesma para falar. São tantas emoções se contorcendo no meu estômago que é difícil identificar o que estou sentindo. Furiosa, humilhada, insegura. Arrasada, envergonhada. Não me arrependo de um momento sequer do tempo que passei com Gabriel ou das coisas que fizemos, mas a mãe dele conseguiu plantar uma semente de dúvida na minha cabeça. E se ela estiver certa? E se Tessa conhecer mesmo o filho muito melhor do que eu?

— Sua mãe fez com que eu me sentisse muito vulgar, como se eu fosse uma vadia que você escolheu pra passar o verão. — As palavras saem de mim como veneno. — Uma idiota por cogitar ir pra Oxford. Ingênua por pensar que você e eu poderíamos ser algo mais do que uma aventura. — Há uma pressão no meu peito, lágrimas que preciso derramar sozinha no meu quarto. De repente, sinto uma profunda solidão. Não pertenço a este lugar, com estas pessoas. — E você me abandonou.

A expressão no rosto de Gabriel é de incredulidade, mas um momento depois ele parece se divertir.

— Foi só um jantar. Você não acha que está exagerando?

Não há como controlar a raiva que se acumula dentro de mim.

— Você não entende. E por que entenderia? Olhe só pra você.

— O que quer dizer?

Ele parece magoado, mas não é o suficiente para impedir a explosão de pensamentos que escondi de todos, especialmente de mim mesma.

— Você recebe tudo de bandeja, com uma colher de prata para acompanhar! Ninguém te diz que você não é bom o suficiente. Não é rico o suficiente. Não é elegante o suficiente. Você é recebido de braços abertos aonde quer que vá. Você pode fazer o que bem quiser. Dormir com quem quiser. E ser aplaudido por isso. Ninguém nunca vai fazer você se sentir pequeno ou indigno, você nunca vai ter que suportar o desprezo que eu recebi de sua mãe esta noite.

— Posso dizer uma coisa? — me interrompe Gabriel.

— Sim.

— Eu sinto muito — afirma ele, e eu irrompo em lágrimas.

Ele me abraça e pressiona meu rosto junto ao peito. Gabriel cheira a sabão em pó, sabonete e à loção pós-barba que ele sempre usa.

— Você está certa — diz ele, se afastando um pouco para fitar meu rosto.

Seus olhos brilham muito intensamente, e eu vejo que ele também está prestes a cair no choro.

— A verdade é que às vezes eu tenho medo dela. Ela pode ser muito cruel quando quer. Mas eu deveria ter protegido você. Me perdoa?

Nós nos beijamos, sua boca morna na minha, a sensação de suas mãos segurando a parte de trás da minha cabeça enquanto ele me segura contra ele. *Isso somos nós*, eu penso. Não as pessoas que éramos dentro da casa, mas o garoto e a garota que passaram um verão inteiro juntos, jurando amor recíproco sob cem noites estreladas.

## 1968

Conheço Jimmy desde que ele era um garoto raivoso de treze anos de quem Frank tomava conta como se fosse um filho. Quando conheci o pai de Frank, David, ele ainda estava se recuperando da perda da esposa, falecida anos antes. Por conta do luto, acabou negligenciando o filho mais novo, que se tornou um garoto rebelde.

Sonia morreu quando Jimmy tinha apenas nove anos. Num minuto ela estava lá, no outro, havia ido embora para sempre; uma perda difícil para uma criança compreender. Frank diz que os problemas começaram quando o irmão chegou à adolescência. A direção da escola mandou Jimmy para casa por ele ter levado bebida alcoólica para a sala de aula; além disso, depois de uma briga especialmente feia na hora do almoço, ele foi expulso. Frank conseguiu convencer a escola a aceitá-lo de volta. Ele alegou que Jimmy era um garoto sem mãe cuja resposta ao luto era a violência. Naquela época, a sensação era de que a selvageria de Jimmy escondia o fato de que ele não se importava nem um pouco consigo mesmo.

Jimmy e Nina vêm jantar na fazenda hoje à noite, e me sinto aliviada pela presença deles: desde que comecei a tomar conta de Leo, minhas conversas com Frank se tornaram tensas, nós dois fazendo o possível para não mencionar Gabriel, cujo nome sempre deixa Frank desconfortável, ou Leo, que lhe causa dor da mesma forma que causa em mim, pelo simples fato de ele não ser o nosso menino.

No entanto, estou me acostumando, a cada dia Leo se torna mais ele mesmo, e o *meu* menino, o *nosso* menino, desvanece um pouco mais.

Fiz uma torta de frango e presunto, a favorita de Jimmy e Nina, e Frank trouxe para casa duas garrafas de vinho tinto, presente de um velho amigo fazendeiro, o que é um evento em si. Normalmente, nunca temos vinho em casa.

Frank abre uma das garrafas e serve o vinho em duas taças.

Estamos ouvindo o álbum *Aftermath*, dos Rolling Stones, quando Jimmy e Nina chegam. Está tocando a faixa de abertura, "Mother's Little Helper".

— Eu AMO essa música! — grita Nina, e entra dançando, seu cabelo lustroso esvoaçando atrás de si enquanto executa um giro perfeito.

Ela está usando um minivestido cor-de-rosa, amarelo e verde com uma estampa gráfica brilhante, meia-calça turquesa e sapatos boneca envernizados. Eu amo como está sempre arrumada; no meio da nossa cozinha velha, ela é como uma flor rara e ornamentada.

Nina abraça Frank, depois vem na minha direção, parando para farejar o ar feito um cão de caça.

— Não me diga que você fez a torta?

— Claro que sim, sua idiota.

— Eu te amo, Beth Johnson. Eu já te disse isso?

— Muitas vezes. E eu também te amo.

Nós nos abraçamos junto ao fogão, sua longa cabeleira chicoteando meu rosto. Ela cheira a xampu de pera e a creme Nivea.

— Parece que vamos segurar vela hoje à noite — diz Jimmy ao irmão.

— Como sempre. Qual é a novidade? — comenta Frank.

— Conte pra gente sobre seu novo emprego, Beth — pede Nina, assim que nos sentamos à mesa.

Ela sempre foi o tipo de pessoa que encara o elefante na sala. Percebo o olhar entre os irmãos, o rápido lampejo de desprezo no rosto de Jimmy. Ele está pronto para odiar Gabriel, a menos que Frank lhe diga para não fazer isso; é assim que funciona entre os dois.

— Estou gostando, de verdade — começo. — É diferente, sabe? Achei que ir à escola seria muito difícil, mas, na verdade, está ajudando. Estou enfrentando coisas que por dois anos evitei: o parquinho, os professores, as mães. E está sendo mais fácil do que eu pensava. Já me acostumei. E o Leo não é nada parecido com o Bobby. Sei que você estava preocupada de que essa situação pudesse trazer tudo de volta. E às vezes traz, sim, mas sinto que estou fazendo algo que vale a pena, algo que está fazendo a diferença para ele e para mim. Sinto pena do Leo. O pai dele trabalha demais, e a mãe começou uma nova vida nos Estados Unidos sem ele. É um menino solitário.

Enquanto falo, meus olhos permanecem fixos em Frank; estou dizendo tudo isso para ele. E o que vejo refletido de volta é sua compreensão. Ele entende. Sorrio aliviada, e ele estende a mão para pegar a minha. Sempre fomos bons em nos comunicar sem palavras.

Quando abrimos a segunda garrafa, percebo que a tensão desapareceu do rosto de Frank. Sua pele está levemente corada, e seus olhos cintilam. Ele parece feliz, mais jovem. Como o homem que ele era antigamente.

— Esse jeito de bêbado de vinho combina com você — digo, e ele me beija, bem forte, na boca. Um beijo que é realmente um ponto-final e diz *Tá legal, agora já chega*.

— Olhem só pra vocês, malditos pombinhos — diz Nina, mas ela está feliz por nos ver assim. Nosso relacionamento significa muito para eles dois. — Como vocês sabiam que eram feitos um pro outro? Vocês eram tão jovens.

— Eu sabia desde os treze anos — responde Frank.

Eu não preciso contar a história das flores; minha colagem está pregada na parede da cozinha há tanto tempo que mal noto.

— A Beth demorou um pouco mais.

— Mas assim que eu me convenci, eu me convenci pra sempre — digo, e me inclino para ele, minha cabeça em seu ombro.

Não é apenas efeito da bebida; em Frank eu encontro segurança quando mais preciso. Ele é meu e eu sou dele, e estamos juntos há uma eternidade. Essa é a história que eu conto a mim mesma.

— Vocês dois sabem, não é? — diz Frank. — Parem com isso, vocês nunca tiveram olhos pra mais ninguém. Quantos anos já faz agora, cinco, seis? O que vocês estão esperando?

A coisa mais estranha e inesperada acontece.

Nina se levanta da mesa e se ajoelha na frente de Jimmy.

Todos nós percebemos, ao mesmo tempo, que ela está apoiada num joelho só. Jimmy encara Frank — *Isto está realmente acontecendo?* —, e em seguida seu rosto muda de vergonha para admiração.

— Jimmy Johnson, amor da minha vida, você quer se casar comigo? Se eu esperar você me pedir em casamento, vou morrer velha e solteirona.

Jimmy puxa Nina para seu colo e os dois começam a se beijar como se não houvesse mais ninguém na sala. Frank e eu nos entreolhamos, os olhos arregalados enquanto aguardamos.

— Isso é um *sim*? — pergunta Nina quando eles se desvencilham. — Você ainda não disse.

— Claro que é um sim, porra! Tudo o que eu sempre quis foi você. Pode perguntar pra eles dois. — Ele gesticula para mim e Frank; ainda estamos assistindo, espantados. — Sou apaixonado por você desde a primeira vez que te vi. Eu estava com muito medo de te pedir em casamento. Sei lá, vai que você diz *não*.

Nina revira os olhos.

— O seu problema, Jimmy Johnson, é que você não tem ideia do bom partido que é. Você é o melhor homem que eu conheço. E também não é nem um pouco desagradável aos olhos.

E então todos nos abraçamos, e a visão dos irmãos, esses dois homens gigantescos, apertados em um abraço de urso, me comove tanto que meus olhos chegam a lacrimejar. Eu queria que David estivesse aqui para assistir a essa cena. Ele queria muito que seu filho mais novo tomasse jeito, e vivia preocupado com ele — não que ele dissesse isso.

Nina se empoleira no colo de Jimmy, os braços em volta do pescoço dele. Não consigo tirar os olhos do casal. Quando foi a última vez que olhei para Nina direito? Nina, que tem um sensor tipo radar para detectar as oscilações de humor de Jimmy e aguenta sem reclamar até suas piores rabugices. Nina, que, além de linda, está sempre disposta a rir, dançar e encontrar o melhor caminho. Nina, que poderia ter tido qualquer homem, mas desde os dezenove anos escolheu estar com Jimmy.

— Uma cerimônia de casamento, então? — digo. — Vamos fazer aqui.

— Ah. — Nina ri. — Eu me esqueci dessa parte.

— Vamos convidar todo mundo — diz Jimmy. — A porra da cidade inteira. Já passou da hora de fazermos uma festa.

A ideia de fazer uma festa de casamento na Fazenda Blakely nos deixa empolgados. Levanto o rosto e vejo Frank olhando para mim. Ele abre um sorriso sutil e balança a cabeça. Sei que estamos pensando a mesma coisa. Este casamento é o que precisamos. Este casamento vai ser bom para todos nós.

## *Antes*

Estou no quarto da minha mãe me arrumando para um jantar em Meadowlands. Minha irmã também está aqui, descansando na cama da minha mãe, dando conselhos de moda e fazendo comentários maldosos sobre a família Wolfe.

— É demais? — pergunto, olhando para mim mesma no espelho de moldura dourada.

Estou usando um top sem alças da Eleanor, com uma saia godê que minha mãe e eu passamos os últimos quatro dias costurando meticulosamente. Minha mãe me emprestou um largo cinto de couro envernizado, e Eleanor fez ondas no meu cabelo com os bobes da minha mãe. A maquiagem também é emprestada da minha irmã: batom vermelho e blush.

— Ah, Beth! — diz minha mãe quando eu me viro. — Você está linda.

— Você está ótima — comenta Eleanor. — Mas sem dúvida aquela mulher horrível vai dizer que suas roupas estão fora de moda.

Provavelmente foi um erro contar à minha família sobre o comportamento de Tessa no nosso primeiro encontro.

Gabriel veio jantar na minha casa algumas noites atrás. Esbanjando charme, ele papeou com minha mãe sobre as irmãs Brontë, as autoras favoritas dela; conversou com meu pai sobre Dublin, onde passou férias quando criança; e perguntou a Eleanor sobre a vida noturna de Londres.

De nada adiantou. Assim que Gabriel foi embora, minha irmã disse:

— Ele é legal, eu acho. Muito bonito. Mas como você aguenta essa voz? Arrogante demais, não é?

\* \* \*

O jantar já havia começado quando eu chego.

— Aí está você, querida Beth! — anuncia Tessa quando entro na sala de jantar onde Gabriel, seus pais e as visitas, alguns amigos norte-americanos, estão reunidos. — A criada tola trouxe nossa sopa antes do esperado. Então, infelizmente tivemos que começar sem você.

— E aqui está seu lugar reservado ao meu lado — diz Edward, levantando-se da cadeira. — Permita-me apresentá-la.

Os convidados são Richard e Moira Scott e sua filha, Louisa, que acabou de terminar o primeiro ano em St. Hilda's, Oxford. Gabriel só havia me falado que uma norte-americana chata viria passar o fim de semana e que ele estava sendo obrigado a entretê-la, e me pediu para, por favor, ajudá-lo.

Meu primeiro pensamento, enquanto observo Gabriel ouvir atentamente Louisa, a cabeça inclinada em direção a ela, é que ele parece estar bastante disposto a ser um bom anfitrião, e não alguém que foi obrigado a fazer sala. Talvez ninguém tenha dito a Gabriel que ela era tão bonita, embora "bonita" não faça justiça à pele branca corada, aos olhos brilhantes e à boca que se curva para cima como se estivesse sempre pronta para um sorriso. Ela parece uma boneca, com suas orelhas delicadas, nariz pequeno e elegante, boca de botão de rosa — um protótipo de beleza clássica.

Achei que estava bem-vestida para esta noite, mas não é nada comparado a Louisa. Ela está de vestido de cetim preto sem alças, gargantilha de pérolas em volta do belo pescoço, e uma ousada sugestão de decote.

É interessante observar mães e filhas juntas, principalmente quando são o reflexo uma da outra, como é o caso de Louisa e Moira Scott. A pele de sua mãe, lisa e desprovida de rugas, seu corpo magro envolto em um vestido preto estreito, é um bom presságio para Louisa. Bons genes, ótima estrutura óssea. Fortes e branquíssimos dentes norte-americanos. Elas riem muito, talvez para exibir os excelentes sorrisos.

Louisa acena para mim do outro lado da mesa e diz:

— É um prazer te conhecer. Gabriel me contou tudo sobre você.

— E Louisa me contou tudo sobre Oxford.

— Alguns dos meus melhores amigos em Oxford são poetas e dramaturgos. Eles estão sempre de olho em outros escritores.

De repente, tenho certeza de duas coisas: Louisa e Gabriel vão se aproximar; e eu vou me sentir excluída.

Seja por educação ou de propósito, Richard Scott, que está sentado à minha frente, começa a puxar papo. Nunca conheci alguém tão curioso — ele faz uma série de perguntas sobre minha família, minha escola, meus autores favoritos, de que tipo de música eu gosto, se eu quero continuar no interior, se eu me imagino morando na cidade.

Ele me trata como um adulto, perguntando o que penso a respeito de Anthony Eden, nosso novo primeiro-ministro. E se fiquei triste em ver Churchill deixar o cargo.

Repito o que ouvi meus pais dizerem, que Churchill já foi um político brilhante, mas estava na hora de ele se aposentar, e Eden esperou muito tempo. Meus pais não são fãs do Partido Conservador, mas decido guardar essa informação para mim.

Conversamos sobre o recente enforcamento de Ruth Ellis. Como todos da minha idade, fiquei chocada com a sentença de morte.

— Ela era mãe — digo, e Richard deve notar que minha voz fica embargada, pois estende a mão para dar um tapinha na minha. — E o amante dela era abusivo. Tudo tão errado.

Às vezes consigo dar uma olhada de relance para Gabriel e Louisa, ainda entretidos num bate-papo animado. Vejo o jeito como ela olha para ele, não exatamente com adoração, mas com atenção total.

Com alguma insistência, consigo juntar informações sobre a família Scott. Eles moram na Califórnia, em Hollywood Hills. Imagino uma mansão branca com uma piscina cintilante, uma fileira de carros esportivos estacionados do lado de fora, Marilyn Monroe aparecendo para tomar um drinque ao pôr do sol. Richard é produtor de cinema, e recentemente produziu filmes como *Sabrina* e *Janela Indiscreta*, ambos aos quais eu assisti.

— O senhor conhece Alfred Hitchcock? — Não consigo evitar parecer uma pessoa fascinada por celebridades.

— Sim. Bem, mais ou menos. Ele é muito reservado.

— Como foi trabalhar com ele?

Richard toma um gole do vinho.

— "Desafiador" talvez seja a melhor palavra. Ele não é um homem fácil.

— E o senhor conhece Marilyn Monroe? Estou tentando, mas não consigo evitar perguntar.

Richard ri.

— Ah, pode perguntar à vontade. Eu a conheci. Hollywood é um mundinho muito pequeno, todo mundo vai às mesmas festas. Mas eu não diria que a conheço. Não trabalhamos juntos, e ela geralmente tem uma comitiva ao seu redor.

— Papai? — chama Louisa em voz alta do outro lado da mesa. — Gabriel está escrevendo um romance. Eu disse que o senhor poderia mandar para algum editor ler, não é?

— Eu posso fazer isso — diz Richard. — Do que se trata?

Isso é o que Gabriel tem de especial. Se fosse eu, apresentando uma ideia para um produtor de Hollywood na frente de uma sala cheia de conhecidos, incluindo meus pais e minha namorada, eu desmoronaria. Gabriel faz o contrário. Ele pensa no que vai dizer, compondo e organizando seus pensamentos enquanto esperamos.

— Eu descreveria como uma história de amor às avessas. Em vez de uma garota desesperada para se casar com o garoto, é o contrário. A garota quer explorar sua própria sexualidade e viver livremente, como um homem. Ela rejeita as investidas dele e dorme com quem bem entender, enquanto ele fica em casa esperando por ela, torcendo para que ela volte.

— Eu gosto disso — diz Richard. — A subversão do clichê. Como a história termina?

Antes que ele possa dizer mais alguma coisa, Tessa o interrompe.

— Quem será que serviu de inspiração para essa heroína rebelde? — Ela olha para mim, deixando bem claro o que quis dizer. — Beth, me responda honestamente — continua ela. — Se a oferta de um bom casamento surgisse, você recusaria?

Cai um silêncio repentino na sala. Do outro lado da mesa, vejo Gabriel observando, e sei o que ele está pensando. *Não a irrite. Por favor, deixe para lá.* Quando Tessa bebe, Edward e Gabriel andam numa corda bamba.

— O que constitui um bom casamento? — digo, contornando a pergunta. — Acho que provavelmente temos ideias diferentes quanto a isso.

*O seu, por exemplo, é o mais triste que eu já vi, Tessa.*

Do outro lado da mesa, Gabriel balança a cabeça para mim. E percebo, mais uma vez, que ele está me abandonando à própria sorte, em apuros, para eu chafurdar na lama. Ou para me defender sozinha. Quando se trata de Tessa, Gabriel não tem coragem de partir para o confronto. Ele tampouco quer que eu estrague suas chances com Richard Scott. É assim que os círculos sociais da elite funcionam: você conhece as pessoas certas, as portas se abrem, você é conduzido. Entre para o clube. Você vai se encaixar perfeitamente. Contanto que sua mãe bêbada não arruíne as coisas para você.

— Casamento é a última coisa em que eu penso, para ser sincera. Esta carne está deliciosa, Tessa. Tão macia.

Quando a refeição termina e Louisa começa a empilhar os pratos mais próximos dela, um em cima do outro, noto que Tessa simplesmente lhe agradece.

— Fique onde está, Louisa — diz ela. — Temos uma garota na cozinha que vai lavar a louça. Beth e eu vamos buscar a sobremesa.

Há outra garota da cidade servindo o jantar, então não há necessidade de eu ajudar, a menos que seja uma desculpa para Tessa falar comigo a sós. Sinto meu estômago embrulhar de pavor.

— Louisa parece uma garota adorável — digo, assim que estamos na cozinha.

— Não é mesmo? Ela e Gabe se deram bem logo de cara. Eu sabia que ela seria o tipo dele.

— Foi uma ótima ideia convidá-los. Vai ser bom para ele começar a faculdade com uma amiga.

Digo tudo o que Tessa quer ouvir. Mas em vão. Ela me encara com seus olhos escuros e contemplativos e um pequeno sorriso de piedade.

— Querida Beth, eu me preocupo com você.

— Ah, é? Não sei por quê.

— Espero que você consiga lidar com o fato de que ele vai te deixar.

— É só por um semestre, depois ele vai voltar.

Ela ri.

— Você acha que vai durar esse tempo todo?

Estou tão chocada com a crueldade dela que fico sem palavras.

— Eu gosto de você, Beth, e espero que você não tenha jogado tudo fora por uma aventura de verão. Você deixou meu filho se aproveitar de você, não é?

Sinto meu rosto corar de raiva. Dia após dia, os homens são admirados por suas proezas sexuais, pelas "conquistas" gravadas nos pés da cama. Enquanto as mulheres que ousam fazer o mesmo são ridicularizadas, e, na maioria das vezes, são outras mulheres que as julgam.

Será que Tessa não ouviu o tema do romance de Gabriel? A tentativa dele de desmascarar padrões sociais tão enraizados que ninguém nunca os questiona? O filho dela entende, mesmo que ela não entenda.

— Rapazes como o Gabriel não ficam com garotas como você. Não quero ser indelicada. Muito pelo contrário. Estou apenas tentando avisá-la, para que você não se machuque.

Pelo resto da noite, não consigo me livrar das insinuações de Tessa. Olho para Gabriel e Louisa e percebo como eles são perfeitos um para o outro, um moreno e alto, a outra loira e magra. Bonitos, inteligentes e elegantes, eles são o par ideal, como um casal de protagonistas de Henry James destinados a se apaixonar.

## 1968

Todos os dias em Meadowlands o telefone toca às seis em ponto. É meu sinal para ir embora para casa e deixar Leo falar com a mãe, que sempre liga da Califórnia para lhe dar boa-noite. Em breve ela virá visitá-lo, e Leo não fala em outra coisa.

O menino corre em disparada para atender ao telefone.

— Oi, mamãe!

Ele parece feliz da vida em ouvi-la. Não consigo imaginar como isso deve deixar sua mãe angustiada, estar do outro lado do Atlântico, ouvir a voz do filho, mas não poder vê-lo. É de cortar o coração, nem sei como ela aguenta tamanha aflição.

Gabriel me disse que a única razão pela qual ele tem a custódia temporária de Leo é porque a esposa estava se sentindo tão culpada por ter se apaixonado por outra pessoa que deu a Leo a chance de escolher: os Estados Unidos com ela ou a Inglaterra com o pai? Por ora, ele escolheu a Inglaterra.

Entreouço pedaços da conversa enquanto Leo conta à mãe sobre seu dia, uma história que ele escreveu durante a aula de inglês, o garoto que foi expulso da classe por dizer um palavrão.

— "Merda" — diz Leo em voz alta assim que Gabriel entra na sala.

— Encantador — comenta o pai.

Eu e Gabriel nos viramos, alarmados, quando Leo grita:

— Você está brincando? Você não vem?

Ele fica em silêncio por alguns segundos, ouvindo atentamente, e, embora esteja de costas para nós, vejo o desespero em cada curva de seu corpo.

— Isso não é um motivo, é uma desculpa, você simplesmente não quer vir! — grita ele, depois larga o telefone e sai correndo.

Gabriel pega o fone e começa a repreender a ex:

— Pelo amor de Deus, você não acha que poderia ter contado primeiro para mim, aí eu poderia dar a notícia a ele com mais delicadeza? Você não pode vir mesmo?

Ouço a porta da frente bater com força. Fico dividida, sem saber se devo deixar Leo sozinho com sua raiva ou ir atrás dele. Às vezes, tenho a sensação de que ele está por um fio e a única coisa que o vinha mantendo firme e motivado a seguir em frente era a expectativa da visita da mãe.

Eu o encontro sentado em frente ao lago. Ele não ergue o rosto quando me aproximo.

— Eu posso ir embora se você quiser.

Leo não diz nada.

— Eu sei o quanto você estava ansioso pra ver sua mãe.

— Ela só se importa com o bebê.

— Por que ela não pode vir?

— Por causa dele, é claro. Os dentes dele estão nascendo. Ele sente muita dor, e seria sofrido demais pegar um avião. É só uma desculpa dela.

— Acho que isso pode mesmo ser bem difícil. Bebês não são muito bons em viajar.

— Ela bem que poderia deixar o bebê lá.

— Quando se trata de um bebê, é mais fácil falar do que fazer. Eles dão muito trabalho.

— Você não deveria ficar do meu lado?

Nunca o ouvi falar assim; há uma frieza e um ressentimento em sua voz que me fazem pensar que Leo está segurando as lágrimas.

— Eu estou do seu lado. Cem por cento. E ela também. É o que estou tentando dizer.

— Você nunca teria deixado seu filho pra trás em um país diferente. Eu já vi sua cara quando você olha para a foto dele na sua bolsa.

Suas palavras me tiram o fôlego. Eu mantenho uma foto de Bobby comigo e olho para ela tantas vezes durante o dia que quase não percebo que estou fazendo isso. Mas pensar em Leo, um menino que tenta esconder a saudade que sente da mãe, me observando, uma mulher que sempre tenta esconder a saudade que sente do filho, me deixa aturdida. É por isso que Leo e eu nos demos tão bem logo de cara, mas essa situação me parece cada vez mais perigosa. Não é algo real. Preciso manter o controle.

— Olhe, seu pai está vindo — digo, e vemos Gabriel correndo pelo gramado em nossa direção.

Ele se senta ao lado de Leo, coloca um braço em volta do ombro do menino e diz:

— Eu sinto muito, de verdade.

— Eu não quero falar sobre isso.

— Sem problema.

Gabriel não diz mais nada, e eu penso em como sua atitude é sensata; ele não está tentando melhorar as coisas, apenas aceita a decepção e a tristeza que por enquanto não podem ser consertadas.

Depois de um momento, Leo deixa a cabeça cair no ombro do pai.

Um gavião dá um rasante, traça uma curva acentuada e desliza pela superfície do lago antes de pousar na grama.

— Olha só, um abutre! — diz Gabriel. — São criaturas lindas, não são?

— É um gavião, papai. Os abutres são maiores e as penas deles são marrons, não cinza.

— Entendi. — Gabriel dá um leve soco no ombro do menino. — O que mais você andou aprendendo pelas minhas costas, menino do interior?

O lago é circundado por bosques; é um paraíso para os pássaros, principalmente no início do verão. Leo e eu os identificamos usando um par de binóculos que um dia pertenceu a Bobby.

— O Bobby sabia o nome de centenas de pássaros — diz Leo.

— Eu só sei alguns até agora.

— Bobby? — pergunta Gabriel, e em seguida se recompõe. — Ah, o filho da Beth. Claro.

É estranho que eu fale com Leo sobre Bobby às vezes? Ele tem curiosidade sobre meu filho, provavelmente porque tem dez anos, apenas um ano a mais que Bobby quando ele morreu. Gosto de lhe contar sobre as coisas que costumávamos fazer juntos. Gosto do fato de Leo estar conhecendo Bobby, mesmo que um pouco, e falar sobre meu filho me ajuda a manter viva sua memória.

Ouço Leo contar a Gabriel sobre as coisas que Bobby sabia fazer. Ordenhar vacas, gorjear igual a um melro. Ele quase parece ter orgulho de Bobby, um menino que ele nunca conhecerá. Fico comovida diante da quantidade de detalhes que ele lembra.

Mas então Gabriel me fuzila com o olhar e vejo a pergunta em seus olhos. *Por que está fazendo isso? Por que está contando ao Leo coisas sobre seu filho morto?*

## *Antes*

O verão acaba, e Hemston é transformada pela mudança de estação — árvores se exibindo em ouro acobreado, vermelho-beterraba e amarelo-banana, e Gabriel não está aqui.

No começo, ele me escreve constantemente, cartas que queimam de desejo e parecem poesia. À medida que o semestre avança e ele mergulha mais fundo na vida universitária, o tom de suas cartas muda, perde o calor, suas palavras parecem apressadas, ou pior, escritas por mera obrigação. E tem uma coisa específica que me incomoda: a frequência com que ele menciona Louisa Scott, pois são melhores amigos, aparentemente. Gabriel tem andado com os amigos dela, um grupo artístico e literário que imagino fumando e bebendo Campari enquanto debatem sobre as obras de Jean-Paul Sartre.

Passo meu tempo estudando para minha entrevista no St. Anne's em novembro, abrindo mão de convites para festas e lendo dia e noite até meus olhos doerem e eu, por fim, ser forçada a fechar os livros.

— Já chega — diz meu pai, tentando me convencer a dar uma volta com ele para tomar ar fresco, uma mudança de cenário.

— Deixe a menina em paz — intervém minha mãe. — São só mais algumas semanas.

Ela é quase tão ambiciosa quanto eu no que diz respeito ao meu futuro. Quando minha mãe terminou a escola na década de 1930, quase nenhuma mulher ia para Oxford, simplesmente não era uma opção para ela. Eu sei disso porque meu pai sempre a provoca, dizendo que ela quer viver através de mim a vida que ela mesma não conseguiu ter.

— Nós vamos te visitar com tanta frequência que você vai ficar enjoada de ver a nossa cara — diz ela, rindo.

— Nunca — respondo. — Vamos passear de barco no rio, tomar chá com creme e passar um dia inteiro no Museu Ashmolean olhando pedaços quebrados de cerâmica.

Quase dois meses se passaram antes de Gabriel e eu finalmente nos reencontrarmos. Enquanto faço minha entrevista, ele espera sentado em uma mureta baixa do lado de fora da faculdade, lendo. Quando me vê, ele se levanta de um salto, abre os braços e seu livro cai no chão.

— É você — diz ele, me envolvendo em seu enorme sobretudo de lã. — E não está usando roupas suficientes.

— Estou planejando usar ainda menos roupa — eu digo, e saímos rindo e correndo pelas ruas, cada vez mais rápido, até chegarmos ao seu dormitório na faculdade.

Assim que a porta se fecha, começamos a arrancar nossas roupas. Estamos nus na cama, a sensação da pele dele contra a minha, depois de todo esse tempo, meus dedos traçando um caminho em seu peito, sua barriga, os ossos do quadril, os lugares que eu mais amo e dos quais mais sinto falta. Os lábios de Gabriel pressionam meu pescoço repetidamente, e ele me diz que sentiu saudade, o quanto me quer, e tudo continua igual. Sinto aquele mesmo desejo ardente e desesperado que não aguenta esperar, embora Gabriel sempre diga que será melhor se esperarmos, em seguida a sensação dele dentro de mim de novo, a intensidade da coisa toda, o prazer que é quase insuportável, o jeito que ele grita meu nome, "Beth, Beth", e depois nós dois deitados juntos, abraçados com tanta força que mal conseguimos respirar.

— Quantas vezes você acha que a gente consegue fazer amor em vinte e quatro horas? — pergunta Gabriel. — Vamos testar?

Eu fico feliz demais sabendo que o que tivemos, o que ainda temos, era real, e me pergunto o porquê de eu ter duvidado, de ter me debruçado sobre suas cartas procurando provas de que ele havia deixado de me amar.

— Eu preciso te mostrar Oxford — diz ele, quando ainda estamos na cama, horas depois.

A luz se foi. Do lado de fora da janela do dormitório, Oxford tem uma aparência espectral em contraste com o céu azul-escuro.

— Podemos ir à festa de aniversário de um amigo meu — diz ele. — Mas eu prefiro manter você só pra mim.

— Festa de quem?

— Thomas Nicholls, o Tom. Ele está no segundo ano.

Detecto algo, uma ligeira hesitação, que me faz questionar sua relutância em ir à festa. Ele se sente constrangido em me apresentar, uma estudante do ensino médio, para seus amigos escritores? Ou há algo — ou alguém — que ele deseja esconder de mim? Minha cabeça está a mil, tentando descobrir a verdade que se esconde nas entrelinhas.

— Onde o Tom mora?

— Na rua Magdalene. Ele mora com a Louisa.

*Louisa.* O nome dela por si só evoca um arrepio, como se todo o ciúme que eu alimentei por semanas a fio estivesse voltando à tona. É como se as horas de amor na cama, as infinitas declarações apaixonadas — *eu te amo, senti tanta saudade* — não tivessem significado nada.

— Eu prefiro ficar na cama. Mas os meus pais vão querer saber todos os detalhes do meu dia em Oxford.

— Você está certa — diz Gabriel enquanto joga os cobertores para trás e pula da cama. — A gente pode ficar lá por meia hora, depois podemos dar uma escapadinha e encontrar um lugar para jantar.

No começo, fico empolgada com a festa. Tom e Louisa dividem uma casa que parece surpreendentemente grande para dois estudantes, e há pessoas por todo lugar, amontoadas na sala de estar com um piano preto brilhante, fumando na escada, gritando para serem ouvidas na cozinha, onde vamos encontrar nossos anfitriões. *É assim que vai ser, eu acho.* Um rapaz de terno de veludo roxo; um casal se beijando sem pudor, encostado na porta da geladeira.

Tom surge do nada — com sua cabeleira loira e cara de bobo, usando tweed e óculos —, servindo uma garrafa de champanhe.

— Tomem — diz ele, nos entregando duas taças, cheias quase até a borda. — Vocês chegaram na hora certa. Isto aqui é coisa de boa qualidade. E quem temos aqui? Está confraternizando com os calouros de novo, Gabe?

Gabriel se enturmou muito fácil com os amigos de Louisa; duvido que ele passe muito tempo com os colegas de turma. E claramente não contou a Tom sobre mim. Ou será que não contou a ninguém? A paranoia começa a crescer em minhas entranhas.

— Esta é a Beth. Ela fez uma entrevista no St. Anne's hoje.

— Bem-vinda, Beth. Gostei do seu vestido.

Abrimos caminho por um corredor apinhado com camadas e camadas de gente até a relativa calma da sala de estar, onde Gabriel parece conhecer todo mundo. Todos o cumprimentam, beijam suas bochechas, o abraçam e dão tapinhas em suas costas enquanto ele me apresenta.

— Esta é a Beth — diz Gabriel. — Ela veio fazer uma entrevista. Nós crescemos na mesma cidade.

Eu sorrio para as Glorias, Claudias e Imogens em seus conjuntos de blusa e cardigã de garotas ricas, seus colares de pérolas, o tempo todo me perguntando por que ele não me apresentou como sua namorada.

— Gabe, você veio!

Estou envolvida numa conversa com Claudia ou Imogen e não consigo desviar o olhar, mas reconheço a voz atrás de mim. Afetuosa, sotaque norte-americano. Enquanto respondo a perguntas sobre minha entrevista — "falamos principalmente sobre os românticos" —, meu ouvido atento capta as vozes sussurradas.

— Você disse que não poderia vir.
— Foi a Beth quem quis vir.
— Espero que a situação não fique estranha.
— Está tudo bem, não vamos ficar muito tempo.
— Gabe, sobre aquela noite...
— Como é, Beth? Eu não entendi direito — diz Claudia (ou Imogen), e eu perco o restante da conversa.

De repente, estou sendo abraçada por Louisa, e tudo nela — suas roupas, o cigarro que ela fuma em sua piteira preta e dourada, seus óculos redondos de armação preta que conseguem fazê-la parecer ainda mais bonita do que na minha lembrança — me destrói.

Helen, minha talentosa amiga, me surpreendeu com um vestido de bolinhas que ela fez para mim antes de eu partir — uma imitação de Christian Dior em seus dias de *New Look*, copiado de um molde da *Vogue*. Decote baixo, ajustado no busto, uma saia circular com babados. Eu amei o vestido, me senti uma pessoa diferente nele. Olhando para Louisa agora, tenho vontade de rasgá-lo.

Sua blusa sem alça preta revela a pele dourada acetinada e um vislumbre de decote, e ela veste uma calça xadrez preta e branca e um largo cinto dourado. Na parte de trás de sua cabeça, há um quepe naval branco e dourado. Louisa está incrível.

— Como foi sua entrevista? Deu tudo certo? — pergunta ela, sorrindo para mim com seus lindos olhos azul-esverdeados.

Estou tão entediada com a pergunta, comigo mesma.

A verdade é que não poderia ter sido melhor. Fui entrevistada por dois professores, um deles uma mulher, e parece que nos conectamos instantaneamente. Em questão de minutos nos afastamos da esposa de Bath e da tragédia shakespeariana e estávamos trocando figurinhas sobre poemas de nossas poetas favoritas. A professora Gilbert me disse para ficar de olho nas norte-americanas modernas Anne Sexton e Mary Oliver, e uma jovem acadêmica de Cambridge que ela tinha acabado de conhecer chamada

Sylvia Plath. Ao me acompanhar sala afora, ela disse: "Temos uma comunidade bastante ativa de escrita criativa. Acredito que você se sairá muito bem aqui."

Quando termino de contar a Louisa, ela toca meu pulso e diz:

— Ah, você também é escritora? — Ela leva uma das mãos ao peito e fecha os olhos. — O romance que o Gabe está escrevendo é lindo. Engraçado, devastador, corajoso. O que era de se esperar dele, eu acho. Você já deve ter lido, não?

Dou um jeito de sorrir.

— Ele é bem cauteloso com sua escrita. Nós dois somos.

— Falando de mim, por acaso?

Gabriel está sorrindo quando se coloca entre nós duas.

O rosto de Louisa se ilumina no momento em que o vê. Ela coloca a palma de uma das mãos no peito dele, e a intimidade do gesto me deixa irritada e perplexa.

— Eu estava contando pra Beth sobre seu maravilhoso romance — diz ela, virando-se para mim.

Mas não estou olhando para Louisa. Estou olhando para Gabriel, para o intenso rubor em suas bochechas. Ele parece desconfortável. Ou culpado. Mesmo depois de Louisa afastar a mão.

Minutos depois, quando Gabriel e eu saímos da festa, uma batalha está sendo travada na minha cabeça. Quero berrar com ele: *Por que você não disse às pessoas que eu era sua namorada? E por que você corou quando a Louisa tocou em você? Existe alguma coisa entre vocês dois? Alguma coisa que eu deva saber?*

— A maioria dos restaurantes já vai fechar — diz Gabriel, consultando o relógio de pulso —, mas tem um indiano que fica aberto.

— Você acha que eu sou uma caipira?

Gabriel franze a testa.

— Claro que não. De onde você tirou isso?

*Ah, eu não sei, talvez porque eu estava numa sala cheia de gente esnobe de classe alta, garotas de caxemira, garotos abrindo garrafas de champanhe como se fossem limonada. Eu não tenho dinheiro, não faço parte desse círculo, sou o peixe fora d'água com sotaque do interior.*

— Sua amiga Claudia, ou qualquer que seja o nome dela, ficava me pedindo pra repetir as coisas que eu dizia. Aparentemente ela achou difícil me entender.

— Que absurdo. — Gabriel me puxa a fim de me fazer parar. Inclina-se para beijar minha testa, depois meus olhos, meu nariz, minha boca. — Eu adoro o seu jeito de falar. É uma das coisas das quais eu mais sinto falta.

Inspiro o ar noturno de Oxford, a visão dele, o rapaz mais lindo do mundo.

— O que você acha de a gente deixar pra lá o restaurante e voltar pro meu dormitório? — pergunta ele.

— Sim, pelo amor de Deus.

Ficamos lá no ar frio da noite, um encarando o outro. Gabriel me observa com um olhar que já conheço, que faz tudo encolher, até existirmos somente ele e eu. Um olhar que me diz que sou o suficiente, mais do que isso, eu sou tudo. Tenho apenas que manter a fé.

— Eu queria que você pudesse ver o que eu vejo, Beth. Você vale mais do que mil garotas naquela sala.

## *1968*

— Você pensa que conhece a pessoa... — eu digo, enquanto dirigimos por uma estrada longa e arborizada e o hotel surge. É um casarão de tijolos vermelhos nos arredores de Devon, e Frank fez uma reserva surpresa para meu aniversário.

— Não é todo dia que você faz trinta anos... — diz ele, parando na frente do casarão.

Tudo no hotel nos empolga. A maneira como nossa mala azul surrada é carregada à nossa frente até o quarto. As garrafas de uísque e gim esperando por nós em uma bandeja de prata. A maior cama que já vimos na vida. Quando o carregador do hotel vai embora, Frank se deita para mostrar que a cama é tão grande quanto ele.

— Vem cá. — Ele dá um tapinha no espaço a seu lado.

Ficamos em silêncio, dedos entrelaçados, fitando o intrincado trabalho em gesso do teto.

— Estou preocupada de que isto tudo seja muito caro, Frank — deixo escapar, e meu marido franze a testa.

— Eu disse que você não tinha permissão pra se preocupar com dinheiro. Eu vendi aquele trailer velho que a gente nunca usa, então temos um dinheirinho extra. De agora em diante, nem mais uma palavra sobre isso, você prometeu.

— Tudo bem — concordo, e então o beijo. — O que vamos fazer com todo esse tempo livre?

Frank sorri.

— Eu consigo pensar em algumas coisas.

— Ah, é?

Com seus dedos fortes e eficientes, ele começa a desabotoar minha camisa.

— Não vamos precisar destas roupas — diz ele.

Frank tira minha camisa, minha saia e minha calcinha e se apoia em um cotovelo para me admirar.

— Eu já te disse que você é linda?

— Faz tempo que você não diz.

— Então eu sou um idiota. Porque você é. Muito linda.

Frank sabe exatamente como me tocar. Fecho os olhos enquanto seus dedos deslizam ao longo da minha pele. Eu sei como Frank gosta de se demorar, mas uma ânsia repentina toma conta de mim. Não quero esperar. Começo a desabotoar seu cinto, puxo sua calça, e Frank ri.

— Devagar. Qual é a pressa?

— Eu preciso de você.

Não preciso dizer mais nada. Ele tira suas roupas e se inclina sobre mim, segura as maçãs do meu rosto e entra em mim, de um jeito lento e profundo. É tudo o que eu quero.

— Graças a Deus — diz ele. — Graças a Deus por você.

Depois, nem sequer nos damos ao trabalho de nos vestir, ficamos na cama a tarde toda. Frank liga para o serviço de quarto para pedir chá, que é trazido pelo mesmo carregador de malas; educadamente, o rapaz desvia os olhos de mim deitada na cama e de Frank nu sob o roupão do hotel.

— Ele acha que vamos transar o fim de semana inteiro — comento assim que o funcionário do hotel vai embora.

— E vamos — diz Frank, desamarrando seu roupão e pulando ao meu lado. — Eu não te avisei?

Enchemos a velha banheira vitoriana até a borda e entramos um em cada ponta, abastecendo-a com água quente até que nossa pele fique avermelhada e enrugada. De vez em quando conversamos, mas na maior parte do tempo ficamos em silêncio, apenas sorrindo um para o outro em meio ao vapor. Nos últimos tempos tem havido muita tensão entre nós, mas agora sinto que ela está se dissipando aos poucos. E nesse momento, voltamos a ser nós mesmos.

No jantar, damos as mãos sobre a mesa e bebemos uma garrafa de vinho cara que o garçom recomendou e nós dois nos sentimos intimidados demais para recusar e pedir algo mais barato.

— E daí? — diz Frank, tilintando sua taça na minha. — É seu aniversário.

Ele pede um bife, que vem do jeito que ele gosta, crocante por fora e sangrando por dentro. Eu peço filés de linguado, que são macios, amanteigados, com um toque de limão, acompanhados de batatas salteadas e vagens: comida simples e perfeita.

— O que isto te lembra? — pergunta Frank.

— Nossa lua de mel?

Agora eu consigo nos ver, dois jovenzinhos com a vida inteira pela frente, que não sabiam nada do que os anos seguintes lhes reservavam. Foi a primeira vez que eu e Frank passamos a noite em um hotel; esta é a segunda.

O vinho caro desce rapidamente, e quando o garçom nos pergunta se gostaríamos de outra garrafa, Frank diz que sim.

— Quando é que a gente consegue fazer isto? Eu gosto de ficar bêbado com minha esposa.

Provavelmente a segunda garrafa é um erro.

Começamos a relembrar os bons momentos com Bobby. O trator de brinquedo que ele ganhou em seu aniversário de quatro anos, um presente que embrulhamos cuidadosamente com muitas camadas de folhas de papel. Bobby deu uma olhada e irrompeu no choro. "Por que eu não posso ter um trator de verdade? Esse não anda de verdade." No dia em que tiramos as rodinhas da bicicleta, logo depois desse aniversário, e ele pedalou pelo terreno por uma hora inteira sem parar. Durante algum tempo nós o chamamos de "ciclista solitário". Bobby sempre insistia em ir ordenhar na manhã de Natal, antes mesmo de abrir os presentes. Ele enchia os bolsos de maçãs para as vacas e de biscoitos para as ovelhas. "É o Natal delas também."

Nesta noite, consigo ouvir a voz dele, e não é sempre que isso acontece. Meus olhos estão cheios de lágrimas, os de Frank também estão marejados. Estamos no limite, nós dois sabemos disso, mas é muito significativa essa conexão sobre a qual nunca conversamos, mas que nos une tão intimamente. Algo a ver com o fato de estarmos longe da fazenda, com todas as suas memórias, tornou isso possível.

— Eu só queria... — diz Frank, e em seguida se interrompe, mas vejo a dor perpassando seu rosto.

Há tantas coisas que nós queríamos que tivessem acontecido no dia em que Bobby morreu. Tantas coisas que poderíamos ter feito e que fariam toda a diferença. Mas não fizemos.

De repente, me dou conta de que é nossa intimidade tão profunda, o fato de sermos tão unidos, que nos impede de nos curarmos. É como se eu estivesse vendo de fora, nós dois oscilando de um lado para outro em nossa espiral de tristeza compartilhada.

— Eu também — digo. — Tudo o que você queria, eu queria. Mas isso não o trará de volta. Temos que tentar nos desapegar dele, deixá-lo ir embora.

Nós seguramos a mão um do outro ao mesmo tempo.

— Nós vamos ficar bem? — pergunta Frank, e eu vejo o quanto custa para ele dizer isso.

Frank, que nunca fala sobre sentimentos, fraquezas ou qualquer coisa dolorosa, e que certamente não faz perguntas como essa, que podem acabar resultando na resposta errada.

Eu não sei direito o que dizer. Nós vamos ficar bem? Haverá um momento em que não sofreremos mais por nosso filho morto? Quando é que a culpa que espreita nos cantos, esperando o momento certo para nos atacar, diminuirá a ponto de se tornar algo mais fácil de suportar?

— Eu tenho esperança de que sim. — É o melhor que consigo dizer, e Frank concorda, como se estivesse esperando por essa resposta.

— Só o tempo dirá — diz ele, e nós rimos com certa tristeza, porque temos uma piada interna sobre pessoas que espalham esse clichê, como se fosse realmente algo perspicaz.

Ainda estamos rindo quando o garçom de rosto soturno se aproxima para perguntar se gostaríamos de um café ou talvez uma bebida e recomenda um conhaque. Quando ambos dizemos "sim" com entusiasmo, ele abre seu primeiro sorriso da noite.

## *Antes*

De manhã, vejo Gabriel se arrumando para sua aula; ele veste as mesmas roupas das quais se livrou no dia anterior: calça de veludo cotelê, um suéter preto com vários fios do meu longo cabelo preto grudados nele, um paletó de tweed por cima.

— Viu? — diz ele, segurando um fio do meu cabelo entre o polegar e o indicador. — Eu sinto falta disso.

Gabriel se vira para mais um beijo e passa as mãos sobre meu corpo por baixo dos lençóis.

— É uma tortura deixar você aqui. Não vou conseguir pensar em Sir Gawain pelos próximos sessenta minutos, com certeza.

— Você não pode faltar a aula? Só desta vez?

Ele me mostra várias páginas de papel almaço, cobertas com sua caligrafia.

— Meu ensaio vai ser discutido esta semana, infelizmente. Não se mexa, eu não vou demorar.

Depois que ele sai, visto uma de suas camisas e fervo água na chaleira no pequeno fogareiro de camping que Gabriel trouxe de Meadowlands. Todas aquelas manhãs na beira do lago em que ele preparava café e fazia ovos mexidos com bacon parecem tão distantes, como se fosse outra vida.

Levo uma xícara de chá até a escrivaninha de Gabriel, com vista para os jardins abaixo. Vejo um rapaz atravessar o gramado, desgrenhado, apressado, talvez atrasado para sua aula das nove horas. Ano que vem, se eu me sair bem no vestibular, serei eu. Por alguns minutos, enquanto beberico meu chá, fico fantasiando. Terei meu quarto no St. Anne's College, mas Gabriel ficará em seu próprio dormitório até lá. Imagino nós dois fazendo estrogonofe de carne ou *coq au vin* à noite para nossos amigos, que no meu devaneio são um grupo mais diverso do que as pessoas que conheci na noite passada. Poetas, cientistas, historiadores da arte e músicos. Garotos e garotas que estudaram em escolas públicas e trabalharam duro para chegar aqui.

A mãe dele estava certa. Eu me sinto mais confortável com pessoas mais parecidas comigo. À minha maneira, posso ser tão elitista quanto ela.

Um caderno verde chama minha atenção, e eu o pego quase sem pensar. Estou prestes a abri-lo quando percebo o que estou fazendo: este é provavelmente o romance de Gabriel, o romance que Louisa teve permissão para ler.

Eu entendo completamente o receio de deixar alguém ler seu trabalho antes que esteja pronto. E, também, que o trabalho nunca estará finalizado a menos que você o publique e aceite correr o risco da humilhação e do fracasso. Ler os escritos de outra pessoa é como ter acesso direto aos pensamentos mais íntimos dela. E Gabriel escolheu revelar isso para Louisa, não para mim.

Assim que abro o caderno, vejo que não é o romance de Gabriel. É o diário dele.

*25 de setembro*
*Sinto saudade da Beth a ponto de ficar doente, isso me deixa muito mal. Aqui não há ninguém como ela.*

*30 de setembro*
*Como é possível estar com uma pessoa todos os dias durante um verão inteiro e depois não a ver mais? Sinto como se parte de mim estivesse faltando. Costumávamos dizer que compartilhávamos o mesmo cérebro. Bem, metade do meu cérebro se foi.*

Eu fecho o caderno com força. Ler o diário de outra pessoa é o pior tipo de falsidade, a trapaça mais vil, a mais feia. Não vou me permitir fazer isso. Os minutos passam e a tentação de olhar novamente queima na minha garganta. Não adianta: não consigo resistir. Adão deve ter se sentido assim ao morder a maçã. Em um minuto há pureza e inocência, no outro estou totalmente imersa em um mundo no qual gostaria de nunca ter entrado.

Conforme as semanas passam, meu nome vai sendo substituído pelo de Louisa, ou melhor, "L". Vejo outros nomes também: Richard, Claudia, Nigel, Imogen. Ele menciona as aulas boas e as indiferentes, festas, shows e as noitadas no pub. Festanças que duram o fim de semana inteiro, sem dúvida, nas imensas casas de campo de seus amigos. Começo a virar as páginas, procurando apenas o nome dela e, como era de se esperar, nas anotações das últimas duas semanas, encontro o que estou procurando.

No final de outubro, Gabriel escreve:

*Fiquei acordado até tarde conversando com a L. Contei tudo a ela, todas as dúvidas que tenho tido, o quanto me sinto culpado. Ela foi maravilhosa, como sempre, não sei o que eu faria sem ela. Deus, eu me sinto tão mal com isso, ela acabou passando a noite comigo. Hoje de manhã tive que ajudá-la a sair escondida pela porta dos fundos, só posso rezar para que ninguém a tenha visto e para que a Beth não descubra.*

E então, uma anotação de quatro dias atrás.

*A Louisa está apaixonada por mim. O que vou fazer? A Beth chega em três dias para fazer a entrevista dela. Minha vida está uma bagunça.*

Como ele pôde ter feito amor comigo se tinha sentimentos por ela? E essas dúvidas a meu respeito? Eu me lembro de Louisa na festa, a alegria em seu rosto quando Gabriel veio se juntar a nós. O jeito como ela colocou a mão no peito dele. Inconsciente. Íntimo. Deliberado. Um gesto que prova que ela já o tocou antes. E o rosto de Gabriel vermelho enquanto eu o observava, o rubor culpado de um traidor.

Eu leio de novo as anotações. Agora as palavras parecem provas incontestáveis.

A magnitude disso é grande demais para compreender. Gabriel e Louisa. Louisa e Gabriel. Ela o ama. Ele dormiu com ela. Como eu pude ser tão cega, tão idiota? E por que fui abrir o diário dele? Mesmo agora, enquanto meu mundo desaba ao meu redor, eu queria poder voltar no tempo para a ignorância de um momento atrás.

Fico andando de um lado para outro pelo quarto dele, sem saber o que fazer. Para Gabriel e Louisa, sou apenas uma garota imbecil do ensino médio de quem ele gostava, e agora os dois estão contando os minutos até que eu vá embora de novo.

Vejo algo embolado num canto do quarto, um cachecol rosa-claro. Eu o pego, cheiro o perfume floral avassalador e irresistível e o arremesso de volta no chão.

Num piscar de olhos, eu me visto, enfiando na minha bolsa o vestido de bolinhas. Antes de sair, me detenho diante da escrivaninha de Gabriel, com o coração acelerado enquanto penso no que escrever.

*Acabou, Gabriel.*
*Não posso mais te ver.*
*Você sabe o porquê.*
*Beth*

Meu ônibus ainda não chegou à rodoviária. Há uma aglomeração de pessoas esperando, e eu fico parada no meio delas, abraçando meu próprio corpo, em choque. Minha respiração está muito barulhenta, muito ofegante, e tenho a sensação de que preciso lutar para puxar o ar. *Gabriel e Louisa. Um casal perfeito. Eles nasceram um para o outro, ficam lindos juntos.* Tudo o que eu temia se tornou realidade, como se eu tivesse desejado isso.

E então, um instante depois, Gabriel está aqui, correndo rodoviária adentro, frenético.

— O que aconteceu? — pergunta ele assim que me alcança.

Ele me puxa para seus braços e, por um momento, um momento de felicidade em que eu esqueço tudo e as coisas voltam a ser como eram, eu choro abraçada a ele, meu rosto pressionado contra seu peito, seu cheiro — limão, cedro e fumaça de cigarro — que eu conheço tão bem e que já não é meu.

Eu me desvencilho dele:

— Eu sei sobre a Louisa.

Impassível, o rosto dele não revela nada.

— O que tem ela?

— Ela te ama. Você dormiu com ela. Eu li seu diário, Gabriel. Nem tente negar.

— Você leu meu diário? Como pôde...? — Gabriel está gritando tão alto que as pessoas se viram para olhar. Nos olhos dele há uma fúria que eu nunca vi.

— Estou feliz por ter feito isso. Porque você nunca teria coragem de me contar. O que você ia fazer, enganar nós duas ao mesmo tempo? Sua mãe me alertou sobre você. Ela disse que você usa as pessoas e depois segue em frente quando se cansa delas. Ela me avisou que você se cansaria de mim assim que chegasse a Oxford. Eu deveria ter dado ouvidos a ela.

É a pior coisa que eu poderia ter dito.

A raiva de Gabriel se transforma em outra coisa: frieza, um intenso olhar de aversão — por mim, por ela?

— Gabriel... — digo, em tom de súplica, sabendo que fui longe demais, mas ele vira o rosto, não suporta olhar para mim.

Meu ônibus chega, as pessoas entram, o motor é acionado. O motorista se inclina para fora.

— Você vem, querida?

Eu olho para Gabriel, na esperança de que ele tente me impedir, na esperança de que isso não seja o nosso fim.

— É melhor você ir embora — diz ele, ainda sem olhar para mim. — Você está certa. Acabou.

\* \* \*

Um coração partido não é nada incomum — uma jovem com os olhos cheios de lágrimas não surpreende ninguém —, mas reconheço a preocupação estampada em cada rosto quando entro no ônibus.

— Vamos levar você em segurança pra casa, querida — diz o motorista.

Enquanto o ônibus manobra para sair da rodoviária, eu olho para Gabriel. Seu rosto está inexpressivo, mas, pela rigidez de sua boca, e pelos dedos que se arrastam sob seus olhos, sei que ele também está chorando.

É a última vez que o verei, por muito tempo.

# Parte 2
*Bobby*

## *Antes*

Bobby nasce no chão da cozinha, no meio de uma tempestade. A ventania sacoleja as janelas da casa o dia inteiro, e o barulho é tão forte e alto que em certo momento me pergunto se não há o risco de se estilhaçarem.

Nos estágios finais da gravidez, meus dias foram vagarosos, e eu não conseguia fazer muita coisa. Arrumar a casa sem um pingo de entusiasmo, preparar lentamente o jantar da família; tarefas que antes levavam minutos duravam horas.

Quando cheguei pela primeira vez à fazenda — um lugar deprimente e destituído de amor que abrigava três homens hesitantes e acanhados —, fiquei chocada com o estado dela, o estado deles. Eles precisavam de mim, os três, só não tinham percebido ainda. David, o pai de Frank, ainda sofria pela perda da esposa. Ele fez o melhor que pôde para criar os filhos sem Sonia, mas seu melhor era quase nada. Frank aprendeu a cozinhar porque o pai não era capaz — e porque depois de seis meses comendo sanduíches de queijo não aguentou mais. Aprendeu a lavar as roupas e começou a supervisionar o dever de casa de Jimmy. Também limpava a casa de vez em quando, mas, no dia em que cheguei, o que me deixou atônita foi a sujeira entranhada — anos de poeira e teias de aranha — que ele não havia notado ou para a qual não dava a mínima.

Eu jamais esperei encontrar satisfação na vida de dona de casa. Quando eu e minha irmã éramos crianças, minha mãe sempre odiou cozinhar e limpar, e teve a sorte de se casar com um homem que a amava o bastante para fazer isso. O que eu descobri é que a transformação da fazenda e dos homens dentro dela era algo mais gratificante do que eu jamais poderia ter imaginado. Eu achava que estava predestinada a uma vida de livros: primeiro a faculdade; depois, com alguma sorte, uma carreira como poeta. Não desisti do meu sonho de um dia ser escritora, mas Frank apareceu no momento certo e me levou para um mundo novo e inimaginável, em que cada dia aprendo algo diferente.

Recusar minha vaga em Oxford doeu, sobretudo pela forma como decepcionou minha mãe. Mas que escolha eu tinha? Passar dois anos na mesma cidade que Gabriel e Louisa? Nada no mundo me persuadiria a engolir meu orgulho e fazer isso. Antes que eu me desse conta, Frank apareceu, o rapaz bonito e descomplicado que sempre me amou.

Se alguém ficou surpreso por eu ter trocado de namorado tão rápido, não disse nada. Afinal, Frank e eu, de certa forma, nos conhecíamos havia muito tempo. Talvez eu tenha me apaixonado por Frank justamente por ele ser o oposto de Gabriel. Fui atraída primeiro por sua gentileza e honestidade — homem mais direto que ele não existe. Ele me devolveu minha autoconfiança com sua devoção.

Como a maioria das mulheres, tenho um plano de parto: no momento em que minha bolsa estourar ou eu sentir a primeira pontada de dor, ligarei para minha mãe na escola onde ela trabalha. A secretária foi alertada de que, não importa o que minha mãe esteja fazendo, ela deve ser imediatamente interrompida. Se ela estiver arbitrando uma partida de basquete de meninas, o jogo será suspenso. Se estiver dando aula de inglês, deixará a sala, e os alunos que se virem sozinhos. O trajeto da escola até a fazenda dura menos de quinze minutos; e se precisarmos ir para o hospital, fica a meia hora de distância. Ouvi dizer que o trabalho de parto de uma mãe de primeira viagem pode durar horas, talvez um dia inteiro ou mais, então terei bastante tempo para chegar ao hospital. Já aprendi tudo. Sei como cronometrar minhas contrações para saber o quanto meu colo do útero dilatou. Em um mundo ideal, durante a primeira parte do trabalho de parto aguardaríamos na fazenda, e Frank nos levaria de carro ao hospital para as horas finais.

Minha bolsa estourou às três da tarde, quando me levantei da cadeira para fazer uma xícara de chá. É uma sensação estranha. Não é um balde de líquido derramando no chão, como eu esperava, mas um filete de água que a princípio me assustou, até eu me dar conta do que se tratava. Quase que imediatamente depois veio a primeira contração, da mesma forma que estava descrito nos manuais.

Dói muito para uma primeira contração. Não é uma mera fisgada. E, pior ainda, quando estou me recuperando, vem outra pontada e percebo que o parto não vai ser tão fácil quanto eu esperava. Isso não pode estar certo, pode? Contrações tão próximas uma da outra? Eu cambaleio até o telefone — sei de cor o número da escola —, pego o fone, coloco no ouvido... a linha está muda, ouço apenas um ruído crepitante. Grito para a cozinha vazia. Como é possível? Só mais tarde descobrirei que, por causa da tempestade, um poste de telégrafo desabou, cortando as linhas telefônicas ao nosso redor e bloqueando a estrada de acesso à fazenda. Não podemos sair, e ninguém consegue entrar.

No começo, dou um jeito de manter a calma. Volto para minha poltrona, as pernas esparramadas na minha frente, tentando respirar durante as contrações, do jeito que me ensinaram. *Imagine que você está soprando uma bolinha de tênis de mesa através de uma piscina.* É uma frase absurda. Não consigo imaginar nem uma bola de pingue-pongue nem uma piscina. E a dor é tão intensa que mal consigo respirar, muito menos dominar essas longas e suaves exalações.

Um trabalho de parto rápido não deixa espaço para pensamento, planejamento nem compreensão. Ele pega você de supetão. Catapulta você de um mundo para outro, onde você é simplesmente uma máquina de parir, uma mulher primitiva dobrada sobre si mesma, gritando, contorcendo-se, suando. Estou desconectada disso a tal ponto que não percebo que os gemidos, um mugido profundo e quebradiço — já ouvi vacas em trabalho de parto, é exatamente assim —, saem de mim.

    Quando Jimmy chega da escola, estou de quatro na cozinha, soluçando, urrando, tentando impedir meu corpo de fazer o que quer fazer, que é empurrar o bebê para fora.

    — Meu Deus, Beth! — Ele atravessa a sala em segundos. — É o bebê?

    — Claro que é a porra do bebê.

    Uma palavra que eu nunca usei antes, mas me causa uma boa sensação. Tudo certo.

    — Um poste caído está bloqueando a pista. Não tem como a gente sair. Vou procurar o Frank.

    — Não! — grito, um som horrível, de gelar o sangue. Jimmy parece apavorado. — O bebê está vindo. Me ajude.

    Imediatamente ele se torna calmo e eficiente, esse menino do ensino médio, que é uma cópia quase exata do irmão. Jimmy, que é monossilábico e fechado desde o dia em que o conheci. É como se a urgência acionasse algo dentro dele.

    — Certo, certo, entendi — diz ele, jogando o blazer do uniforme no chão da cozinha.

    Estou usando um vestido solto, esvoaçante, sem costura na cintura, o que é uma coisa boa, mas minha calcinha terá que ir embora.

    — Tesoura, Jimmy. Você vai ter que cortar minha calcinha. Eu não consigo alcançar.

    Estou chorando, mas também rindo do absurdo disso.

    Em menos de um segundo ele está de volta com uma tesoura e toalhas e corta minha calcinha, a saia do vestido dobrada sobre as minhas costas, de modo que eu fico nua diante dele. Ele não se importa, nem eu. Não há tempo para isso.

    — Certo — diz ele, depois de dar uma olhada. — Estou vendo a cabeça.

    — Jesus Cristo.

— Pois é.

Eu grito de novo, de dor, de raiva, de medo, mas o grito é também o começo da libertação de uma imensa pressão, é como se minhas entranhas estivessem sendo espremidas. Agora não há nada a fazer exceto empurrar, e até mesmo a dor — não existem palavras para descrever a intensidade, é como ser rasgada ao meio, ou até pior — é boa, útil. Meu corpo assumiu o controle.

— Você está indo muito bem — diz Jimmy, tranquilo e profissional, como se fosse uma parteira. Mais tarde vamos rir disso. — E você não precisa se preocupar. Eu já ajudei a fazer o parto de muitos cordeiros, e acho que é a mesma coisa. Afinal, também somos mamíferos.

E é assim que dou à luz nosso bebê, com a ajuda do meu cunhado adolescente. Não sei como Jimmy sabe que precisa virar o bebê, essa criatura escorregadia e ensanguentada, e dar um tapa em seu bumbum para aquele primeiro choro reconfortante, como ele amarra o cordão umbilical e depois o corta com a tesoura ainda manchada de bacon do café da manhã, ou como ele sabe — talvez de tanto fazer partos de cordeiros — que dois minutos depois precisarei expulsar a placenta, então ainda não terminamos. Porém, pouco tempo depois, estou sentada no chão com meu filhinho em meus braços, enrolado numa toalha.

— Nós conseguimos — digo a Jimmy, chorando de novo. Mas essas lágrimas são diferentes.

O que eu posso dizer sobre a instantânea onda de amor que sinto pelo pequeno humano em meus braços? O rostinho que acabei de conhecer, mas no qual já estou viciada.

— Você conseguiu — diz Jimmy. — Eu só ajudei no final.

— Está tudo certo com ele?

Não sei por que estou perguntando isso a um estudante de ensino médio, mas ele se tornou divino para mim na última hora.

— Ele é perfeito, Beth. É melhor você tentar alimentá-lo, não é? Acho que essa coisa que ele está fazendo com a boca de um lado pro outro pode ser fome...

Desabotoo o vestido, abaixo meu sutiã, direciono meu mamilo para a boca do meu bebê e, como um milagre, ele crava os lábios ao redor do bico do peito e começa a sugar. Jimmy e eu olhamos um para o outro e rimos.

Nesse momento, a porta da frente se abre e Frank entra, dando de cara com a cena.

— Ah, meu Deus! — diz ele, lançando-se em minha direção, seu rosto uma fúria de ansiedade.

— Está tudo bem. Olha — eu digo. — Ele não é lindo?

— Um menino?

Frank se ajoelha no chão e leva a mão à bochecha do bebê.

E eu vejo a onda de alegria que transforma seu rosto, assim como deve ter transformado o meu quando vi nosso bebê pela primeira vez. Não pode haver maior arrebatamento, nenhum sentimento de embriaguez mais puro, do que o momento em que você conhece seu filho depois de todos os meses de questionamentos, esperanças e sonhos.

— Eu o amo — diz ele.

— Eu sei.

— Temos sorte.

— Temos.

Ele é nosso, nós somos dele, somos três.

## 1968

O pai de Nina insiste em comemorar o noivado dela e Jimmy com uma festa estilo open bar no Compasses. Eu poderia ter dito a ele que dar bebida de graça para um monte de gente numa sexta-feira à noite acabaria em brigas por motivos bobos na melhor das hipóteses e carnificina total na pior, mas, sendo dono do pub, desconfio de que ele já saiba disso.

Para começo de conversa, eu gosto da festa de noivado. Adoro ver Nina sendo abraçada e beijada, e até mesmo atirada para o alto por um velho fazendeiro barbudo. Como Jimmy costuma dizer para provocá-la: ela faz o maior sucesso entre os setentões. Na verdade, Nina é a favorita de todos. Em seu minivestido cor-de-rosa brilhante, ela irradia alegria. Os homens fingem estar enciumados:

— Sortudo desgraçado, o que você tem que nós não temos?
— E dão a Jimmy muitas cervejas em canecas de meio litro, depois muitas doses de uísque. As mulheres querem ver a aliança de Nina. Uma opala circundada de pérolas, que pertencera à mãe de Jimmy.

Frank também recebe tapinhas nas costas e beliscões nas bochechas, pois ele é muito amado na comunidade. Frank doa uma ovelha para a rifa da igreja todo Natal, permite que amigos fazendeiros levem o gado para pastar de graça nos nossos campos, é conhecido por deixar misteriosos pacotes de comida na porta de quem precisa. Quando Bobby estava vivo, Frank ia à escola dele para ajustar os aquecedores e consertar portas quebradas, como se fosse um faz-tudo em vez do fazendeiro atarefado que ele é. Todo ano ele ganhava a corrida dos pais no dia dos esportes, o que era inevitável por conta de suas pernas compridas, seu bom preparo físico e juventude, mas, mesmo assim, a multidão gritava seu nome.

Vejo meu marido subindo em um tamborete de bar que parece muito frágil para seu tamanho, mas ele se equilibra sem esforço, depois bate uma colher contra o copo.

— Vamos fazer uma festa de casamento na Fazenda Blakely. E todos vocês estão convidados.

O alvoroço é intenso. Em Hemston, as cerimônias de casamento costumam seguir um padrão: todos comparecem, todos contribuem, o custo e o estresse são compartilhados entre as famílias que vivem na cidade há muito tempo. O povo de Hemston sabe como dar uma boa festa. Às vezes, os casamentos acabam sendo um pouco parecidos — os mesmos rostos, a mesma comida, uma ou duas vezes até o mesmo vestido, com alguns ajustes para caber na nova noiva —, mas ninguém se importa.

No espaço de uma hora, nos oferecem uma tenda, mesas de cavalete, bandeirinhas, uma banda ao vivo, barris de sidra e cerveja, porcos para um assado no espeto, um bolo de casamento. As moças que cuidam das flores da igreja se voluntariam para fazer a decoração, e uma conversa paralela se inicia. O que seria melhor para setembro: malmequeres e azaleias brancas? Um tema tradicional laranja e branco, elas decidem. Helen diz que fará o vestido de Nina. Ela ainda é uma costureira talentosa que, como eu, já foi a melhor da turma na escola e parecia destinada a coisas maiores. A vida raramente funciona do jeito que a gente espera.

Eu poderia ficar observando meu cunhado a noite inteira. Ele parece tão orgulhoso enquanto sua futura esposa é abraçada por um par de braços após o outro. Nina fez o melhor que pôde para deixar Jimmy mais estiloso, trazendo calças jeans de Londres e uma camisa de manga curta um tanto extravagante que esta noite ele foi obrigado a usar.

— Roupa estilosa — digo a ele, que revira os olhos.

— Estou me sentindo um idiota.

— O que você vai vestir no dia do casamento?

— Algo em que a minha noiva não meta o bedelho. — Ele faz uma pausa para sorrir para mim. — Ela me enfiaria em um terno roxo, sem dúvida.

Bandejas com copos de uísque circulam pelo pub. Jimmy pega dois de uma bandeja que passa e oferece um para mim, e, quando recuso, vira os dois de uma vez só. Eu nunca gostei muito de uísque.

— Ugh! — exclama ele, virando-se para mim com os olhos marejados.

— Horrível? — pergunto.

— Na verdade, bom pra caramba.

Helen se aproxima de nós, abraçando Jimmy primeiro, depois a mim.

— Essa é a melhor notícia de todos os tempos. Me deixa fazer um terno pra você, Jimmy. Eu estava mesmo querendo testar minhas habilidades na alfaiataria masculina.

— Ele está pensando em algo roxo — digo a ela, e Jimmy ri.

Quando Jimmy engata em outra conversa com os convidados, Helen e eu nos comunicamos por olhares de relance e meias frases.

— Como está o Frank? — pergunta ela, e nós duas viramos o rosto a fim de olhar para meu marido, parado a uns trinta centímetros de distância, cercado por amigos, rindo.

— Ele está bem — digo. — Nós dois estamos.

Porque, neste momento, é verdade.

Com todo esse clima festivo, nenhum de nós percebe que Jimmy já está bem embriagado, até o momento em que o policial Andy Morris se aproxima de Jimmy e o ajuda a se manter ereto. Andy é um bom sujeito, nós o conhecemos há anos. Em muitas ocasiões, durante os anos de delinquência antes de Nina, ele levou Jimmy, caindo de bêbado, para casa. Meu cunhado se metia em brigas, já foi flagrado dirigindo alcoolizado sem habilitação, e, em todas as vezes, Andy o liberou apenas com uma simples advertência. Ele entendia, assim como todos na cidade, que a perda da mãe havia sido um duríssimo golpe para Jimmy.

— Calma, rapaz. — Andy se limita a dizer. — Talvez seja melhor dar um tempinho no uísque.

— Você está de brincadeira? — retruca Jimmy, derramando um pouco de sua cerveja enquanto joga o braço em volta dos ombros de Andy. — Eu vou me casar. É tradição o noivo ficar bêbado feito um gambá.

Eu olho para Frank, levanto um pouco as sobrancelhas, um sinal de alerta que ele entende instantaneamente.

Ele coloca o braço em volta de mim e murmura em meu ouvido:

— É a noite dele, não é?

Há um súbito silêncio, o volume das vozes diminui, algumas pessoas se viram para olhar antes que eu veja por mim mesma que Gabriel entrou no pub. É a primeira vez que o vejo aqui.

Gabriel não fez nenhum esforço para se enturmar com os moradores desde que chegou. Não o culpo. Ele viveu longe de casa a maior parte da vida, e sempre disse que não se encaixava aqui. As pessoas o conhecem sem conhecê-lo. É algo que as deixa desconfortáveis e cautelosas.

Quando Gabriel me vê, de pé perto do bar, cercado por meus familiares, seu rosto fica tenso. De repente, parece que estamos em um aquário.

— O que você vai querer? — pergunta o pai de Nina.

— Uma caneca de meio litro de cerveja, por favor, e uma limonada... — Ele se vira para mim e dá de ombros, num gesto de quem pede desculpas. — Leo está no carro. Sei que está tarde. Só senti que precisava sair de casa.

— Eu posso ir lá fazer companhia a ele enquanto você bebe sua cerveja em paz. Você não vai demorar, vai?

Antes que Gabriel possa responder, Jimmy agarra o braço dele e o gira até que o rosto dos dois fique a centímetros de distância.

— Você não é bem-vindo aqui. — Ele quase cospe as palavras, o desprezo em sua voz é afiado como uma lâmina.

— Ah, é? Nossa, você é bem direto — rebate Gabriel. — Bem, não se preocupe, eu vou embora daqui assim que me servirem minhas bebidas.

— Calma, Jimmy — intervém Frank. — O pub é pra todo mundo.

Gabriel meneia a cabeça para ele, nada mais. Mas algo na interação entre os dois inflama Jimmy, que já está nervoso, então qualquer faísca basta para deflagrar o incêndio.

— Por que você não volta pra Londres ou sei lá de onde veio? Ninguém quer você aqui. Cai fora.

Nenhum de nós vê a maneira como Jimmy recua o braço, o punho cerrado em fúria repentina. Nenhum de nós exceto Andy, que se aproxima e, com calma, envolve com os braços o peito de Jimmy. Enquanto Jimmy se debate e se contorce, impotente, Andy o acalma e o controla.

— Não precisa de nada disso, rapaz, numa noite tão feliz — diz ele, enquanto Jimmy relaxa em seus braços. — Precisamos é de um pouco de ar fresco. Vamos, cara, vamos dar uma volta lá fora.

— Por que ele faz isso, Beth? — diz Nina ao meu lado. — Por que ele fica tão bêbado? Cinco minutos atrás ele estava feliz.

— Ele não pode beber uísque. Ele não se dá bem com destilados. A culpa é minha, eu dei a ele a minha dose.

— Não. A culpa é minha — diz Gabriel. — Foi errado da minha parte vir aqui. Eu não percebi...

Gabriel não diz o que percebeu, e eu o observo ir embora, sentindo os olhos do meu marido cravados em mim, imaginando por quanto tempo mais nós três poderemos continuar assim antes que algo catastrófico aconteça.

# O julgamento

Andy — ou, como o promotor público o chama, sargento Morris — está no banco das testemunhas hoje. Não muito tempo atrás, nós o considerávamos um amigo. Tudo isso mudou na noite do tiro.

Eu o observo fazer seu juramento, a mão sobre a Bíblia, a voz firme. Ele não olha, nem sequer uma vez, para o homem no banco dos réus.

— Sargento Morris, antes de passarmos para a noite do tiro, eu gostaria de perguntar sobre seu relacionamento com os Johnson. Creio que os irmãos eram seus amigos, não? O senhor os conhecia havia muito tempo?

O policial hesita, pensando na melhor maneira de se distanciar da nossa família.

— Nós éramos amigos do mesmo jeito que todos os moradores da cidade são amigos. Eu não era íntimo deles. Eu os via de vez em quando no pub, só isso.

— Até onde sei, sargento Morris, o senhor teve contato regular com a família ao longo dos anos. Por conta do comportamento de Jimmy Johnson.

— Sim. Isso está correto. Jimmy era um pouco rebelde quando jovem. Apartei algumas brigas dele. Eu o peguei dirigindo embriagado mais de uma vez. Nada muito sério. Nada grave.

— Vamos falar da noite de 28 de setembro. Quando o senhor tomou conhecimento do tiro?

O sargento Morris consulta sua caderneta.

— Recebemos uma ligação feita para o número da emergência às 21h37. Tínhamos recebido o relato de um acidente com uma espingarda na Fazenda Blakely. A vítima já estava morta.

— Vamos parar aí por um momento. O senhor era o policial de plantão naquela noite. Você foi direto para a fazenda dos Johnson?

— Sim. A delegacia de polícia fica a cerca de oito minutos de carro.

— O senhor consegue se lembrar do que estava pensando durante o trajeto? Um homem morreu em um acidente com uma espingarda. Um homem que o senhor conhecia muito bem. Isso lhe pareceu estranho ou sinistro de alguma forma? O que estou perguntando, sargento Morris, é: o senhor tinha alguma ideia de que poderia ser um caso de assassinato?

— Não, naquele momento, não. Acidentes em fazendas são bastante comuns, infelizmente.

— Mas o senhor mudou de ideia ao chegar lá?

— Sim, mudei. Nada parecia fazer sentido. Estou neste trabalho há vinte anos, e a gente acaba desenvolvendo um instinto para descobrir mentiras. — Andy olha para o réu. — Em vinte e quatro horas, eu soube que tínhamos nas mãos uma investigação de homicídio.

## Antes

Eu já tinha começado a dar um jeito nos homens da família Johnson, mas a chegada de Bobby foi o que mais os impactou.

Frank é como a caricatura de um pai excessivamente amoroso: ele quer fazer tudo o que eu faço, e até amamentaria Bobby se pudesse. Todas as noites, assim que chega do trabalho, ele estende os braços, impaciente, e segura Bobby tão agarrado que nosso bebê fica com seu cheiro — esterco de vaca, óleo de trator e sabonete da marca Imperial Leather, que meu marido usa com tanta frequência ao longo do dia que, para mim, esse virou o aroma particular de Frank.

— Que saudade de você! — diz Frank, beijando as bochechas macias do filho. — E de você também. — Ele estende a mão para agarrar qualquer parte de mim que esteja mais perto.

Eu sempre reservo a hora do banho de Bobby para Frank, não importa em que horário ele chegue. Encho uma banheira com água morna, e Frank coloca o bebê, balançando-o para lá e para cá e fazendo barulhinhos de esguicho com a boca, enquanto eu passo de leve uma flanela macia pelo rostinho do menino. Na maioria das vezes, nós dois olhamos maravilhados para nosso filhinho e conversamos em voz baixa com ele. É minha hora favorita do dia.

A maior surpresa é a maneira como David se apaixona por Bobby. Frank e Jimmy sempre comentam que David foi um pai ausente, porque passava o dia inteiro trabalhando na fazenda. Agora ele é um homem mudado. À noite, ele se senta com o neto no colo, canta para ele músicas de outra época, cantigas de ninar que Frank e eu nunca ouvimos. Ele lê o jornal para Bobby, o que no início pareceu estranho, mas há algo na voz baixa e grave de

David que faz meu filho dormir tranquilamente. Se Bobby começa a chorar, eu o entrego a David e peço:

— Você pode fazer sua mágica?

E é realmente como um passe de mágica, pois o bebê se aconchega instantaneamente no abraço do avô.

— Você viu isso? — diz David, olhando para mim, emocionado.

Bobby o humanizou. Esse fazendeiro rígido e calado se tornou um homem que ri, canta e sorri. Na cama, à noite, Frank e eu sussurramos um para o outro que nosso bebê é nada menos que um milagre.

A mudança é evidente em Jimmy também. De vez em quando ele ainda tem problemas na escola, mas notei que está mais confiante. Jimmy cresceu, ou talvez seja mais que isso: desde que assumiu as rédeas da situação e calmamente me ajudou a fazer o parto, se certificando de que estava tudo bem e sem nunca ceder ao pânico, eu me peguei admirando-o. Ele é capaz de lidar com crises.

Depois de algumas semanas, eu começo a andar pela fazenda com Bobby amarrado junto a meu corpo em um sling improvisado, que faço com um cobertor velho. Para quem atravessa o terreno a pé, parece uma vastidão interminável, e é raríssimo encontrar outra pessoa. Às vezes, tenho a sensação de que Bobby e eu somos as últimas pessoas no planeta.

Eu converso com meu bebê adormecido enquanto caminhamos pelas terras, que também são dele, e eu lhe digo isso.

— Um dia, Bobby, você vai fazer a mesma coisa com seu filho ou filha.

Há muitas espécies de pássaros aqui, e David parece conhecer todas. Em noites quentes, ele sai para caminhar conosco; na luz do crepúsculo, os campos mudam de cor, um roxo cintilante, um azul intenso. Ele me ensina a reconhecer, pela aparência e pelo canto, abibes, escrevedeiras-amarelas e tentilhões. Nada é pequeno demais para passar despercebido. Também me mostra as diferentes espécies de borboletas — madeira-branca, borboleta-capitão-xadrez, borboleta-douradinha-silvestre, grande-charneca —, e um rato-do-campo que passa correndo o faz olhar para cima em busca do predador, que ele sempre encontra. Um repentino farfalhar o alerta sobre ouriços perfeitamente camuflados enquanto caçam besouros e lesmas. Quando encontramos uma ninhada de filhotes de raposa, David se detém e eu faço o mesmo. Imóveis e em silêncio, nós os observamos brincar enquanto a mamãe raposa caça comida. Parece um presente testemunhar essa cena.

Através dos olhos de David, a Fazenda Blakely está ganhando vida para mim.

Antes de Bobby completar um ano, David começa a levá-lo em passeios pela fazenda em seu trator.

— Você vai tomar cuidado? — pergunto, mas David apenas ri e vai embora com o bebê preso entre os joelhos.

Ele dirige com um braço no volante, o outro despreocupadamente aconchegado no neto. Fico feliz pelo tempo sozinha, mas não relaxo enquanto eles não retornam, depois de uma hora ou mais, ambos radiantes.

— Você não precisa se preocupar — assegura Frank quando, à noite, eu lhe conto sobre meus temores, nós dois nos encarando na escuridão. — Ele não poderia estar mais seguro. Meu pai cresceu nesta fazenda, nunca deixaria nada acontecer com o Bobby.

*Veja o que aconteceu com sua mãe,* penso, mas eu nunca diria isso. O acidente dela, levar um coice na cabeça enquanto ordenhava, foi do nada, não poderia ter sido evitado. Um lembrete de que, quando se vive numa fazenda, todo cuidado é pouco.

Apesar das minhas dúvidas, adoro a maneira como Bobby está crescendo com o avô. Em breve o menino atirará em coelhos e esfolará a caça, pescará lúcios e carpas, aprenderá a ajudar a parir um cordeiro, será capaz de identificar pelo nome todos os pássaros e insetos nesta fazenda de oitenta hectares; toda a sabedoria que foi passada pelos homens da família Johnson ao longo de gerações será dele. É seu direito. E eu quero isso para ele.

## 1968

Na minha fotografia favorita de Bobby, ele está sentado de pernas cruzadas no chão da cozinha, alimentando um cordeiro com a mamadeira. Eu já olhei para essa imagem tantas vezes que para mim ela se tornou a personificação do meu filho — este é o Bobby que eu vejo sempre que o nome dele é mencionado, embora eu o tenha conhecido aos seis, sete, oito e nove anos.

Eu costumava guardá-la dentro da minha bolsa ou nos bolsos do casaco, até que ela começou a ficar amassada e surrada, e Frank me deu de presente uma capinha de couro para eu colocar a foto, então agora a mantenho permanentemente na bolsa de macramê que carrego para toda parte, abarrotada de guloseimas para Herói, um livro da biblioteca pelo qual esperei meses — *O feiticeiro de Terramar*, de Ursula K. Le Guin —, um punhado de recibos de compras, binóculos, um pacote de biscoitos Maria pela metade e um par de meias emboladas de Leo, de quando ele entrou em casa descalço depois de andar pela grama alta.

— Você sabe que provavelmente conseguiria fazer caber até a pia da cozinha dentro dessa sua bolsa — diz Frank, examinando tudo que espalhei pelo chão.

Levo a bolsa para o jardim e a sacudo. A foto sumiu. Eu dou um berro, desolada.

— O que aconteceu? — Num piscar de olhos, Frank está ao meu lado.

A princípio, estou angustiada demais para responder. Viro a bolsa do avesso novamente; pego meu livro e folheio as páginas, inspecionando uma a uma, procurando, procurando.

— A foto. Sumiu.

— Não pode ser.

Frank me envolve em seus braços, mas estou tensa demais para retribuir o abraço. Ouço a angústia em sua voz enquanto ele tenta me tranquilizar. Não tiramos fotos suficientes de Bobby, não sabíamos que as fotos seriam a única coisa que nos restaria.

— Vamos pensar juntos. Você se lembra da última vez que viu a foto?

Estou envergonhada de contar a verdade a Frank. Eu olho para ela todos os dias, o tempo todo. Em Meadowlands, sempre que estou sozinha. Quando estou fazendo o jantar, enchendo a banheira ou pendurando a roupa no varal. Eu vejo a foto e também não vejo. Essa fotografia é uma espécie de talismã, meu lembrete de que Bobby existiu.

— Ontem.

— Então vamos conseguir encontrá-la. Vou dar uma olhada lá em cima.

A campainha toca enquanto esvazio uma gaveta da cômoda — o que é uma perda de tempo, porque nunca guardei a fotografia lá.

Gabriel e Leo estão na porta. Minha mente está a mil, mas, com muito esforço, consigo dizer:

— Olá. Vocês gostariam de entrar?

Gabriel balança a cabeça, como eu sabia que ele faria. Depois da explosão de Jimmy no pub, tentei tranquilizá-lo e disse que o episódio não significava nada, meu cunhado havia apenas exagerado na bebida, mas acho que ele não acredita em mim. A linha em que eu ando, entre a minha casa e a dele, fica cada vez mais tênue, me parece.

— Leo tem algo a dizer a você.

— Ai, ai, ai. Isso não parece nada bom. — Eu olho para Leo a fim de encorajá-lo, mas ele desvia o olhar, se recusando a encontrar o meu. — Não pode ser tão ruim assim. Vamos lá, o suspense está me matando.

Os dois parecem muito sérios, Gabriel com uma expressão que não consigo decifrar. Acho que talvez esteja zangado.

Leo estica uma das mãos e me mostra o que está segurando: a capinha de couro com a foto.

— Eu tirei da sua bolsa.

Ele parece envergonhado, fitando o chão, mas, por um momento, a onda de alívio é tão grande que a única coisa que consigo fazer é apertar a foto contra o peito. Sinto o peso das lágrimas subindo na minha garganta.

— Eu já estava ficando louca. Pensei que tinha perdido.

— Me desculpa — diz Leo.

— Não está em nenhum lugar lá em cima, Beth — anuncia Frank, e um instante depois ele observa a cena na porta. — Ah, você encontrou? É muita gentileza sua trazer de volta. Deve ter caído da bolsa da Beth, ela estava preocupadíssima. Nós dois estávamos.

Acho que Gabriel vai deixar Leo escapar impune — o que me deixa feliz, não há necessidade de humilhá-lo ainda mais.

Mas Leo grita:

— Fui eu! Eu roubei. Eu queria. Eu gosto de olhar pro Bobby!

Vejo o choque estampado no rosto de Frank enquanto ele assimila o que Leo acabou de dizer.

— Entendi — diz meu marido com voz neutra, enquanto me fuzila com o olhar.

— De qualquer forma — eu me apresso a dizer —, estamos dando importância demais a isso. A fotografia está aqui e o Leo já se desculpou.

No minuto em que a porta se fecha e Gabriel e o filho vão embora, eu e Frank ficamos a centímetros de distância, olhando para tudo, menos um para o outro.

— De agora em diante, a foto fica aqui. Não vamos perdê-la de novo — declara Frank.

— Eu sinto muito — digo, sem saber por qual motivo estou me desculpando. Acho que por tudo.

— Ele era o *nosso* menino — diz Frank, com a voz embargada. — E ele se foi. Por que essa gente deveria ter algo a ver com ele?

— Frank... — Eu estendo o braço para agarrar a mão dele, mas ele se afasta de mim.

— Você sabia o que estava fazendo quando aceitou esse trabalho. Você se recusou a me ouvir quando eu disse que era uma má ideia. Porra, como você acha que isso vai acabar?

## *Antes*

A festa de casamento da alta sociedade que há meses vem monopolizando as conversas vai ser no mesmo dia do aniversário de três anos de Bobby. Enquanto eu estou organizando um piquenique sob o carvalho para a nossa família, um exército de vans chega a Meadowlands.

A fofoca está rolando solta, e todos os comentários têm uma pitada de inveja, já que nenhum dos moradores locais foi convidado. A faxineira disse que as flores são caras e extravagantes — raras orquídeas azuis, o tipo de flor que ninguém compra no mercadinho da cidade. O jardineiro descarregou vinte e quatro caixas de champanhe de alguma marca que parece ser francesa, segundo ele, mas não conseguia lembrar com exatidão. As tendas — não uma, mas duas —, posicionadas de modo a propiciar uma vista perfeita do lago, são facilmente visíveis desde a estrada. São espetaculares, me disseram. Até Helen, que sabe muito bem o quanto o tema é doloroso para mim, o quanto é fina a camada de gelo sobre o qual patinamos, não consegue resistir.

— Eles cobriram as tendas com fios de luzes coloridas. É impressionante, parece algo saído de *As mil e uma noites* — disse ela.

Meu coração acelera.

Alguns dos moradores foram contratados para trabalhar nos preparativos para a festança — faxineiros extras, jardineiros extras, lavadeiras extras. Trezentas pessoas foram convidadas, entre elas astros e estrelas de Hollywood, membros da aristocracia inglesa, escritores, músicos e políticos. Há rumores de que Elizabeth Taylor, Alec Guinness, Doris Lessing e a duquesa de

Argyll comparecerão. Tessa Wolfe deve estar se sentindo em seu hábitat natural. O vestido de noiva foi desenhado por Norman Hartnell, o casamento será registrado pelo fotógrafo Antony Armstrong-Jones. Uma banda de jazz estilo swing veio dos Estados Unidos. Um chef desembarcou diretamente de Paris. O casamento do ano, segundo a revista *Tatler*.

No dia de seu aniversário, Bobby acorda cedo. O sol ainda está nascendo quando ouço seus pés descalços correrem pelo assoalho e seu corpo pequeno e macio se espremer no meio de nós.

— Eu tenho três anos — anuncia ele.

E eu sei que Frank está pensando a mesma coisa que eu quando responde:

— Três anos inteiros de você? Uau.

— E teve uma tempestade naquele dia — diz Bobby, uma indireta para Frank lhe contar a história de seu nascimento.

Ele acomoda a cabeça no peito do pai, e Frank o abraça.

— Por aqui não temos muitas tempestades no verão, mas quando elas acontecem, são das grandes. E aquela foi colossal. Árvores caíram, linhas telefônicas foram cortadas, pessoas ficaram sem eletricidade. Sua mamãe estava sozinha. E o bebezinho estava chegando...

A parte favorita de Bobby é quando seu tio Jimmy chega em casa vestindo o uniforme escolar e salva o dia. Jimmy é o herói de Bobby. Ele acredita que Jimmy salvou sua vida. E talvez ele tenha de fato feito isso.

Como é seu aniversário, Bobby tem permissão para ir ordenhar com os rapazes. Ele é pequeno demais e mais atrapalha do que ajuda, mas eles sempre esperam com toda a paciência do mundo enquanto o menino tenta — sem sucesso — fazer o mesmo que eles. A ordenha demora bem mais quando Bobby está junto.

Eu ouço Frank ajudando Bobby a se vestir em seu quarto, risadas repentinas e desenfreadas quando ele enfia os dois pés num mesmo buraco da perna da cueca, e a conversa sobre o macacão azul-marinho que Helen fez para ele — uma cópia idêntica dos que David, Frank e Jimmy usam.

— Eu não sou mais bebê — diz Bobby.

— Com certeza — concorda Frank. — É melhor começar a fazer sua parte.

Eles descem as escadas e atravessam o jardim, e a voz dos dois vai sumindo enquanto avançam, e me deleito tanto com minha solidão quanto com o fato de que eles são meus.

Vamos comemorar o aniversário de Bobby mais tarde hoje, depois da segunda ordenha. Meus pais e minha irmã estão vindo, David, Jimmy, Frank, eu e o aniversariante. Ninguém mais. Pensei em convidar Helen, que tem um filho quase da mesma idade, mas a verdade é que minha família é tudo de que eu preciso. Bobby parece contente o bastante cercado pelos avós, uma tia e um tio que o adoram. Por que mudar isso?

Quando Bobby volta, passamos o resto da manhã preparando um banquete. Os convidados dos Wolfe podem estar se esbaldando com ostras e lagosta, mas nós temos tortas de geleia e salsichas assadas com mel e espetinhos de queijo com abacaxi e lascas de cheddar. Quando terminamos de alisar com a espátula a camada de glacê sobre o bolo, as bochechas e o nariz de Bobby estão cobertos de chocolate e eu tiro uma foto dele, sorrindo para mim, louco de açúcar e empolgação enquanto fazemos a contagem regressiva para o evento principal.

Ainda faltam algumas horas até o piquenique. Embora eu tenha feito o melhor que pude para abafar o falatório sobre o casamento de Gabriel, sei muitos detalhes, até o horário em que vai acontecer. Quando dá três horas no relógio da cozinha, penso em Gabriel esperando na igreja, sua noiva prestes a subir ao altar acompanhada do pai. Quinze minutos depois, imagino o noivo e a noiva trocando seus votos, Gabriel olhando nos olhos de Louisa como costumava olhar nos meus. Penso no meu próprio casamento na mesma igreja, apenas nossas famílias presentes, meu vestido de renda falsa, o terno emprestado que Frank usou e que ficou um pouco apertado nele. Eu não mudaria nada disso, amo a vida que construí. Mas a tentação de olhar, uma última vez, cresce dentro de mim até que eu não consigo mais sufocá-la.

— Bobby, você quer ir dar uma espiada num casamento lá na cidade?

— Tipo espiões de verdade?

— Sim. Eu e você podemos nos esconder atrás de uma das grandes árvores do cemitério.

— Na verdade, eu quero ir, sim.

"Na verdade" é algo importante para Bobby, uma expressão que ele acabou de aprender.

São apenas cinco minutos de caminhada até a cidade, dez no ritmo de Bobby, mas eu começo a me preocupar que talvez tenhamos saído tarde demais. E quando chegamos lá, vejo uma fila de fotógrafos do lado de fora da igreja, a rua lotada de moradores esperando para ver o casal, potes de confete caseiro prontos e à mão.

— É aqui, eu e você precisamos ser espiões de verdade pra que ninguém veja a gente. Acha que consegue fazer isso?

Bobby coloca um dedo sobre os lábios, entendendo que deve ficar quieto.

Entramos no cemitério pelo lado oposto e corremos de árvore em árvore, escondidos atrás de um túmulo enquanto procuro o melhor ponto de observação. Quando os sinos da igreja começam a tocar, celebrando a união, agarro a mão de Bobby e disparamos até um teixo, largo o suficiente para nos ocultar, perto o suficiente para assistirmos à cerimônia.

— Olha — sibila Bobby, quando o noivo sai de cartola e fraque, parando na entrada com sua pequena noiva agarrada ao seu braço.

O fotógrafo oficial corre para tirar a primeira foto quando vê o noivo elegante em seu terno preto e bem-ajustado, camisa branca e gravata preta.

— Se vocês puderem olhar nos olhos um do outro... ah, isso... absolutamente perfeito. — Seu sotaque da elite flutua em nossa direção.

Os fotógrafos da imprensa formam um semicírculo ao redor do casal, clicando freneticamente enquanto Gabriel e Louisa esperam e sorriem, sabendo que isso faz parte do jogo. Amanhã a imagem deles estará em todas as colunas sociais.

Faz anos que não vejo Gabriel. Ele não mudou nada. Alto e elegante em suas refinadas roupas de casamento, um rosto que sempre será belo. Olhando para os dois, sinto um ciúme que não tenho o direito de sentir.

Vejo Bobby observando Gabriel. Meu filho nunca conhecerá esse homem, que já significou tanto para mim. Talvez ele nunca volte a vê-lo. E certamente não pensará nele. Ou se lembrará do dia em que nos escondemos atrás de uma árvore e brincamos de espiões. É um momento, apenas isso, em que estamos suspensos no tempo.

— O que você acha do noivo? — pergunto.

— Ele é meio... engomadinho? — diz Bobby, e faz *shh!* para eu me calar quando solto uma sonora gargalhada, embora seus olhos escuros brilhem com bom humor.

"Engomadinho" é a palavra que Frank usa para descrever Bobby quando minha mãe prepara o menino para dormir: cabelo penteado e repartido com um pente molhado, blusa do pijama abotoada até em cima e enfiada para dentro da calça, rosto reluzente.

Vejo Louisa virar a cabeça para dizer algo a Gabriel. Vejo como ele se inclina para ouvi-la, como ele beija sua bochecha.

Agora quem sai da igreja é a mãe de Louisa, Moira, que não envelheceu nem um dia sequer desde a última vez que a vi; ela segura a mão de uma criança vestida de branco da cabeça aos pés — camisa com babados, calça curta e meia comprida. Eu já sabia do filho de Gabriel e Louisa, mas é hipnotizante vê-lo. Moira levanta a criança até os braços de Louisa, Gabriel se abaixa para beijar a testa do menino, enquanto os fotógrafos clicam em frenesi. Ninguém na imprensa os julgou por terem tido um filho antes de se casarem. Não sei por que eu esperava algo diferente. As regras nunca se aplicaram a pessoas como Gabriel e Louisa.

Ao meu lado, meu menininho começa a se contorcer impacientemente, agora já entediado. De repente, sinto uma onda de amor por ele. Tenho tudo de que preciso bem aqui.

Estou feliz por eles. Eles são três, nós somos três. Há uma agradável simetria nisso. Tudo deu certo para nós dois.

— Bem, é isso então, Bobby — digo, me virando.

— Sim — diz ele, imitando Frank. — Com certeza é.

Ele joga para o alto sua boina, uma boina simples, parecida com a que os rapazes usam, um presente de David, e a agarra na primeira tentativa.

Eu o puxo para mim.

— Eu sei que hoje é seu aniversário e que os presentes são todos pra você, mas posso dizer que você é o melhor presente que eu já ganhei na vida?

## *1968*

Não converso com Leo sobre o episódio da fotografia de Bobby, porque a verdade é que eu me sinto responsável. Ele sente falta da mãe, e acho que piorei a situação demonstrando o quanto sinto falta do meu filho.

Foi um pouco egoísta da minha parte contar a Leo sobre Bobby só porque me ajudava a manter viva a lembrança do meu filho. O problema é que ninguém me deixa falar sobre ele. Frank sempre foge do assunto, está tão afundado na culpa que prefere agir como se Bobby nunca tivesse existido. Eu me preocupo com o meu marido. Onde isso vai acabar, toda essa dor acumulada que não tem para onde ir? Sua maneira de lidar com isso é trabalhar duro até desabar de exaustão todas as noites, pronto para recomeçar ao nascer do sol. Com Jimmy é a mesma coisa, embora ele recorra também à bebida para superar os momentos difíceis. Mas pelo menos ele tem Nina, a perspectiva do casamento e, eu espero, de um bebê em breve.

Estou prestes a ir para casa quando Gabriel entra na cozinha. Ele trabalhou a tarde toda, e ainda não o vi desde o incidente com a foto.

— Nós deveríamos conversar, não acha? — diz ele. — Que tal uma taça de vinho? — Ele olha para Leo, que faz sua lição de casa à mesa da cozinha. — Pode ser na biblioteca?

Parece mais uma ordem do que um convite, e sinto uma ansiedade repentina enquanto o sigo pelo corredor. Talvez ele me peça para parar de tomar conta de Leo. Não é o que eu quero, mas talvez seja a melhor coisa para todos nós.

Este lugar, este lindo lugar forrado de livros. Certa vez passamos uma semana inteira aqui, enrodilhados no sofá enquanto percorríamos romances com páginas finas e amareladas e tipografia sofisticada, parando e lendo um para o outro frases que achávamos engraçadas ou especialmente boas.

Na mesinha de centro em frente ao sofá, uma garrafa de vinho branco está esperando, com duas taças.

— Presunçoso — eu digo, e Gabriel ri.

— Eu provavelmente conseguiria beber a garrafa inteira sozinho, se precisasse.

O vinho é delicioso, como eu sabia que seria.

— Da adega? — pergunto depois do meu primeiro gole.

Ele faz que sim com a cabeça.

— Tem tanto vinho lá embaixo, nunca vou conseguir beber aquilo tudo sozinho. Provavelmente algumas garrafas já viraram vinagre.

Um momento de silêncio se segue, e eu me pergunto se posso distraí-lo com alguma conversa fiada, mas minha mente está a mil, e não consigo encontrar nada para dizer.

— Preciso falar com você sobre o Leo — anuncia Gabriel, enfim. — Mas não quero te magoar.

Devolvo meu vinho à mesinha, sento-me ereta, como se estivesse sendo entrevistada ou, mais provavelmente, prestes a ser demitida.

— Se isto não estiver funcionando, eu entendo completamente. Há muitas pessoas que cuidariam do Leo depois da escola pra você. Eu poderia falar p...

Vejo a surpresa surgir no rosto de Gabriel.

— Não, não, essa é a última coisa que eu quero. O Leo não está muito feliz aqui; nós dois sabemos disso. Ele odeia a escola. A única coisa que ele realmente gosta é de passar as tardes com você. Olha, isto é difícil...

— Apenas diga de uma vez, Gabriel.

— Você fala bastante com o Leo sobre o Bobby, não é?

— Acho que sim — respondo, no tom mais despreocupado que consigo.

— Acho que o Leo ficou um pouco obcecado pelo Bobby. Sei que isso deve soar muito estranho pra você. Acho que o Leo vê o Bobby como uma criança perfeita da qual ele nunca estará à altura. É por causa do divórcio, mexeu com a cabeça dele. O Leo sente falta da mãe, ele se sente deslocado aqui, e de repente você apareceu com esse menino de ouro que morreu...

Não vou me permitir chorar, mas cerro os punhos e solto um longo e trêmulo suspiro.

— Ah, Deus. — Gabriel parece abalado. — Eu sabia que isso magoaria você. Me desculpe.

Balanço a cabeça, assentindo e assentindo.

— Eu sabia que não deveria falar tanto sobre o Bobby. Mas é que o Leo estava curioso sobre ele, fazendo uma série de perguntas. E ninguém nunca me pergunta sobre ele, nunca. É como se o Bobby fosse um fantasma que todos esqueceram. E eu sinto falta dele. Sinto muita saudade dele. Eu adorava contar ao Leo coisas sobre ele. Depois que comecei, simplesmente não consegui mais parar.

— Eu queria ter conhecido o Bobby — diz Gabriel, baixinho.

A dor disso. Não há nada que eu possa dizer. A minha vida inteira daqui para a frente será repleta de pessoas que nunca conheceram meu filho.

— Como ele era?

— Estou dando meu máximo pra *parar* de falar sobre ele, Gabriel. — Agora estou rindo, calma de novo.

— Mas não pra mim. Eu gostaria de saber como o Bobby era. Pelo pouco que você disse, ele parece maravilhoso.

— Sério?

Meu coração traidor, sempre acelerado.

— Sério. Me conte tudo.

É assim que nossa amizade começa a mudar. Lentamente no início, de uma forma que eu nem percebo. O vinho no comecinho da noite. Uma hora em que falo sobre meu filho morto e Gabriel escuta como se eu estivesse lhe contando uma história, noite após noite, enquanto eu componho Bobby a partir do zero. E talvez eu esteja mesmo. Por onde começar a descrever o garoto que ele era para um homem que nunca o conhecerá? Pelo nascimento dele, é claro, o dia em que uma violenta tempestade destroçou árvores e postes telefônicos e bloqueou a estrada de acesso à nossa fazenda. Um dia em que um adolescente deu à luz seu sobrinho no chão de uma cozinha. Após o relato, eu faço uma pausa, reservo um tempo para saborear de novo a euforia daquele dia, quando tudo estava por vir.

Enquanto caminho de volta para casa, me sinto viva, mergulhada em memórias, os doces, doces anos, todos os nove, em que Bobby esteve aqui. Fico empolgada pensando em histórias para contar a Gabriel no dia seguinte. E assustada quando penso no quanto Frank ficaria magoado se soubesse que eu estava compartilhando intimidades sobre nosso precioso e único filho.

## *Antes*

Temos um menino de fazenda, que não quer saber de nada além de ficar ao ar livre o dia inteiro com o pai, a mãe, o tio e o avô. A glória desses primeiros cinco anos... Será que eu a valorizei o suficiente? Ouvindo Frank e Bobby seguirem pelo jardim para o curral todas as manhãs, a tagarelice incessante e estridente do nosso filho. Os homens de volta para o café da manhã já pronto, Bobby sentado ao lado do avô, erguido em almofadas, ainda conversando. Ele e eu roçando o mato, a capina sem fim. A habilidade de Bobby para detectar ervas daninhas invasoras, mãos pequenas que agarram e arrancam raízes até amontoar uma imensa pilha ao seu lado. O chocolate quente como recompensa antes de nos aventurarmos a sair novamente. Às vezes, sentados no portão de ferro no fundo do campo de ovelhas, enquanto o vale ecoa com o balido delas chamando por seus cordeiros e o zumbido de insetos, uma brisa chicoteando nossa pele. Absorvendo tudo, como um dia fez Frank, David e seu pai outrora antes deles; meu filho seguindo os passos de seus ancestrais por estes campos verdes irregulares, se conectando aos sons e imagens, ao gosto, ao toque de mil anos.

Bobby já está se tornando uma pessoa independente. De vez em quando ele me deixa louca, se recusando a entrar quando é chamado. Tenho um sininho de mão que toco quando ele está brincando no jardim — ou pelo menos é onde ele deveria estar —, e eu o faço soar por vários minutos antes de aceitar que o menino foi atrás de Frank ou David. Nunca consigo ficar zangada com ele por muito tempo, nenhum de nós consegue; basta um sorriso de Bobby para desarmar todo mundo, e tudo está perdoado.

\* \* \*

Bobby começa a frequentar a pré-escola muito cedo. Ele parece o filho de outra pessoa, com sua camisa e gravata e seus lustrosos sapatos com cadarço.

— Eu estou muito esquisito — diz ele, se olhando no espelho do banheiro enquanto escova os dentes.

— Elegante, não esquisito.

— Hum. — Ele parece inseguro. — Se você diz...

Na escola, a confiança de Bobby me surpreende. A maioria das crianças do jardim de infância está agarrada às mães, mas meu filho caminha em direção à sala de aula sem olhar para trás. No último momento, ele se lembra de mim e corre de volta para sussurrar em meu ouvido:

— Você vai ficar bem sem mim?

*Não, Bobby. Vamos para casa. Tentamos isso outro dia*, eu consigo segurar.

— Eu vou ficar bem, meu filho — digo. — Vá e se divirta um pouco.

Agora que Bobby fica fora durante o dia, eu me jogo no trabalho na fazenda. David me mostra todas as coisas que seus filhos aprenderam na infância. Ele me ensina a identificar os primeiros sinais de mastite em uma ovelha, onde procurar abscessos nos carneiros, como examinar os olhos e cascos dos ovinos, a qualidade de sua lã. Consigo pressionar as mãos em suas barrigas e ancas e saber se precisam de uma grama de melhor qualidade, se estão gordos o suficiente para serem levados ao mercado. Aprendo a cortar a forragem e a enfardar o feno em tapetes enrolados, utilizando uma rotoenfardadora cilíndrica acoplada ao trator. David até me ensina a operar a colheitadeira. Eu me sinto em um casulo no alto da cabine, os campos se estendendo diante de nós. Eu adorava matar o tempo na colheitadeira com Frank, percorrendo lentamente os milharais. Havia uma intimidade, uma solitude difícil de encontrar dentro de casa, e conversávamos sobre tudo enquanto colhíamos e debulhávamos o milho. Frank sempre ri quando digo que nos apaixonamos em cima de uma colheitadeira.

Talvez porque estamos olhando para a frente em vez de um para o outro, David pergunta:

— Você vai ter outro filhinho em breve? Agora que o Bobby está na escola.

A pergunta me pega de surpresa. É de longe a coisa mais pessoal que meu sogro já me perguntou.

— Já está tentando se livrar de mim, David? — devolvo, provocando-o.

Ele meneia a cabeça e não diz mais nada. *Tudo bem*, o meneio significa. *É problema seu, não meu.*

Não que eu não tenha pensado nisso. Parte de mim anseia por um recém-nascido, por aquela coexistência em um universo paralelo privado de sono, uma conexão tão íntima quanto o período em que o bebê estava dentro do útero. O cheiro dele, o formato dele, o peso quente embalado em seus braços, o som delicado de sua respiração. Na segunda vez seria diferente, é lógico. Agora tenho Bobby, que exige minha atenção total quando chega da escola. Eu me imagino amamentando um bebê, presa na minha cadeira por quarenta e cinco minutos enquanto Bobby fica cada vez mais impaciente esperando que eu termine. Mas depois eu preciso trocar a fralda do bebê. E aí ele chora, e eu tenho de andar com ele para cima e para baixo, acalmando-o, sem outra opção a não ser negligenciar meu filho mais velho. Sinto o choque e a decepção de Bobby com sua mãe, que nos últimos cinco anos caminhou cada passo com ele e de repente não está mais disponível para todos os seus caprichos. E então sua resignação ao aceitar a nova ordem das coisas. A maneira como Bobby mudaria, o gradual afastamento entre nós. Não estou pronta para isso.

Vários dias depois, fica evidente que Frank tem conversado com David. Ele vai para a cama e pergunta:

— Você colocou o diafragma?

Ele nunca pergunta isso.

— Claro.

Fazemos sexo na maioria das noites, quase sem exceção. Frank diz que isso o relaxa e o ajuda a dormir. Para mim, é quando me sinto mais conectada com Frank, uma proximidade que é difícil de encontrar em qualquer outra hora do dia.

— Por que você está perguntando?

— Eu pensei que poderíamos parar de usá-lo. Só se você quiser.

— Você andou conversando com seu pai, não é?

— Sim.

— Você quer que a gente comece a tentar ter outro bebê?

— Seria legal, não é? Um irmãozinho ou irmãzinha pro Bobby.

— Seria. Realmente seria.

Acho que falei com entusiasmo o suficiente, mas nunca consigo enganar Frank.

— Por que você não quer?

Fico em silêncio por um momento, tentando encontrar as palavras para ajudá-lo a entender.

— Sei que parece o momento certo. Mas ainda não estou pronta pra cortar laços com o Bobby. Tenho certeza de que um dia vou estar, mas ainda somos tão jovens, você e eu. E é diferente para as mães, nós estamos o tempo todo com eles. Eu não conseguiria estar com ele do jeito que estou agora. Isso faz sentido?

Frank é assim: ele sempre entende. Ele estende um braço e me puxa em sua direção até meu rosto ficar pressionado contra seu peito.

— Perfeito. Já temos o melhor garoto de todos. Por que arriscar com outro?

Nesta noite, a maneira como fazemos amor é diferente. Não tiramos os olhos um do outro em momento algum. Frank se pressiona profundamente dentro de mim e fica lá, sem se mexer, me olhando, e eu me sinto tão excitada, passando minhas mãos para cima e para baixo em seu peito, sentindo a rigidez dos músculos sob a pele, sua largura, sua força, seu peso e, também, o quanto eu o amo. Quando ele finalmente começa a se mover, de forma lenta e profunda, cada estocada arranca da minha garganta um suspiro de prazer, embora sempre tentemos ficar quietos, pois o resto da família está do outro lado do corredor. Mas estou envolvida demais para parar, meu corpo inteiro começa a espiralar e a tremer, e eu me agarro a ele com afinco, digo seu nome, e ele sussurra na escuridão — "Está tudo bem" —, e isso é violento e terno e diferente de tudo o que existe no mundo. E aí Frank se desloca com um vaivém forte e veloz, sua respiração agitada e irregular, mas ele ainda continua olhando para mim, enquanto goza, enquanto eu gozo, e depois, instantaneamente, estamos nos abraçando, rindo e gargalhando da intensidade, da loucura crua da coisa toda.

Frank sussurra:

— Jesus Cristo. O que foi isso?

E eu estou meio chorando, meio rindo, quando sussurro de volta:

— Eu sei.

Nós nos ajeitamos para dormir, o braço dele em volta de mim, e sua voz já está embargada de sono.

— Por que iríamos querer mudar alguma coisa?

## 1968

Leo e eu estamos no jardim em Meadowlands quando um táxi preto vem sacolejando pela entrada para carros. É uma visão muito incomum, aqui nos confins de Dorset; observamos juntos para ver quem está chegando.

— Você acha que esse táxi veio de Londres? — pergunta Leo.

— Só se for um milionário. Ninguém mais teria condições de pagar.

— É a minha mãe! É a minha mãe! — grita Leo, quando temos um vislumbre da passageira no banco de trás.

Ele sai correndo em direção ao táxi, tentando abrir a porta antes mesmo de o veículo parar.

Louisa desce com os braços bem abertos, e seu filho pula dentro deles.

— Mamãe! Mamãe! Mamãe! — diz ele repetidamente, sua voz se reduzindo a um gemido, e tudo que posso fazer é me impedir de irromper em lágrimas. — Por que a senhora não disse que viria? — Leo quer saber, assim que os dois se desvencilham.

— Eu queria fazer uma surpresa. Eu cheguei com seu pai para ter certeza de que você estaria aqui, mas também não contei pra ele.

Louisa olha para mim pela primeira vez. Um sorriso cauteloso.

— Beth. Que bom te ver de novo. Ouvi falar muito sobre você nos últimos meses.

A porta da frente se abre, Gabriel desce correndo os degraus.

— Meu Deus, Louisa — diz ele. — Eu não acredito.

Louisa olha para ele, um pouco ressabiada, mas Gabriel está sorrindo ao beijar a bochecha dela.

— Esta é a melhor surpresa de todas, não é, Leo? Quanto tempo você vai ficar?

— Alguns dias, enquanto meus pais cuidam do Marcus. Pensei, se você não se importar, em levar o Leo para Londres. Poderíamos ficar em um hotel, visitar alguns lugares conhecidos. — Ela olha para o filho. — Você topa?

— Eu topo!

Leo envolve a cintura da mãe com os braços, e os três começam a andar em direção à casa, pai, mãe, filho. É uma sensação estranha observá-los, imaginar a família que eles já foram. Os pais e um filho. Assim como Frank, eu e Bobby.

Na porta da frente, Gabriel se lembra de mim.

— Beth, você não quer entrar e tomar uma xícara de chá?

Eu balanço a cabeça.

— Não, obrigada — recuso. — Será bom pro Leo passar algum tempo sozinho com vocês dois. Vou deixar vocês em paz.

Mais tarde, Frank e eu estamos terminando o jantar quando o telefone toca.

— Beth? É você?

A voz é aguda, nervosa, sotaque norte-americano.

— Louisa?

— O Leo e eu vamos para Londres logo cedo, então não vou ter a chance de te ver de novo. Eu queria saber... talvez você ache isto estranho... se você me encontraria no pub para uma bebida rápida?

— Você não precisa largar tudo no minuto em que alguém daquela família liga — diz Frank assim que pouso o telefone no gancho. — Você não faz isso por mais ninguém.

Não passou despercebido o fato de que estou voltando de Meadowlands cada vez mais tarde, e às vezes há um forte cheiro de álcool no meu hálito. Meu casamento está em ruínas, e eu sei muito bem o que preciso fazer para que ele não acabe de vez. O problema é que não tenho certeza se quero. Nessas últimas semanas com Leo e Gabriel eu me senti feliz — se é que podemos chamar assim — de um jeito que não me sentia havia muitos anos. É egoísmo da minha parte continuar com isso quando sei o quanto estou machucando Frank. Mas acho que não consigo parar.

Quando chego ao pub, Louisa já está lá, sentada a uma mesinha de canto com dois gins-tônicas na frente dela.

— Eu pedi gim, tudo bem? — pergunta ela, deslizando um copo em minha direção.

Seu sorriso é caloroso, aberto. Ela quer ser minha amiga.

Houve um tempo em que eu examinava atentamente as fotos de Louisa e Gabriel que a imprensa divulgava. Se ela não estivesse sorrindo na imagem, eu decidia que ela era uma mulher fria, arrogante. Se eles parecessem felizes e apaixonados, eu fazia questão de lembrar a mim mesma que ela o havia roubado de mim. Ela era uma norte-americana implacável e Gabriel não teve chance; foi a história que eu contei a mim mesma.

— O Leo ficou nas nuvens quando viu você — digo. — Em todos estes meses, eu nunca o vi assim. Tão radiante. Foi uma cena maravilhosa.

— Ele mudou tanto. Mal posso acreditar. Meu garotinho já se foi.

— Deve ser difícil não estar com ele.

— Você não tem ideia.

Louisa coloca sobre o coração uma mão muitíssimo bem cuidada. Unhas à francesinha, num tom claro de cor-de-rosa com as pontas brancas. Pulseiras de ouro tilintando no pulso. Ela está usando um vestido-casaco branco imaculado. É uma mulher muito elegante. Assim como sua mãe. E Tessa Wolfe. Mulheres de um calibre diferente de qualquer pessoa que conheço. Não é apenas o dinheiro que a diferencia — Louisa tem estilo de verdade, eu acho.

— Pra ser bem sincera, Beth, estou achando muito difícil viver longe dele. Estou constantemente prestes a dizer: "Não consigo mais fazer isso." Eu queria que ele viesse morar nos Estados Unidos comigo.

— No fundo, ele provavelmente quer isso.

— Não tenho tanta certeza. Ele e o Gabe são muito próximos. O Leo escolheu ficar aqui com ele.

— E o Gabriel ficaria devastado.

*Eu* ficaria devastada. Minha pequena família substituta sendo desmantelada.

— É por isso que estou tentando ver se conseguimos fazer isso funcionar. O problema é que o Gabe nunca me conta como o Leo realmente está. Acho que ele não quer me deixar preocupada. Mas eu sinto que as coisas não estão boas. Você pode ser honesta comigo? Ele está bem?

Por um momento, eu hesito, dividida entre querer fazer o que é melhor para Leo e sentir que qualquer coisa que eu diga pode machucar Gabriel. Não conheço Louisa bem o suficiente para colocar todas as cartas na mesa.

— Por favor, Beth. Eu não perguntaria se não estivesse preocupada com ele.

Meneio a cabeça para mostrar que entendo.

— Ele parece muito próximo do pai, como você acabou de dizer. O Leo fica bem feliz quando está em Meadowlands. Mas ele tem dificuldades na escola, parece que não fez muitos amigos lá. Ele luta pra controlar a raiva, teve problemas por causa disso. O mais importante de tudo é que ele sente muito a sua falta. De verdade.

— O que você faria? Insistiria para que ele voltasse com você para os Estados Unidos? Como mãe...

Louisa fica em silêncio. O pânico atravessa seu belo rosto.

— Perdão. Eu falei sem pensar.

— Está tudo bem — digo, seca. Sei que quando o assunto é Bobby a minha voz endurece, é assim que eu me fortaleço. — Mas eu não tenho condições de responder a essa pergunta. Eu nunca estive na sua situação. Se você conseguir visitar o Leo com mais frequência, tenho certeza de que ele vai ficar bem. Mais cedo ou mais tarde, ele vai se acostumar.

— Você realmente acha isso?

— Eu acho. Ainda é cedo, ele está morando aqui há apenas alguns meses. No ano que vem, aposto que ele vai voltar a ser ele mesmo.

— Você é uma boa pessoa. Estou feliz que o Leo tenha você.

É estranho como mulheres podem ser inimigas em um minuto e, no minuto seguinte, se tornarem amigas íntimas. Na segunda bebida, sinto que Louisa e eu poderíamos conversar sobre qualquer coisa.

— O que deu errado entre você e o Gabriel? — pergunto, encarando Louisa. — Tudo bem eu perguntar? Vocês sempre me pareceram tão felizes e apaixonados nas fotos que eu via nos jornais.

— Parecíamos? Isso mostra o quanto as aparências enganam. Ah, eu amava o Gabe, com certeza amava. E ele tentou me amar. Mas estávamos nos enganando.

— Você acha que teria se casado com ele se não tivesse tido o Leo?

As palavras saem antes que eu possa impedi-las.

— Desculpe, isso não é da minha conta — digo.

Mas Louisa balança a cabeça, inabalável.

— Sendo bem sincera? Provavelmente não. O Gabe me pediu em casamento no momento em que eu descobri que estava grávida. Fui eu quem quis esperar. Pensando agora, eu ainda tinha a esperança de que ele se apaixonasse por mim.

— E a Tessa? Não imagino que ela tenha ficado feliz por você estar grávida.

— Ela não se importou nem um pouco. Apenas ficou empolgada por estarmos noivos e por ter bastante tempo para planejar a festa dos sonhos.

Pego minha bebida e tomo um generoso gole de gim. Nunca é uma boa ideia falar sobre Tessa Wolfe. Ainda posso ouvir seu tom de desprezo, como se tivesse sido ontem. *Rapazes como o Gabriel não ficam com garotas como você.*

— Por que vocês se separaram, afinal?

— Eu fui visitar meus pais nos Estados Unidos, e meu pai convidou o Michael, o pai do Marcus, para jantar. Eles estavam trabalhando juntos em um filme. É muito clichê dizer que foi amor à primeira vista, mas ele ficou tão apaixonado por mim, e era tão charmoso e honesto. Ele disse que estava completamente fascinado por mim. E, sabe de uma coisa? Foi algo que eu nunca tinha vivenciado. Não estou dando desculpas, sério, não estou. Sempre vou me sentir culpada por ter me apaixonado por outra pessoa enquanto era casada.

Ela olha diretamente para mim, sem hesitar, com um olhar cristalino.

— Você não imagina o quanto é humilhante saber que seu marido amava outra pessoa muito mais do que ele jamais amaria você.

Eu olho para a mesa, tentando me recompor. Não consigo acreditar no que estou ouvindo. Houve uma época em que a única coisa que eu queria saber era se Gabriel me amava mais do que a Louisa. Não é algo que eu gostaria de ouvir agora. Eu amo Frank e a vida que construímos juntos com tanto zelo. Nunca haverá um momento em que eu não ame Frank, em que eu não precise dele. Até mesmo ter esta conversa parece uma traição. E, ainda assim, eu sinto a inconfundível descarga de adrenalina. Um embrulho no estômago de entusiasmo.

— Não sei o que aconteceu entre vocês dois, mas posso dizer que isso arruinou o Gabriel para qualquer outra pessoa. Fui apenas uma substituta, eu estava apaixonada por ele desde o começo.

Cada palavra que Louisa fala parece ecoar através de mim. Sob a mesa, eu aperto minhas mãos, quase com medo de olhar para ela.

— Tudo aconteceu do jeito errado, não é? — diz Louisa, e eu inspiro profundamente, me segurando para não chorar. —

Posso dizer só mais uma coisa? Depois mudamos de assunto, eu prometo. Dá para ver que você está chateada. Eu sinto muito, Beth. — Louisa estende a mão e segura a minha, apenas por um momento. Seu anel de noivado de diamante é tão grande que chega a ser um insulto. — Não é tarde demais.

Ela deixa o resto da frase no ar.

*Não é tarde demais para você e Gabriel.*

## *Antes*

Meus momentos favoritos são quando as duas famílias estão juntas, o que sempre acontece no aniversário de Bobby. Ele faz sete anos hoje, e é um dia duplamente especial porque à noite Jimmy vai nos apresentar sua nova namorada, Nina.

Eles se conheceram algumas semanas atrás, quando ela estava perdida em um labirinto de campos de cultivo e fez sinal para o trator dele. Quando soube que ela era a filha do novo dono do pub, Jimmy se ofereceu para lhe dar uma carona para casa.

— Nisso aí? — perguntou Nina, olhando com ceticismo para o Massey Ferguson, com sua camada de lama, esterco de vaca e várias outras substâncias.

— Você é chique demais pra isso, não é? — respondeu Jimmy, irritando-a antes que eles trocassem mais do que algumas frases.

— De jeito nenhum — disse ela, empoleirando-se ao lado dele.

Desde então eles estão saindo; David, Frank e eu estamos fazendo o possível para não demonstrar nosso alívio. Nós três já conversamos várias vezes sobre como manter Jimmy no caminho certo. Na maior parte do tempo ele está bem, mas as bebedeiras surgem do nada e muitas vezes terminam em problemas. Estamos todos torcendo para que Nina seja a resposta.

Meus pais e minha irmã são os primeiros a chegar, com um carro abarrotado de presentes. Eleanor veio de Londres; ela sempre tira o dia de folga no aniversário de Bobby. Hoje em dia ela é uma advogada bem-sucedida, depois de se esforçar muito para chegar ao topo da hierarquia no escritório em que entrou como secretária. Um dia ela assumirá as rédeas da firma, não tenho dúvidas. Ela tem um apartamento em Parson's Green, que ainda não visitei, e ganha mais dinheiro do que Frank e eu poderíamos sonhar, mas eu não trocaria de vida com ela, nem ela comigo. Somos muito diferentes hoje em dia.

— Cadê meu menino favorito? — diz ela, pegando Bobby nos braços.

Os presentes que ela dá são sempre os melhores, em parte porque ela tem dinheiro para pagar, mas sobretudo porque sabe escolher muito bem.

Ao desembrulhar o pacote, Bobby grita de alegria:

— Meu Deus, Elly!

Eleanor bate palmas feito uma foca; ela adora agradá-lo. É um toca-discos movido a pilha. Bobby ficou obcecado por música em geral, e por Elvis Presley em particular. A casa vibra ao som de "Hound Dog" e "All Shook Up", tão alto que às vezes imagino que as janelas vão se estilhaçar.

Não seria muito difícil: as molduras estão quase todas podres, o vidro é fino e está rachado em alguns lugares. Consertar a casa sempre foi o último item da lista.

Minha mãe, Eleanor e eu somos as responsáveis pelo banquete desta noite. Acabamos ficando muito boas nisso. Durante a nossa infância, minha mãe odiava cozinhar, e deixava essa tarefa para o meu pai, mas ela mudou depois que se tornou avó. Ela me liga semanas antes do grande dia para "planejar o cardápio do nosso príncipe", como ela chama Bobby. Hoje à noite é ensopado de carne seguido de bolo invertido de abacaxi, o favorito de Bobby. Meu pai trouxe vinho tinto para acompanhar e Coca-Cola para o aniversariante.

Enquanto cozinhamos, Bobby e meu pai começam a montar um aeromodelo que ele lhe deu de presente, fitando, confusos, um saco de peças de plástico. Espero que Bobby nunca enjoe de miniaturas de aeronaves, porque meu pai certamente nunca vai enjoar.

Uma vez, enquanto os observava, perguntei se ele preferia ter tido um menino em vez de duas meninas.

— De jeito nenhum! — disse ele, sem pestanejar. — Eu com certeza sou um pai de menina. Você não percebe? Mas este menino, você tem que admitir, ele é bem especial.

Os rapazes chegam do trabalho às cinco e se revezam para tomar banho e trocar de roupa; às seis, estamos todos reunidos em volta da grande mesa de carvalho, Bobby na cabeceira, usando um chapéu de caubói branco que Eleanor trouxe de Londres.

Nina não é nem um pouco parecida comigo. Se eu estivesse indo visitar a família de outra pessoa, talvez ficasse um pouco nervosa. Eu me lembro do dia em que conheci David — ele mal levantou os olhos de seu exemplar da revista agrícola *Farmer's Weekly*. Depois, Frank me contou que o pai agiu assim porque estava deprimido desde a morte de Sonia. Mas demorou muito tempo até eu conseguir relaxar perto dele, e foi só quando Bobby nasceu que finalmente nos aproximamos.

Nina entra pela porta da frente, sem se dar ao trabalho de bater, e se detém diante de uma mesa de pessoas desconhecidas; ela segura nos braços um pacote embrulhado em papel dourado e amarrado com uma fita vermelha.

— Será que tem algum fã do Elvis aqui? — pergunta ela.

— Eu! — Bobby levanta a mão, como se estivesse na escola.

— Então você vai precisar disto.

Ela lhe entrega o pacote. Dentro há um par de botas de camurça azul que ela encontrou em um brechó — são um pouco grandes para Bobby, mas talvez fiquem boas com um par de meias grossas.

— Eu nunca mais vou tirar estas botas! — grita ele, desfilando pela cozinha, mostrando-as a cada um de nós.

Jimmy pega o sobrinho, levanta o menino bem alto nos ombros e corre pela cozinha, Bobby berrando de alegria. E então, é claro, colocamos "Blue Suede Shoes" para tocar na nova vitrola, e fica evidente que, além de dar presentes perfeitos, Nina também sabe dançar. Ela ensina Bobby a balançar os ombros e a girar os quadris, no estilo Elvis, os dois serpenteando de meias pelo chão da cozinha, enquanto o resto de nós assiste, rindo.

Depois disso, tenho certeza de que vou dizer que Jimmy se apaixonou quando Bobby tinha sete anos de idade — e Bobby também. Pelo resto da noite, ele observa Nina com devoção e olhos de águia. Posso ver os pensamentos passando por sua mente: *Quem é essa garota legal e por quanto tempo podemos ficar com ela?*

O jantar com minha família segue como sempre: quanto mais vinho bebemos, mais barulhentos ficamos. Há risadas constantes, e um estranho momento de tensão quando o assunto muda para política. Quando Eleanor se exalta, criticando os conservadores, os quais David apoia com veemência, minha mãe intervém com uma excelente notícia.

— Na verdade, temos algumas novidades. Recebi uma oferta no trabalho, uma vaga de professora titular. Mas não consigo decidir se aceito ou não.

— Claro que a senhora deve aceitar — opina Eleanor. — Já era hora de a senhora ter uma promoção.

Minha mãe faz uma pausa e percebo que meu pai está mexendo em sua taça de vinho, girando-a entre os dedos.

— É em Cork — diz ela.

— Cork? Na Irlanda? — Não consigo esconder o choque em minha voz. Eles têm um neto agora. Como poderiam cogitar a possibilidade de viver em outro lugar que não Hemston?

— Isso é fantástico! — grita Eleanor. — Sempre foi o sonho do papai viver na Irlanda.

Ela me encara com seu severo olhar de irmã mais velha, e eu apresento minhas palavras de apoio.

— Claro que a senhora deve ir.

— Sério? — indaga meu pai, olhando para mim.

Ele me conhece tão bem.

— Sim, sem dúvida — digo, com firmeza. — Já está na hora de vocês fazerem algo para si mesmos.

— Não vai ser para sempre — diz minha mãe. — Só alguns anos. Uma aventura, enquanto ainda temos tempo para aproveitar.

Ela olha para Bobby.

— Mas sentiremos muita saudade desse rapaz.

Conforme a noite avança, vejo a maneira como Jimmy e Nina se tocam constantemente, a palma da mão dela apoiada no joelho dele, debaixo da mesa, a mão dele se esgueirando para ajeitar uma mecha de cabelo atrás da orelha dela. Percebo seus sorrisos e apertos de mãos secretos, leio seu desejo de estarem a sós. Nina ainda não dormiu na fazenda, e duvido que seus pais achem uma boa ideia que Jimmy durma com ela na casa deles — o relacionamento deles tem sido ao ar livre, rural, assim como Frank e eu no começo.

Todos nós estamos fascinados pelo novo casal, sobretudo Bobby.

— Você está apaixonada? — pergunta Bobby a Nina.

— Sim — responde ela, confiante. — Estou.

Jimmy fica vermelho e parece prestes a explodir de alegria.

— Você acha que vocês dois vão se casar? — Bobby quer saber.

— O que é isso, uma entrevista? — Nina ri. — Nós nos conhecemos só há algumas semanas.

— A mamãe e o papai se casaram quando eram jovens. Eles mal se conheciam direito.

— Não é verdade — esclarece Frank. — Eu já estava de olho na sua mãe no ônibus há anos.

Um olhar de satisfação perpassa o rosto do meu pai. Ele não conseguia suportar minha tristeza pelo término com Gabriel, parecia ter ficado quase tão devastado quanto eu. Na época, minha irmã e minha mãe foram rápidas em fazer a caveira do meu ex. Compreensível, mas não era o que eu queria ouvir.

— Ele não combinava com você — declarou Eleanor na ocasião.

Minha mãe me disse que foi um livramento:

— Agora que você sabe do que ele é capaz, está bem melhor sem ele.

Mas meu pai, que me viu mergulhar de cabeça na minha primeira história de amor, sem cuidado nem cautela, do jeito inconsequente como eu sempre agia naquela época, não criticou Gabriel nem sequer uma única vez.

— As pessoas cometem erros, sobretudo quando são jovens — disse ele. — Acredito que o Gabriel vai se arrepender um dia.

Não demorou muito para que Frank começasse a me buscar em casa. Nosso relacionamento era antiquado, e meus pais adoraram Frank desde o início. Quando descobri que estava grávida, fiquei preocupada que meus pais achassem que era cedo demais. Frank e eu não estávamos juntos havia muito tempo. Mas eles ficaram felizes por lhes darmos um neto anos antes do esperado, e, assim que nasceu, Bobby se tornou a nova pessoa favorita deles.

Bobby mudou todos nós.

— É normal amar uma pessoa a vida inteira como você e o papai? — Bobby me pergunta, do nada. — Ou a gente pode amar outras pessoas primeiro?

Enquanto sua voz doce e inocente chega ao outro lado da mesa, as demais conversas desaparecem lentamente. Sinto um clima constrangedor na cozinha, vejo o olhar de perplexidade de Nina, que não entende o que está acontecendo, mas sabe que há algo ali. Todos permanecem calados, então eu respondo.

— É mais simples quando isso acontece — digo. — Mas o que importa é você encontrar a pessoa certa, alguém com quem você tenha vontade de passar o resto da sua vida. Independentemente de qualquer coisa.

— Um brinde a isso — diz Frank, sustentando meu olhar até eu sorrir e desviar o rosto.

## 1968

A despedida de solteiro de Jimmy acontece exatamente uma semana antes do casamento. Ele e Frank desaparecem animadíssimos com destino ao Compasses: todos os homens do vilarejo, jovens e velhos, se reúnem para celebrar os últimos dias de solteirice dele.

— Cuide bem dele, sim? Por favor — sussurro para Frank quando eles saem, e meu marido revira os olhos.

— Óbvio — diz ele, me beijando para compensar a impaciência. — Quando é que eu não faço isso?

Uma noite sozinha. Tenho uma lista de afazeres enorme de que dar conta: preparar molhos e sobremesas para a festa de casamento, limpar a casa, que sempre necessita de limpeza, esvaziar o cesto de roupa suja.

Mas em vez de fazer tudo isso, acendo a lareira, mesmo que seja uma noite quente, e me sento na frente do fogo, fitando as chamas. Pensando.

Repetidas vezes, repasso a conversa que tive com Louisa no pub. Sua sugestão de que Gabriel sempre me amou e talvez ainda me ame. "Não é tarde demais", disse ela. Embora, é claro, seja.

Nada aconteceu com Gabriel, nem acontecerá. Eu amo Frank, nós pertencemos um ao outro. Mas não há como negar que nas últimas semanas Gabriel e eu nos aproximamos.

Geralmente, o ponto alto do meu dia é quando tomamos aquela taça de vinho e conversamos sobre Bobby. Gabriel é curioso e faz perguntas que me levam a refletir. Eu me pego procurando na memória a comida favorita de Bobby — salsicha assada com mel — ou o nome de seu melhor amigo: ele não tinha um, pois era amigo de todos. A cada encontro, um novo pedaço de Bobby retorna. Parece um pequeno milagre, todo esse processo de recordar.

O que eu sinto nessas ocasiões com Gabriel no fim do dia, quando Leo está vendo televisão em outro cômodo da casa e nos sentamos lado a lado no sofá, conversando ou muitas vezes apenas passando tempo juntos, é algo próximo da felicidade.

Estou dormindo quando Frank volta do pub, e acordo assim que a porta da frente se fecha. Ouço seus passos silenciosos na escada, depois o som dele se despindo no escuro. Ele se deita ao meu lado, mas deixa um espaço entre nós.

— Você está acordada? — pergunta, por fim.

Ele deve saber que estou pela minha respiração.

— Como foi?

Por um momento, ele não diz nada. Depois responde:

— Como era de se esperar, eu acho.

Sua voz é soturna, sóbria.

— Aconteceu alguma coisa?

— Ah, meu Deus, Beth, não sei. Não exatamente. Ele está na cama agora, de qualquer forma. Roncando muito. Não vai estar de pé pra cuidar das vacas de manhã, isso é certeza.

— Então eu vou te ajudar. Qual é o problema, Frank? Ele brigou com alguém?

— Foi pior do que isso. Ele estava tão bêbado que não conseguia nem ficar de pé. Sei que já passamos por isso antes. Inúmeras vezes.

— É claro que ia dar confusão.

— Pois é.

— Sou eu — digo, pegando a mão dele. Nunca precisei dizer isso a Frank antes. — Pode me contar.

— No caminho de volta pra casa, ele desatou a chorar. E eu sei que é porque ele estava fora de si, choro de bêbado ou o nome que você quiser dar, mas ele disse uma coisa... — Frank se cala.

— O que foi que ele disse?

— Ele disse...

Finalmente eu percebo que Frank, que nunca chora, está lutando contra as lágrimas.

— Ele disse que acha que a vida dele não vale a pena. E que às vezes pensa que estaríamos melhor sem ele. Nós dois estaríamos. E a Nina também. E que ele nos causa muitos problemas. Foi o que ele disse. Tem tudo a ver com o Bobby. Jimmy nunca mais foi o mesmo desde que ele morreu.

— Ah, Frank. — Por um momento, sinto dificuldade para falar. Nenhum de nós voltou a ser o mesmo desde a morte de Bobby, mas é raro Frank reconhecer isso. — Eu sei que você está chateado por ele ter dito essas coisas. Mas não acredito que ele realmente quis dizer tudo isso. É só a bebida falando. Pense em como ele tem estado feliz nos últimos tempos com a Nina. Eles têm tudo para dar certo. Você sabe que sim.

Nós nos aconchegamos e de repente somos nós de novo, eu e Frank, o cheiro dele tão familiar, seu corpo quente e forte pressionado contra o meu.

Nós não fazemos amor, só nos abraçamos. Eu tento reconfortá-lo, aos sussurros — "Ele vai ficar bem, isso é bobagem de bêbado, amanhã ele nem vai se lembrar do que falou" —, e pressiono meus lábios em sua pele até que, por fim, o ritmo constante de sua respiração me diz que Frank pegou no sono.

## Antes

No final das férias de verão, quando Bobby tem nove anos, convidamos todos os seus coleguinhas da escola para passar uma tarde na Fazenda Blakely. Bobby é o responsável pelo evento e planeja tudo como uma operação militar: primeiro as crianças conhecerão seus animais favoritos, depois haverá um piquenique sob o carvalho e em seguida tiro ao alvo.

Começamos com um passeio pela fazenda. Bobby mostra aos amigos como funciona a máquina de ordenha e demonstra como ele encaixa as teteiras nas tetas da vaca, como elas sugam o leite e o transportam através de uma mangueira. Ele consegue fazer isso em poucos segundos, tal qual os adultos.

No campo, Bobby distribui biscoitos para as crianças alimentarem nossas ovelhas.

— Uau, Bobby! — exclama Hazel, uma menina linda, com tranças loiras lustrosas, parecendo a Rapunzel. — Seus pais deixam você fazer isso todos os dias? Você é sortudo demais!

*Isto foi uma boa ideia*, eu penso, enquanto começamos nosso piquenique sob a sombra do velho carvalho. As crianças estão começando a ver Bobby como ele realmente é. Os professores já me contaram que Bobby passa as aulas olhando pela janela, como um prisioneiro que anseia pelo mundo exterior e sente falta da sensação da luz do sol aquecendo sua pele. Estar entre quatro paredes é uma tortura para ele.

Certa vez, ele decidiu fugir na hora do intervalo e chegou em casa no meio do dia. Eu estava prestes a levá-lo de volta para a escola quando Frank me impediu.

— Deixe o garoto fazer isto só desta vez — alegou ele. — Para que ele tem que ir à escola? Tudo de que ele precisa está aqui.

Frank era exatamente igual quando menino, Jimmy também. Eles são homens da terra.

O carvalho tem mais significado para nós do que qualquer outra árvore na fazenda. Foi onde Frank me pediu em casamento. Não de joelhos, muito menos com uma aliança ou uma garrafa de champanhe. Ele simplesmente disse:

— Não quero uma vida sem que você esteja nela. Eu nunca quis.

A julgar pelo jeito que ele olhava para mim, com tanto amor, entendi que suas palavras tinham um significado mais profundo.

— Frank, o que você está dizendo?

Ele me pegou no colo e me carregou ao redor do carvalho, como se estivéssemos realizando algum bizarro ritual pagão.

— Eu quero que você se case comigo, sua boba. Não está óbvio?

Enquanto as crianças comem, eu me pego observando um menino chamado William. Eu conheço William há anos — Bobby estuda com as mesmas crianças desde o jardim de infância. A vida de William em casa deve ser solitária. Um pai mais velho e rigoroso, uma mãe tímida e cristã devota, nenhum dos quais parece ter tempo para William, muito menos para os outros pais e mães de alunos. William nunca é convidado para ir às casas das outras crianças e, até onde sei, nenhuma delas já foi à casa dele.

Mais do que tudo, são as roupas que diferenciam William. Com sua elegante camisa branca, short de veludo cotelê e pulôver Fair Isle, ele parece uma criança vítima da guerra, um dos órfãos evacuados que vemos em fotos, sentado com um semblante triste em cima de suas malas e segurando um brinquedo de pelúcia. William está usando um chapéu de feltro e não consegue parar de brincar com ele. Ele ergue o chapéu com uma das mãos e o gira em um dedo, joga-o no ar e o agarra antes de colocá-lo de volta na cabeça. O chapéu é algum tipo de declaração, talvez uma tentativa de se destacar, mas as outras crianças parecem não dar a mínima. Há algo bastante triste em William.

Depois do piquenique, é hora do tiro ao alvo. Todas as crianças estão animadas, até mesmo as meninas, que eu imaginei que ficariam entediadas com a ideia de disparar uma arma. Nós as enfileiramos na frente de dois alvos pintados à mão: anéis vermelhos, brancos e azuis com um pequeno círculo preto no centro.

David demonstra como segurar o rifle de ar, encaixando-o sob sua axila, para que o peso da arma repouse em seu peito.

— É pesado — diz ele. — Vocês precisam se acostumar com o rifle antes de começarem a olhar pela mira. Com calma, não precisam ter pressa. Todos terão sua vez.

Ele fala em tom severo com as crianças para explicar sobre a segurança das armas e as regras que devem ser obedecidas antes de qualquer tiro ser disparado.

— Seu caminho está livre? Olhem da esquerda para a direita e atrás de vocês para terem certeza de que não há ninguém no caminho. Sempre esperem pela palavra "liberado!" antes de atirar. Vocês entenderam?

As crianças olham para ele, paralisadas. *Sim*, elas dizem, meneando a cabeça. Descrever os riscos simplesmente alimenta a empolgação da criançada.

David se posiciona ao lado de cada atirador, sufocando qualquer possibilidade de gracinha antes mesmo de começar. Jimmy e Frank são os recarregadores, pegando cada arma após o disparo e encaixando o projétil seguinte. Os meninos conseguem segurar as armas sozinhos, e a maioria deles acerta ou chega perto do alvo; já as meninas precisam da ajuda de Frank e Jimmy para segurar a arma na posição enquanto se acostumam com a mira, os dedos no gatilho, o brusco comando de "liberado!" de David funcionando como uma injeção de adrenalina.

Quando é a vez de William, a atmosfera muda. William, eu percebo tarde demais, gosta de chamar atenção. Ele se posiciona ao lado de David, se contorcendo e balançando o corpo, o tempo todo girando e rindo para as crianças atrás dele.

— Fique parado! — vocifera David. — Senão você não vai conseguir enxergar o alvo.

Eu pressinto antes de acontecer. O menino parece reprimir algo, uma frustração latente. O garoto alinha seu tiro, David grita "liberado!" e, como num pesadelo, William gira em um semicírculo, apontando a arma para as outras crianças, que congelam em choque enquanto ele berra:

— Tomem isso, otários!

David dá um tapa no rifle para arrancá-lo da mão de William com tanta força que a arma desaba em cima do pé do menino, que está de sandálias e uiva de dor.

— O que você tem na cabeça, seu idiota? — esbraveja David, e William começa a chorar.

Ainda assim, há algo estranho em seu choro. Ele está chocado, envergonhado, seu dedão provavelmente está machucado, talvez quebrado, mas a maneira como ele chora, um lamento estridente e sem lágrimas, parece forçada. Vejo Jimmy e Frank trocando um olhar atônito.

— Você tem alguma ideia de como isso foi perigoso? — pergunto a William, agachando-me para examinar o pé dele.

Seu dedão está vermelho-vivo, a unha já começando a descolorir — em pouco tempo, ela vai passar de marrom para preta.

— Era só uma brincadeira, era pra ser engraçado — diz William, mas David o repreende.

— Seu dedo estava no gatilho. Você poderia ter matado alguém. Não há nada de engraçado em um assassinato.

William enterra o rosto no meu peito, e eu me forço a colocar um braço em volta dele enquanto caminhamos de volta para a casa.

Alison, a mãe de William, está esperando no pátio com as outras mães. Assim que a vê, William começa a choramingar numa lamúria ensurdecedora e a mancar de forma exagerada.

— Pare com isso! — diz Alison ao menino. E em seguida para mim: — O que houve com o pé de William?

— Ele machucou o dedão — eu começo a dizer, mas David pula na minha frente.

Eu não tinha percebido que ele estava tão perto.

— Eu vou explicar, Beth. Gostaria de comunicar a gravidade do que aconteceu. Esta tarde seu filho fez algo inacreditavelmente estúpido, e tão perigoso que poderia ter matado alguém. As crianças estavam atirando com rifles de ar comprimido, sob a nossa rigorosa supervisão, devo acrescentar, fomos rígidos em nossas instruções de segurança, mas, por algum motivo, William colocou na cabeça que seria engraçado se virar e apontar a arma para as outras crianças. Eu a arranquei da mão dele, e foi assim que ele machucou o dedão do pé. Tudo o que posso dizer é que temos muita sorte de o ferimento ser tão pequeno. Poderia ter sido muito pior.

— William, cale a boca! — berra Alison, silenciando num piscar de olhos o miado do filho. — Pelo que entendi, as crianças estavam brincando com *armas* na festa?

— Rifles de ar comprimido, Alison — eu digo. — Tiro ao alvo. Estava escrito no convite.

— Que tipo de pessoa convida uma turma de crianças de nove anos de idade para brincar com armas?

Vejo que as outras mães observam atentamente, sem saber de que lado ficar. Todas sabiam sobre a atividade de tiro ao alvo.

— O que você realmente precisa se perguntar — argumenta David — é que tipo de criança, mesmo depois de ouvir as instruções sobre segurança, apontaria uma arma para seus colegas. Se ele tinha ou não a intenção de atirar, eu não esperei pra descobrir.

Percebo que Alison e William se mantêm distantes um do outro, e que ela não olhou para o filho, tampouco tentou confortá-lo. O menino se encolhe de medo enquanto a observa. Achei que ela fosse tranquila e tímida, mas essa mulher é fria e agressiva.

— Eu nunca deveria ter deixado meu filho vir aqui. Vocês não tomam cuidado o suficiente. Todo mundo sabe como é sua família.

— Diga, por favor — pede David. — Como é que nós somos?

— Imprudentes. — Alison cospe a palavra, como uma fada má que veio para estragar a festa. — Mais cedo ou mais tarde, algo ruim vai acontecer e, quando acontecer, será culpa de vocês.

# O julgamento

Robert Miles, nosso advogado, nos forneceu uma lista completa das testemunhas que comparecerão ao tribunal, mas ainda assim é um choque ver Alison Jacobs no banco das testemunhas. Tímida e retraída, ela está com uma aparência desleixada, com suas roupas surradas e largas, cabelo bagunçado e pele pálida. E, por baixo disso tudo, um coração de gelo.
— Sra. Jacobs — começa Donald Glossop, o promotor público da Coroa —, a senhora demorou a se apresentar como testemunha. Posso perguntar o motivo?
— Eu estava em dúvida. Mas depois de conversar com várias pessoas na cidade, concluí que tinha informações relevantes sobre o caráter dos residentes da Fazenda Blakely. E isso pode ser útil para o júri.
O relato de Alison é bastante rebuscado e exagerado, tanto que em certo momento eu deixo escapar um grito e minha irmã, que está ao meu lado na galeria, segura minha mão. Alison conta ao tribunal que seu filho William e os demais colegas de classe foram convidados para passar um dia na fazenda durante as férias escolares. Todos os pais e mães estavam cautelosos, diz ela, por saberem como era a família Johnson.
— Nós vivíamos preocupados com Bobby e a maneira como ele estava sendo criado.
— Por que razão?
— Os Johnson não vivem como as outras famílias. Eles são um tanto selvagens. Vou citar um exemplo: aos cinco anos, Bobby viu um bezerro recém-nascido ser baleado na cabeça com uma pistola. Quanta brutalidade. Uma cena que um menino pequeno não tinha absolutamente nenhuma necessidade de ver.

No dia seguinte, ele chegou à escola e contou tudo para os colegas de turma. Algumas crianças tiveram pesadelos por semanas depois disso.

Uma onda de repulsa percorre o tribunal.

— Todos sabíamos que os Johnson não eram cuidadosos. Sonia Johnson morreu enquanto fazia a ordenha, porque colocou a cabeça perto demais do traseiro da vaca. Certamente ela deveria ter sido mais prudente, não?

— Isso é tudo, sra. Jacobs? — pergunta o sr. Glossop, e consigo ouvir até um tom de desdém em sua voz.

Que bom. Espero que todos neste tribunal vejam Alison como ela de fato é: uma dedo-duro covarde, uma encrenqueira, uma fofoqueira. Uma predadora ardilosa, que se alimenta de carne fresca.

— O dia em que nossos filhos foram convidados para ir à fazenda foi um fiasco — continua ela. — Francamente, meu filho teve sorte de sair de lá vivo.

Vejo como ela olha de esguelha para o banco dos réus antes de disparar sua última bala de ódio.

— Depois disso, prometemos que nunca mais deixaríamos nossos filhos irem à Fazenda Blakely. Mais cedo ou mais tarde, haveria uma fatalidade naquele lugar, todos nós concordamos. Infelizmente, aconteceu mais cedo do que qualquer um de nós esperava.

# 1968

Cerimônias de casamento são alegres por natureza: a celebração pública do amor e da união, a festividade cuidadosamente organizada, a música, a dança, a comilança em excesso e a bebedeira. Hoje, na Fazenda Blakely, essa alegria parece intensificada, e não é apenas o prazer coletivo de ver Jimmy e Nina enfim se casarem. Nossa família viu muitas tempestades, e hoje todos os ressentimentos e conflitos foram deixados de lado e a cidade inteira veio para testemunhar essa mudança em nosso destino.

Nina e Jimmy optaram por um casamento civil no cartório, apenas Frank e eu presentes, seguido por uma cerimônia de verdade na fazenda. Nós preparamos o celeiro para receber a festa — esfregamos, polimos e pintamos até ficar tão bom quanto qualquer igreja —, pegamos várias cadeiras diferentes emprestadas de amigos — rústicas, feitas em casa — e as enfileiramos para os convidados. O melhor de tudo é saber que se trata de um casamento organizado por uma comunidade inteira. As mulheres da igreja se superaram com arranjos de flores de quase dois metros de altura, e temos até um tapete vermelho para Nina e seu pai percorrerem.

Todos os rostos se viram quando eles entram no celeiro, ao som de "You Can't Hurry Love". Eu seria capaz de passar o resto da vida olhando para Nina, tão linda e esguia em seu vestido dourado-claro, a mesma garota que conhecemos cinco anos atrás.

Quando Jimmy e Nina trocam seus votos, Frank pega minha mão. Esse casamento significa mais para ele do que para qualquer outra pessoa.

Após a cerimônia, não resta mais nada a fazer a não ser se divertir, já que nossos amigos cuidaram de tudo. As mesas de cavalete estão cobertas de comida, muita comida, um presente de cada família. Travessas de frango com molho cremoso, carne e presunto defumado, enormes tigelas de salada de repolho e de batata, e dois porcos assando em espetos do lado de fora. Há um bar servindo sidra, cerveja, vinho, gim, conhaque, uísque, mais bebida do que somos capazes de beber, quase tudo doação.

Durante a primeira hora, estou ocupada batendo papo com os convidados, repetindo sempre as mesmas coisas — como a noiva é linda, como o noivo é sortudo, como eles demoraram para se encontrar... Posso responder no piloto automático, o que é bom, pois, no fundo, apenas um pensamento me corrói: *Quando vou ter a chance de falar com Gabriel?*

A decisão de convidar Gabriel e Leo foi de última hora. Jimmy nunca tentou esconder sua antipatia por Gabriel, e muitos moradores são testemunhas disso. Frank disse — e eu concordei — que a presença deles no casamento poderia ser embaraçosa. Mas então, um dia, Leo veio à fazenda nas férias de verão e fez amizade com Nina. Juntos os dois caiaram o celeiro, o rádio tocando alto, Nina ensinando-lhe passos de dança da mesma forma como havia ensinado a Bobby. Assim como aconteceu com meu filho, Leo ficou apaixonado por ela — Nina causa esse efeito nas pessoas.

— O que eu devo vestir no seu casamento? — perguntou Leo a ela, do nada, um dia.

Depois de uma pausa, Nina disse:

— Algo divertido. Me surpreenda. — Em seguida olhou para mim e deu de ombros, pedindo desculpas.

Pai e filho vêm me cumprimentar assim que notam que estou sozinha; Gabriel já devia estar de olho em mim. Há duzentas pessoas aglomeradas nesta tenda, e eu não olhei na direção dele nenhuma vez, mas sabia exatamente onde encontrá-lo.

Leo seguiu à risca o que Nina disse e vestiu uma camisa com franjas e um chapéu de caubói que sua mãe lhe enviou dos Estados Unidos.

— A Nina já viu você? — pergunto, abraçando-o. — Você vai ser eleito o homem mais bem-vestido da festa, disparado, e isso inclui o noivo em seu terno chique novinho em folha.

— Existe um prêmio?

— Se não existe, deveria.

— Gostei do seu vestido — diz Gabriel, e eu me viro para olhá-lo.

É um erro. Pois eu conheço esse olhar, esse olhar fixo, eu me lembro dele de antes, dos tempos em que éramos livres para mostrar no nosso rosto tudo o que sentíamos.

— Minha amiga Helen fez pra mim — digo, sentindo minhas bochechas corarem.

É um vestido fabuloso, a coisa mais ousada que já usei: evasê sem mangas, mal chega à altura do joelho. É branco com flores cor-de-rosa e amarelas brilhantes espalhadas. Esta noite não me sinto nem um pouco a esposa de um fazendeiro.

Fico embasbacada ao ver Gabriel, de barba feita e vestindo um terno escuro. Quando éramos jovens, adorava admirá-lo de terno e gravata. Ele parece tão relaxado no traje formal quanto numa calça jeans, talvez porque use terno com muita frequência, ou porque seus ternos, de lã fina e corte elegante, são claramente feitos sob medida.

Eu me forço a me virar e encontro Frank parado a um metro ou mais de distância, nos observando. Ele segura duas taças de vinho.

— Você poderia ter dito oi pra eles — digo, me aproximando e pegando uma das taças dele.

Frank me encara com o rosto inexpressivo e diz apenas:

— Os discursos já vão começar, você está pronta?

Eu já ouvi a maior parte do discurso de padrinho de Frank, mas é diferente vê-lo de pé na frente de todos. Aqueles são seus amigos, são como se fossem sua família, ele os conhece a vida toda. Frank encontra o tom e acerta em cheio, conta as histórias engraçadas da infância, menciona os atribulados anos da adolescência, a repentina transformação quando uma loira sensacional fez sinal para Jimmy em seu trator. De um dia para o outro, o irmão fez a barba e pediu dinheiro para comprar loção pós-barba.

— Isso foi há cinco anos e, desde então, como todos sabem, esta família enfrentou momentos difíceis. Nina percorreu cada passo do caminho com Jimmy. Ela é sua rocha, sua alma gêmea. Sem ela, ele estaria perdido, e nós também.

Jimmy e Nina escolheram "Can't Help Falling in Love" para sua primeira dança. Nina perguntou se preferíamos que eles não tocassem Elvis, mas Frank e eu sentimos a mesma coisa: era o que Bobby teria desejado. Eles dançam sozinhos os primeiros compassos da música, depois Nina estende um braço na nossa direção, acenando com um dedo. Frank me pega nos braços e fazemos um círculo lento, os dois irmãos e suas esposas na pista de dança, a cidade toda assistindo.

— Você está chorando — diz Frank.

— A música. Você. Eu. Ele.

O *ele* a quem eu me refiro é Bobby. Mas não é assim que Frank entende, sua mente está em outro lugar.

— Eu acho que foi um erro convidá-lo.

Por um segundo, eu não entendo o que ele quer dizer. Até que, por fim, me dou conta.

— Eu não estava falando do Gabriel.

— Beth... — diz Frank, mas em seguida se cala. — Não vamos fazer isso agora. É o dia deles. Eu não vou estragar.

Em vez disso, eu enterro meu rosto no peito de Frank pelo resto da música. Para todos os outros, devemos parecer os mesmos de sempre, marido e mulher devotados um ao outro, o casal que um dia teve tudo e perdeu, tolamente, devastadoramente, mas ainda assim conseguiu se manter junto.

A pista de dança fica lotada de outros casais, e, ao longo da hora seguinte ou pouco mais, Frank e eu somos requisitados. Eu danço com o marido de Helen, Martin; com o melhor amigo de David, Brian; com Jimmy; com uma sequência inteira de homens da cidade que conheço desde que estavam no início do ensino fundamental. Pessoas que conheço a vida inteira. Dançamos ao som de Beatles, The Byrds, The Supremes. Quando Frankie Valli começa a cantar "Can't Take My Eyes Off You", Nina e Jimmy estão dançando juntos e a multidão forma um círculo espontâneo ao redor dos noivos. Nina dança com a cauda do vestido levantada sobre um dos braços, os quadris mantendo o ritmo em perfeita sincronia com a batida, balançando os ombros para a frente e para trás diante de Jimmy enquanto ele dubla a letra da música olhando para ela. Enquanto observo Nina, penso que ela sempre foi uma artista, ela sabe o que as pessoas querem e como dar a elas, é por isso que é tão boa em seu trabalho. Não poderia haver noiva melhor.

Depois, Nina e eu dançamos com Leo. Nós o ensinamos a girar, subindo e descendo em espiral feito um saca-rolhas, suas bochechas coradas, olhos brilhando. Por um ou dois segundos, é como estar com Bobby, meu filho que amava dançar, principalmente com Nina. Eu não posso me permitir ir por esse caminho. Ele teria doze anos hoje, uma criança completamente diferente. Quem sabe se ele ainda gostaria de dançar?

Do outro lado da tenda, Gabriel está observando. Eu sabia onde ele estava, é claro, mas desta vez, quando encontro seu olhar, nossos olhos se demoram um no outro por um segundo a mais. Ele inclina a cabeça, de forma quase imperceptível, e sai da tenda. Meu coração começa a bater dolorosamente. Eu olho para Frank e o vejo conversando com Helen e Martin em um canto; tenho um momento, mas só isso.

Gabriel está me esperando lá fora.

— Não podemos conversar aqui — digo, e ele me segue até os olmos na beira do campo.

— Eu preciso te contar uma coisa — diz Gabriel.

Mas por um tempo ele não diz nada, nós apenas nos observamos nas sombras.

— Você estava errada todos aqueles anos atrás, em relação a mim e à Louisa.

— Não vamos fazer isso. Já faz muito tempo.

— Eu preciso que você saiba a verdade. Eu não dormi com a Louisa enquanto você e eu ainda estávamos juntos. Ela ficou no meu quarto, é verdade, e eu me senti culpado porque sabia que você ficaria muito magoada se descobrisse. Mas não aconteceu nada entre nós.

— Gabriel... — Minha voz é um lamento muito alto. O álcool que bebi corre nas minhas veias. Estou inebriada de vinho, sidra, dele, da aterrorizante possibilidade da verdade. — Por que você está fazendo isso?

— Você sabe o porquê. Me diga que você sabe. Me diga que você sente também.

Não posso olhar para ele, seria fatal. Em vez disso, fito o chão.

— Você disse pra Louisa que tinha dúvidas sobre mim. Você não pode negar isso.

— Sobre você não, sobre Oxford. Eu estava pensando em largar os estudos pra me tornar escritor em tempo integral. A Louisa me convenceu a desistir.

— É tarde demais pra isso — digo, em tom de desespero.

— É mesmo? — Sua voz é suave, e fico tentada a olhar para ele.

— Por que não me disse a verdade? Você sabia que eu achava que você tinha me traído.

— Eu estava furioso, Beth. Você acreditou no que a minha mãe te falou. Você me disse que eu usava as pessoas e depois as jogava fora. Isso me machucou demais.

— Eu sinto muito.

— Não, eu é que tenho que pedir desculpas. Eu fui um idiota de merda. Orgulhoso demais pra te implorar pra voltar.

— Se você e Louisa não estavam juntos, por que sua mãe me disse o contrário?

— Às vezes era uma fantasia dela.

— Ou coisa pior.

Eu sempre soube que a mãe de Gabriel encontraria uma maneira de nos separar, mesmo que eu não tivesse feito isso primeiro.

— Nós dois fomos burros e teimosos. Que desperdício — digo.

E dessa vez não há como confundir o tom de voz de Gabriel quando ele pergunta:

— É?

Eu olho para ele, e ele me encara. Seu olhar parece perigoso, íntimo, inebriante. Minha resistência está cedendo aos poucos.

O que eu quero, mais do que tudo, é estender a mão e tocá-lo. Eu gostaria de colocar a palma da minha mão no rosto dele. Ou no seu coração, para ver se está batendo num ritmo tão descontrolado quanto o meu.

Houve muitos limiares como este, chances perdidas, estradas não trilhadas, e o sentimento ardente entre nós, eu e Gabriel, Gabriel e eu, a vida que poderíamos ter tido juntos.

— O que vamos fazer? — pergunta Gabriel.

A música que ecoa da tenda é alta e, no entanto, nesse súbito silêncio, ouço apenas nós dois. Nossa respiração. O sangue pulsando na minha cabeça, é minha pulsação ou a dele?

— Isto — eu digo, erguendo-me na ponta dos pés para beijá-lo.

Finalmente.

Minha boca contra a dele.

Um beijo que parece tudo ao mesmo tempo. Desvairado. Terno. Demais, demais, nem de longe o suficiente. Dentes nos lábios, mãos no cabelo, cada segundo de cada ano que passamos separados, tudo neste beijo.

O disco muda e a festa continua, e a sensação é de que somos as únicas duas pessoas aqui, as únicas duas pessoas no mundo.

## *Antes*

O carvalho é declarado morto no início de junho, primeiro por David, depois por Frank, depois por um amigo arboricultor, que se oferece para derrubá-lo para nós, mas é um trabalho grande e teremos que esperar até que ele esteja com a agenda livre no final do verão.

— Vocês não podem cortar o carvalho — diz Bobby. — Ele tem que ficar aqui pra sempre.

Meu filho está desolado com a ideia de perder a árvore, todos nós estamos, sempre foi o lugar mais mágico da fazenda.

David explica:

— Mas, Bobby, é muito perigoso deixar o carvalho de pé. Se um dos galhos dele cair durante uma ventania, pode matar você.

— Eu não vou chegar perto do carvalho numa ventania, vovô.

David se abaixa para se aproximar do neto.

— Talvez a árvore queira ser derrubada. Ela está velha, doente e exausta. Ela deu a nós, e a tantas pessoas antes de nós, os melhores anos da vida dela.

Bobby assente e diz:

— Tudo bem, vovô.

A derrubada da árvore está planejada para sábado, os homens cuidarão disso sozinhos.

Quando chega o dia, Bobby está animado. Enquanto David, Frank e Jimmy fazem planos e leem as instruções deixadas pelo arboricultor, o menino desliza pela cozinha fazendo perguntas.

— Vai ser barulhento quando a árvore cair?

— Muito — responde David. — Vai fazer um estrondo tipo um trovão.

— Uau! Você acha que vai abrir um corte enorme na terra?

— Eu acho que sim — diz Frank, levantando os olhos das instruções para sorrir para o filho.

— Mas, Bobby — argumento —, acho melhor você não assistir. Eu não vou estar lá, e seu pai, seu avô e seu tio estarão ocupados demais pra ficar de olho em você.

Tento abraçar Bobby, mas ele me empurra.

— Por que você é tão malvada?

Vejo o olhar que David e os filhos trocam: cansaço, impaciência. Minha preocupação com a segurança os irrita.

— Vai ficar tudo bem — garante David, secamente.

— Frank? Você esqueceu que eu vou me encontrar com a Helen agora de manhã?

— Pelo amor de Deus, um de nós vai ficar de olho nele.

— Talvez seja melhor eu cancelar o encontro com a Helen — digo.

— Não seja boba — diz Frank. Ele atravessa a cozinha e me abraça. — Você está se tornando uma velhinha chata que se preocupa demais.

— Promete que não vão tirar os olhos dele? Você sabe como ele sai correndo.

— Sim, mulher. Vá se divertir com sua amiga. Deixe esses nobres profissionais continuarem com seu trabalho.

Bobby grita de alegria.

Mais tarde, quando retorno à fazenda, vou até o campo para visitar nosso pobre e velho carvalho, que espero encontrar já no chão. Fico surpresa ao ver que a árvore ainda está de pé. Deve ser um trabalho muito mais difícil do que eles pensavam. A copa já caiu, e a cena me entristece, a linda árvore que foi parte tão grande da minha vida, da vida de todos nós, agora é um vasto tronco com os galhos convertidos em tocos massacrados. Não é de se admirar que Bobby tenha ficado tão chateado.

Observo David, Frank e Jimmy se afastarem da árvore para inspecionar seu trabalho. Não consigo ver Bobby em lugar algum — ele deve ter ficado entediado de tanto esperar e decidido ir ver as ovelhas. Penso em ir procurá-lo, mas então percebo que não há tempo.

Ouço um ruidoso estalo, exatamente como David previu, e o tronco começa a tombar, quase como se estivesse em câmera lenta.

E agora vejo Bobby, correndo bem na frente da trajetória do carvalho, gritando primeiro de alegria, depois de medo. Um grito longo, longo e angustiado, dele, meu, eu em disparada em sua direção feito uma louca, enquanto a cena acelera, apenas um flash de short vermelho, pernas pálidas, cabelo escuro, antes que o carvalho desabe com estrépito no chão, enegrecendo tudo ao redor.

Frank, David e Jimmy começam a correr. Eles ouviram o grito de Bobby, viram o demônio uivante se lançar na direção do menino, mas não há sinal de Bobby. O tronco é tão vasto que o engoliu inteiro.

Jamais esquecerei o rosto de Frank quando ele olha para mim, o terror incrustado nele. Ele está com medo — de mim. Mas eu não estou olhando para Frank. Nem para David. Nem para Jimmy. Meus olhos estão fixos na árvore, morta como um mamífero descomunal caído de lado.

— Eu estou aqui, Bobby, eu estou aqui! — grito repetidamente. Dez vezes. Vinte. É a única coisa em que consigo pensar, se ele consegue me ouvir, e, por favor, Deus, que seja verdade, ele precisa saber que eu estou aqui.

Frank está rugindo:

— Tirem isto de cima dele! — Ele tenta erguer o tronco com as próprias mãos, impotente, antes que seu pai o detenha.

— Vou pegar os cabos de reboque, filho — diz David. — Chamem uma ambulância.

— Eu sinto muito, eu sinto muito... — ouço o exaustivo pedido de desculpas de Frank, mas não consigo me conectar a ele, minha mente está zumbindo enquanto tento me agarrar a qualquer esperança.

As pessoas sobrevivem às coisas mais estranhas, é o que dizem. Não estamos conseguindo ouvi-lo, mas é porque ele foi nocauteado e está inconsciente, o que é uma coisa boa. Talvez ele tenha quebrado alguns ossos, mas podemos resolver isso.

— Nós mandamos o Bobby ficar no trator — diz Frank. — Ele prometeu.

— Ele tinha nove anos.

Tinha. Eu disse *tinha*.

Eu começo a gritar, e Frank vem em minha direção, mas eu levanto ambas as mãos para detê-lo.

— Não toque em mim. Por favor.

Eu simplesmente digo, nem sei o porquê. Talvez eu não suporte ser tocada, esteja tensa demais. Talvez, mesmo agora, antes de sabermos o resultado, eu culpe meu marido por esse acidente desnecessário.

Ele me prometeu que ficaria de olho em Bobby. Ele prometeu que o manteria seguro.

Estamos distantes um do outro quando David dirige o trator para a frente, içando com o guincho aquela carga colossal, a árvore morta subindo centímetro por doloroso centímetro.

Quando a árvore se ergue a trinta centímetros no ar, eu vejo o primeiro lampejo de algodão vermelho, e o som que sai de mim não é nem um pouco humano, é um urro do espírito, um bramido primitivo e gutural.

Uma ambulância passa pelo portão e dois paramédicos correm pelo campo em nossa direção com uma maca, mas eu o alcanço primeiro. Meu menino, meu deslumbrante menino, o crânio esmagado, braços e pernas quebrados e ensanguentados, mas ainda assim Bobby. Ainda meu. Eu me deito ao lado dele o mais perto que posso. Ele estava certo, a árvore abriu um enorme rasgo na terra.

*Eu estou aqui*. Digo isso baixinho agora. Uma promessa que chegou tarde demais, mas tenho a esperança de que minhas palavras encontrem uma maneira de alcançá-lo.

*Bobby, eu estou aqui.*

# Parte 3
*Jimmy*

## O julgamento

Minha mãe, minha irmã e eu estamos na primeira fila da galeria quando meu pai sobe ao banco das testemunhas. Há muitas coisas pelas quais eu nunca me perdoarei, e esta é uma das piores: o impacto que o julgamento teve sobre meus pais. Vi meu pai várias vezes desde o tiro, mas hoje estou chocada com o quanto ele envelheceu. Eleanor também nota, pois ela suspira e agarra minha mão. O cabelo dele já vinha escasseando havia algum tempo, mas, do ponto em que estamos, vejo como os fios ralos e esparsos que ele espalha cuidadosamente disfarçam um topo da cabeça quase inteiramente careca. Seu rosto tem sulcos profundos, o pescoço ficou áspero sem que nenhum de nós percebesse e suas mãos estão trêmulas. Para comparecer ao tribunal, meu pai vestiu seu melhor terno, o que ele usava em casamentos e que agora sai do armário para funerais. Uma avalanche de tristeza para a qual nenhum de nós estava preparado.

Assim que ele começa a falar — confirmando seu nome, endereço, profissão e relacionamento com o réu —, o nervosismo aparentemente desaparece. Esta é sua voz calma e confiante de professor, de um homem que passou três décadas fisgando a atenção de seus alunos. Fomos aconselhados a escolher como testemunha de caráter um profissional respeitável, um médico, um advogado, um professor, alguém de grande prestígio em sua comunidade. Ninguém teria credenciais melhores do que as do meu pai. Eu me sinto culpada por fazê-lo testemunhar no tribunal sabendo que não lhe contei toda a verdade? Sim, eu me sinto mal com isso. Se ele descobrir, é bem possível que jamais me perdoe. Porém, o que mais eu poderia fazer? Há três de nós acorrentados uns aos outros por essa mentira, e há muita coisa em jogo para eu arriscar contar a verdade a alguém, mesmo que seja ao meu pai.

A primeira sabatina com nosso advogado corre às mil maravilhas. Nenhuma pergunta difícil que induza meu pai a cometer deslizes, muitas oportunidades para que ele ressalte as qualidades do réu. Ao meu lado, minha mãe começa a relaxar. Em dado momento, ela até consegue se virar para mim e sorrir.

Contudo, antes que alguém se dê conta, o promotor público, Donald Glossop, está de pé para sua vez.

Sua voz é gentil no início do interrogatório, mas já vi o suficiente de suas táticas para temer o que está por trás disso.

— Há quanto tempo o senhor conhece a família Johnson, sr. Kennedy?

— Eu os conheço há muitos anos. David Johnson, pai de Frank e Jimmy, era apenas um conhecido, a princípio, em vez de um amigo. Hemston não é uma cidade grande, e todos os moradores se conheciam. Depois que minha filha se casou com um membro da família Johnson, passei a conhecê-los muito melhor.

— E, ao longo desse tempo, o senhor testemunhou muitos atritos entre os dois irmãos? Consegue pensar em algum incidente, talvez uma discussão que tenha saído do controle, uma briga explosiva, digamos, ou mesmo qualquer tipo de conflito?

— Não, nunca.

Percebo o meio sorriso da minha mãe quando meu pai se inclina para a frente de forma deliberada. Ela sabe exatamente o que ele está prestes a dizer; os dois devem ter ensaiado uma dezena de vezes suas declarações de testemunha.

— Os dois irmãos eram mais próximos do que quaisquer outros que eu já tenha visto. Eles cuidavam um do outro. Frank cumpria muito bem o papel de irmão mais velho. Ele vivia preocupado com Jimmy e sempre tentava mantê-lo no caminho certo. Um bom homem, um homem gentil, que sempre se esforçava além da conta, não apenas por Jimmy, mas por todos na cidade.

E Jimmy era igual. Um rapaz doce, às vezes problemático, mas com um grande coração.

— Nos últimos tempos, no entanto, o senhor estava ciente do conflito entre eles?

Meu pai hesita. Para ele, não dizer a verdade é impossível.

— As coisas ficaram tensas na fazenda nos dias que antecederam... — responde ele, tropeçando pela primeira vez — a tragédia. Jimmy estava bastante instável, pelo que me disseram. Ele andava bebendo muito, e acredito que isso tenha influenciado seu julgamento. Os dois discordavam sobre como certos assuntos deveriam ser tratados.

É insuportável ver meu pai se enrolando enquanto tenta dar conta da perigosa tarefa de dizer o suficiente, mas sem falar demais.

— O senhor está se referindo ao caso da sua filha com Gabriel Wolfe?

— Não estou aqui para fazer comentários sobre a vida privada da minha filha. Estou aqui com o único propósito de cumprir o papel de testemunha de caráter para o réu. O que eu espero ter feito.

— Eu entendo, sr. Kennedy. No entanto, acredito que seja do interesse do júri eu perguntar há quanto tempo conhece o sr. Wolfe.

Meu pai hesita novamente.

— Eu o conheci quando ele ainda era jovem, brevemente.

— Na época em que o relacionamento dele com sua filha começou pela primeira vez?

— Sim.

— Quanto tempo durou essa primeira história de amor, sr. Kennedy?

— Não muito. Um verão e talvez um mês ou mais depois disso.

— E, logo depois que terminou, ela iniciou um relacionamento com Frank Johnson?

— Sim.

— Eles se casaram jovens, não é?

— De fato, sim.

Eu sinto um novo estado de alerta na sala. Todos nós — o juiz, o júri, os jornalistas na bancada da imprensa, os membros do público que fazem fila dia após dia para garantir seu lugar na galeria — já reconhecemos as nuances do tom de voz de Donald Glossop. Um abrandamento em seu timbre não sinaliza empatia, muitas vezes é o inverso.

— Podemos dizer então que sua filha Beth não havia superado esse primeiro relacionamento.

Meu pai não diz nada. Não consigo ver suas mãos, mas sei que elas estão unidas enquanto ele entoa em sua cabeça a cantiga que cantava com Bobby. Quantas vezes eles a cantaram juntos? Cem? Quinhentas?

A voz do promotor se avoluma:

— Tenho a convicção de que, desde o início de seu casamento, Frank Johnson nutria um ciúme feroz por Gabriel Wolfe.

— Não.

— Não? Ele não tinha ciúme do homem por quem sua filha era apaixonada quando menina? E ele não sentiu ciúme muitos anos depois, quando o caso começou de novo, bem debaixo do nariz dele?

— Frank não sente ciúme. Não faz parte do temperamento dele.

— O senhor é um homem honesto, sr. Kennedy?

Minha mãe franze a testa e Eleanor inspira profundamente, numa respiração entrecortada, enquanto tenta não chorar. Não existe homem mais honesto do que meu pai.

— Eu sou.

— Pois então permita-me fazer uma última pergunta. O senhor genuinamente acredita que seu genro não sentiu ciúme algum enquanto a mulher que ele amava passava o dia na cama com outro homem?

É crueldade demais evocar essa imagem para meu pai no banco das testemunhas, e minha mãe ao meu lado na galeria.

Qualquer um pensaria que eu estaria morrendo de vergonha agora, mas a verdade é que estou envergonhada há tanto tempo que esse sentimento se tornou meu ruído de fundo, meu papel de parede diário, a emoção com a qual estou tão familiarizada que não sinto quase nada além disso. Nosso triângulo amoroso — o fazendeiro, sua esposa e o escritor famoso — foi esmiuçado, revirado, analisado, investigado e sensacionalizado com o maior escarcéu pela imprensa britânica. Uma tempestade de manchetes apontando o dedo da culpa — e da vergonha — para mim. Depois de um tempo você se acostuma. Nada disso importa, de qualquer forma.

— Frank entendeu os motivos para minha filha fazer isso — explica meu pai. — Se ele sentia ciúme, então era muito bom em esconder.

Donald Glossop se permite um pequeno sorriso de satisfação.

— Obrigado, sr. Kennedy. Sem mais perguntas, meritíssimo.

## Domingo

— Você e o Frank estão bem? — pergunta a noiva de ontem enquanto encaramos a montanha de louça para lavar na pia.

Eu me pego pensando sobre o que Nina quer dizer. Pode ser qualquer coisa. Quando enfim fomos para a cama, por volta das três da manhã, Frank adormeceu imediatamente. Horas depois, quando ele se levantou para ordenhar as vacas, eu estava tão exausta que não o ouvi sair. Não tivemos chance de conversar desde a festa, mas ontem à noite, mais de uma vez, eu o flagrei me observando do outro lado da tenda. Ele parecia tão triste. E isso me corrói. É raro uma pessoa ser puramente boa. Eu não sou. Gabriel não é. Muito menos Jimmy. Provavelmente nem Nina, não o tempo todo. Mas Frank tem bondade correndo nas veias. Machucá-lo parece duplamente cruel, como uma tortura.

E agora minha mente é um turbilhão de pensamentos conflitantes. *Eu amo Gabriel, não vou deixar Frank. Eu amo Frank, o que vou fazer em relação a Gabriel?*

— Não, Nina, nós não estamos bem.

— Eu disse ao Jimmy ontem à noite que foi egoísmo da nossa parte escolher Elvis pra nossa dança de casamento. Você estava chorando, não estava? Eu vi você.

— Ah — digo, embora o "ah" seja mais um suspiro de dor quando Bobby se torna o assunto.

Bobby. De certa forma, tão presente, mas, sobretudo, uma terrível ausência. A dor de sentir falta dele nunca vai embora. Não por muito tempo.

— Merda — diz Nina, passando uma mão ensaboada em volta do meu pescoço, me puxando para perto. — Agora deixei você triste.

Eu consigo sentir a fria tira metálica de sua nova aliança de casamento na parte de trás do meu pescoço.

— É só a ressaca — minto.

— Meu Deus, essa ressaca. Por que bebemos tanto? — Quando Nina ri, um raio de luz atinge seus olhos, transformando-os de verdes em dourados.

Durante o dia, os moradores da cidade vêm para recolher suas coisas e depois ficam para ajudar. Eles tomam xícaras de chá, comem fatias de bolo de casamento e contam histórias da noite anterior. O marido de Helen acordou completamente vestido: terno e gravata, e até as botas. Alguém deu marcha a ré em uma vala e abandonou o carro. O violinista que tocou "Ave Maria" durante a cerimônia pegou uma carona para casa em um Land Rover e foi em pé dentro do carro, cabeça e ombros para fora do teto solar aberto, tocando "Hey Jude", como se estivesse fazendo serenata para a estrada. Eu queria ter visto essa cena.

Há conversas sobre beijos inapropriados, e isso faz meu coração quase parar, embora eu tenha certeza de que ninguém viu a mim ou ao Gabriel saindo da tenda, nem retornando pouco tempo depois.

Durante toda a tarde, em meio a fofocas e risadas, aquele beijo está zunindo dentro de mim, um segredo que me nutre, me desconcerta, me faz desejar mais.

## *Segunda-feira*

Na segunda-feira, parece que nada mudou e ao mesmo tempo que tudo mudou. A tenda foi desmontada, a casa voltou ao normal, os rapazes estão nos campos. Nina está no Compasses, preparando-se para o turno do almoço.

E eu estou sozinha, presa num interminável ciclo de pensamentos.

À uma da tarde, antes que eu possa mudar de ideia, pego as chaves do meu carro e dirijo até Meadowlands. Estaciono perto da casa, toco a campainha e espero. Ao me ver, a expressão de Gabriel demonstra tudo o que eu estou sentindo. Alívio, medo, saudade.

Ele me puxa para dentro e bate a porta com força.

— Estou tão feliz que você veio. Eu estava ficando louco. — Gabriel segura meu rosto entre as mãos. — Eu amo você. Eu nunca deixei de te amar.

Este beijo é diferente, é um beijo como os de antigamente. Sinto meu corpo inteiro relaxar, como se ele se lembrasse de como se comportava muito tempo atrás, quando esse era o nosso normal. Gabriel e eu.

Estamos em um vórtice, que nos arrasta de volta através dos anos até que exista apenas isso. De alguma forma, acabamos na biblioteca, e esse movimento também é conhecido. Não há tempo para questionar nada, o calor nos atravessa feito um rio de lava destruindo tudo em seu caminho. Estamos nus, agarrados um ao outro, ossos mapeando ossos, curvas encontrando cavidades, corpos que suspiram de alívio. Cada estocada é como fogo. Ele diz meu nome, e eu sinto o tom de admiração.

É tão bom, tão certo como nossos corpos se encaixam, como nos estregamos às nossas vontades. Finalmente. Depois de tanto tempo. É mais do que sexo, mais do que amor, nós dois somos consumidos, carne e ossos e corações selvagens, enquanto nos esforçamos mais, mais rápido, até a visão ficar branca, até eu gritar, até ele gritar, todos esses meses de desejo secreto enfim concretizados.

Depois, nós nos deitamos no sofá em silêncio, perplexos, meu rosto contra seu peito, que está úmido de suor e tem o mesmo cheiro de sabonete cítrico e da loção pós-barba que Gabriel nunca deixou de usar. Os músculos em seu peito, a linha de pelos pretos que desce pela barriga, tudo idêntico. Suas pernas entrelaçadas nas minhas, o arranhão de sua barba por fazer contra a minha bochecha, nada mudou. É como uma cápsula do tempo que nos leva para o passado. Se ao menos pudéssemos manter o resto do mundo de fora por mais um tempo.

— Ainda bem que o cachorro não estava aqui — diz Gabriel.
— Deus sabe o que ele teria pensado.

Eu começo a rir, e em seguida, de repente, estou chorando.

Estou enjoada de arrependimento, como se, somente agora, à medida que o calor diminui, eu conseguisse processar o custo disso.

Vou perder Frank.

— O que foi que a gente fez? — digo entre soluços.
— A única coisa que a gente podia — responde Gabriel, mas sua voz é suave, e ele usa os dois polegares para enxugar as lágrimas sob meus olhos. — Mas ninguém precisa saber. E não precisa acontecer de novo.
— Eu quero que aconteça de novo.
— Eu também. Muito.

Eu observo Gabriel enquanto ele junta nossas roupas espalhadas. Nos anos de separação, seu corpo mudou, ele está mais forte, a magreza de que eu me lembro se foi. Ele me passa uma peça de roupa de cada vez, espera enquanto eu as visto. Só quando estou completamente vestida é que ele se volta para as próprias roupas.

— Você acha que — diz Gabriel —, se formos cuidadosos, poderíamos viver isto por algum tempo? Porque o que tínhamos antes, você e eu, era mais do que a maioria das pessoas chega a ter numa vida inteira, não? E nós jogamos fora. Nos meus maiores delírios, nunca pensei que teríamos uma chance de recuperar isso.

Eu sei como esta cidade funciona. A fofoca, os comentários, uma corrente subterrânea de sussurros que se alastra pelas vielas e pela igreja, pela escola e pelo mercadinho, infiltra-se por baixo das portas, por trás das janelas. Sei que as pessoas observam, falam e conspiram. Aqui, os segredos não estão seguros. Eles são guardados e mastigados até que as pessoas decidam divulgá-los, dilacerando vidas com uma exatidão perfeitamente cronometrada, com a precisão de um ponto-cruz.

Eu sei de tudo isso. Mas não é o suficiente para me impedir. Entro em nosso caso de amor com os olhos bem abertos.

## *Segunda-feira à noite*

Na cama, a voz de Frank corta a escuridão.
— Eu vi você.
É nauseante sentir a minha corrente sanguínea e o meu batimento cardíaco acelerarem. O ruído branco em meus ouvidos. Espero um momento antes de acender a lâmpada.
— Me viu quando? — digo, tentando soar tranquila e relaxada neste que é meu primeiro dia de infidelidade.
— Na festa de casamento. Você e ele.
— O Gabriel?
— Óbvio.
— Você me viu com ele quando? Eu mal falei com ele.
— No começo, antes dos discursos.
— Com o Leo, você quer dizer?
Ele faz que sim com a cabeça.
— E? — Minha voz está calma, sou muito boa nisso. Já consigo fingir, sem dificuldade.
— Você sabe.
— Eu não sei, Frank. Não consigo ler sua mente.
— Antes você conseguia.
Eu odeio seu sorriso invertido, os cantos da boca virados para baixo. Sempre fomos muito bons em nos comunicar sem palavras. Isso significava que podíamos ir embora mais cedo das festas com um mero arquear de sobrancelha ou um olhar na direção da porta.
— Você está chateado comigo porque falei com o Gabriel e o Leo no dia do casamento, é isso?
— Eu vi como você olhou pra ele. Desculpe se isso me faz parecer um louco ciumento.

Frank dá um leve sorriso, seu antigo eu.

— Talvez. Mas você é *meu* louco ciumento — digo.

— Espero que sim.

— Você sabe que sim.

E, em seguida, estamos nos beijando, e nem sequer parece errado beijar um homem e depois outro. São coisas diferentes.

Esta é uma história de amor com muitos começos. Eu me recuso a pensar em como vai terminar.

## *Terça-feira*

Quando Bobby morreu, fui embora por um tempo. Na época, meus pais estavam morando na Irlanda, então fui visitá-los.

Assim que cheguei lá, percebi que não queria voltar.

— Está me ajudando ficar aqui — eu disse a Frank por telefone, dias depois de desembarcar na Irlanda.

— Então é melhor você continuar aí, Beth — respondeu Frank, como eu sabia que ele iria fazer. — Eu quero que você fique aí, ouviu?

As semanas passaram. A frequência dos nossos telefonemas diminuiu, Frank nunca gostou de falar ao telefone. Eu me convenci de que isso era uma coisa boa, de que a única maneira de nos recuperarmos do que tinha acontecido era continuarmos separados. Frank não precisava acordar ao meu lado todas as manhãs sabendo que parte de mim o culparia para sempre por não ter cuidado direito de Bobby. E eu não precisava fingir que acreditava na história que contávamos a todos, que foi um acidente, e que acidentes eram uma parte infeliz, por vezes trágica, da vida na fazenda. Veja só o que aconteceu com a mãe de Frank. Em vez disso, poderíamos lamber nossas feridas longe um do outro.

Voltei para casa por causa de Jimmy.

Nina viajou até Cork para me contar que desde a minha partida as coisas tinham ido de mal a pior. Ela me disse que Jimmy tinha começado a beber muito de novo. Quase todas as noites ele era convidado a se retirar do pub, porque arrumava brigas e se comportava de modo desagradável. As pessoas encontravam Jimmy vagando pela cidade no meio da noite, falando sozinho. Ele parecia estar perdendo o juízo.

— Mas por quê? — perguntou minha mãe, sem entender.

Bobby era nosso filho, meu e de Frank. Não havia razão para Jimmy desmoronar daquele jeito.

— Não é óbvio? Jimmy se culpa pelo que aconteceu com Bobby. Ele acha que deveria ter ficado de olho no menino. E ele precisa saber que o Frank não perdeu a esposa também — explicou Nina.

Mesmo agora, Jimmy ainda precisa ter certeza de que nossa família reduzida permanecerá unida. Só que essa certeza é impossível de dar. Porque a verdade é que não estou pensando em Frank, não se eu puder evitar. Estou pensando em Gabriel.

A primeira vez que fizemos amor foi frenética e febril, impulsionada mais por nossos corpos do que por nossas mentes. Até então, nossas mentes sempre tentaram dizer "não". Hoje é diferente.

Nós nos despimos lentamente e ficamos nus um diante do outro. Uma expectativa que é deliciosa, quase dolorosa. Um brusco jorro de sentimentos, como se todos os nossos sentidos estivessem intensificados. Sem pressa alguma, beijo as partes dele que tenho notado nos últimos meses e me lembro de como eu as amava: seu nariz, as maçãs do rosto, seu pomo de adão. Eu sei que ele está fazendo o mesmo quando usa o indicador para traçar meu perfil, parando na pequena depressão acima do meu lábio superior, que, ele dizia, era do formato e tamanho exatos para a ponta do seu dedo.

Vamos para a cama, mas continuamos nossa delicada redescoberta um do outro. Esse processo de carícias e beijos parece um sonho; estamos suspensos entre realidade e fantasia, em nossa própria e perfeita bolha.

Quando Gabriel está dentro de mim, erguendo-me com suas mãos, pressionando-me com o mesmo ritmo vagaroso e profundo de muito tempo atrás, quase não sou capaz de suportar. Estou tão imersa nessa sensação, na familiaridade de nossos corpos juntos de novo. Mas talvez Gabriel veja algo doloroso no meu olhar, pois me pergunta:

— O que foi?

A única coisa que consigo dizer para me explicar é:

— Eu me lembro.

E então, Gabriel também diz, com entusiasmo:

— Eu me lembro.

E não precisamos dizer mais nada.

Eu estava certa: nosso caso é mais do que sexo, mais do que amor, é pura e absoluta nostalgia, e tudo volta a ser como era antes. Não existe nada mais inebriante do que isso. Será que é sempre assim quando alguém dorme com a pessoa que amava muito tempo atrás? A memória daquela primeira vez fica cravada em seu corpo? Parece natural e certo e muito real, todo o resto some, apenas nós dois em alto-relevo. Na cama com Gabriel eu me sinto mais eu mesma, ou melhor, mais como a jovem despreocupada e independente que eu era antes que o coração partido me transformasse e a tragédia me moldasse em alguém que eu nunca quis ser. É viciante essa troca temporária de pele, esse vislumbre da pessoa de quem Gabriel se lembra.

Com ele, por algumas horas, eu consigo ser inquebrável.

Depois, ficamos deitados nos braços um do outro até a hora de eu ir buscar Leo. Mantemos as cortinas do quarto fechadas, existindo em um brilho de luz de lampião, como criaturas da noite. E conversamos. Falamos sobre tudo.

Pergunto a ele sobre seu primeiro contrato de livro, como foi ser publicado aos vinte e quatro anos de idade.

— Por muito tempo, eu me senti um impostor. Senti que eu não merecia.

— E agora?

Ele sorri.

— Tenho dias bons e dias ruins. Você acha que o segundo e o terceiro serão mais fáceis. Mas comigo não foi bem assim.

Na verdade, ficam mais difíceis. — Ele se cala e então olha para mim. — Por que você não está escrevendo poesia?

— Como você sabe que não estou?

— Eu simplesmente sei.

A voz dele ao dizer isso — calma, ponderada, compassiva — me faz voltar no tempo. Gabriel entende qual é a sensação de querer muito uma coisa e ter medo de nunca conseguir. A contracorrente que pulsa sob o sonho, a voz da dúvida — *E se eu não for bom o suficiente?* —, a tentação de desistir antes mesmo de ter tempo de descobrir. Um dia foi isso o que nos uniu.

— Não é que eu não queira. — É a única coisa que consigo dizer.

Eu associo o ato de escrever poesia a momentos de grande felicidade na minha vida: quando eu era uma menina que amava sonhar acordada; durante aquele verão apaixonado com Gabriel; e até mesmo os breves instantes, quando eu ainda era uma jovem mãe, em que rabiscava versos aqui e ali.

Se eu tivesse respondido com um pouco mais de sinceridade, teria dito: *Porque estou com medo. Porque quando abro uma página em branco, acho que vou ver apenas uma coisa: Bobby.*

Gabriel pega minha mão.

— A poesia está lá, esperando você, quando estiver pronta. Ela nunca vai embora de verdade.

Ele me conta sobre Louisa e a culpa que sente pelo casamento fracassado, embora ela tenha se apaixonado por outra pessoa.

— É uma coisa horrível — diz ele —, quando um ama mais que o outro. Eu fingia, é claro, mas a Louisa não se deixou enganar. Eu sei que a machuquei.

Conversamos sobre Leo e sua dificuldade para se encaixar na escola. Sobre como precisamos encontrar uma maneira de mudar isso.

Digo em voz alta a coisa que eu mais temo.

— Você acha que deveria se mudar para os Estados Unidos? Para que o Leo possa ficar perto da mãe?

Gabriel olha para mim, abismado.

— Como você pode dizer uma coisa dessas? Depois disto aqui?

— Porque me assusta.

— Não vai acontecer. Não agora.

— Promete?

— Prometo.

É apenas o segundo dia do nosso caso, e estamos cheios de esperança e otimismo.

Num piscar de olhos, eu me acostumo à minha vida dupla. Ontem, ao entrar no parquinho da escola, fiquei preocupada que a culpa pudesse estar estampada no meu rosto; esta tarde, já estou à vontade. Cumprimento Leo com um abraço rápido, sem me importar com os olhares das outras mães que esperam seus filhos e cujo julgamento eu sempre sinto na pele, não importa o quanto tentem esconder. Ouço a pergunta que elas devem se fazer, feito um zumbido, quando não estou por perto: *Como deve ser cuidar de uma criança que não é sua? Um menino cuja idade não é tão diferente daquele que você perdeu?*

Não é uma pergunta que eu consiga responder com facilidade. Leo é muito diferente de Bobby. Para começar, ele parece mais novo do que de fato é, enquanto Bobby, que quase sempre ficava com os homens ajudando no trabalho da fazenda, muitas vezes parecia mais velho. No breve período que passo com Leo depois da escola todos os dias, minha preocupação é apenas tornar sua vida um pouco mais agradável. Amenizar a falta de sua mãe, se eu puder.

Estamos na cozinha esperando uma torta de carne assar quando Gabriel entra. Ele vê um saco de doces na mesa da cozinha entre nós e o pega.

— Vocês nem me avisaram! — diz ele, enfiando na boca uma bala de hortelã.

Leo sorri para o pai; ele adora quando Gabriel está por perto.

— Desculpe, papai. Fomos ao mercadinho depois da escola.

— O que vocês estão jogando?

Leo e eu estamos no meio de um jogo de cartas, anotando nossas pontuações em um pedaço de papel.

— Buraco.

— Eu adorava jogar buraco. — Ele puxa uma cadeira e se senta à nossa frente. — Tem espaço pra um terceiro jogador?

— Quanto mais gente, melhor — digo, e não sei quem está mais eufórico, eu ou Leo.

É errada a onda de felicidade que sinto enquanto embaralho as cartas e as distribuo para Gabriel, para Leo e para mim? Nós três, dois adultos, uma criança, envolvidos em um jogo de baralho, que eu costumava jogar com meus próprios pais. É tudo tão doce e simples.

Todos os dias podem ser assim. Todos os dias podem ser eu e a minha família emprestada.

## *Terça-feira à noite*

Acho que Frank está no pub com Jimmy pela segunda noite consecutiva e nem sequer se preocupou em deixar um bilhete. Este é um terreno novo para nós. Ele sentiu o que está acontecendo entre mim e Gabriel? Frank, que sempre sabe o que estou sentindo, que é capaz de ouvir em alto e bom som tanto as palavras que eu digo quanto as que eu não digo. Ele deve ter notado que não menciono mais o nome de Gabriel. Eu sei que Frank pode ficar desconfiado se eu não falar mais nada dele, mas o nome de Gabriel fica preso na minha garganta.

É estranho estar sozinha em casa, onde tudo é tão familiar — as botas enlameadas de Frank, esperando na porta da frente, sua jaqueta encerada jogada sobre o encosto de uma cadeira, a correspondência fechada em cima da mesa —, tudo tão igual, e eu completamente mudada. Eu me pergunto se Gabriel se sente assim também, enquanto anda pela casa à noite e Leo já está na cama. Se ele pensa nos dias que passamos juntos, nas conversas, nos beijos, nos toques, no sexo eletrizante. Ou se é diferente para mim porque preciso me encaixar de volta na minha vida dupla. Uma mulher que ama dois homens e, talvez, sempre tenha amado.

Eu queria poder falar com alguém. Mas com quem? Não posso contar para Eleanor, que nunca se deu ao trabalho de esconder sua antipatia por Gabriel —*Vamos encarar os fatos, ele é um babaca metido*. Depois que terminamos, ela disse: "Eu não te falei que isso ia acontecer? Não se pode confiar em caras como ele." Mesmo que Eleanor descobrisse a verdade sobre o nosso término e as mentiras que levaram à nossa separação, acho que nem assim ela mudaria de ideia quanto a Gabriel. Além disso, ela é muito próxima de Frank. Também não posso contar aos meus pais, óbvio, que desde sempre adoram Frank do fundo do coração. Meu pai, meu Deus, eu odeio pensar no que aconteceria com ele se soubesse. Ou Helen, cujo marido, Martin, é o melhor amigo de Frank — e provavelmente está tomando uma cerveja com ele agora. Ou toda a maldita cidade, para falar a verdade. Não consigo pensar em uma única pessoa que não ame Frank. Frank Johnson, nosso herói de Hemston, amado pelas avós, pelos fazendeiros e pelas senhorinhas da igreja.

A noite caiu sem que eu percebesse, por isso fico chocada quando Nina irrompe pela porta da frente.

— Por que você está aí sentada no escuro? — Ela começa a acender as lâmpadas, falando sem parar. — Pelo visto os rapazes vão beber até cair hoje. A gente podia fazer nossa própria festa, você e eu. Estou achando que os maus hábitos do meu marido — ela se vira para ter certeza de que eu entendi a palavra, faz quatro dias que ela é uma mulher casada — podem estar contagiando o seu. Desde quando o Frank bebe uísque durante a semana? Ou, pensando bem, desde quando o Frank bebe uísque?

*Frank*, eu penso, enquanto um brilho suave começa a se espalhar pela sala. *O que eu fiz com você?* Frank, que nunca foi de beber muito, que sempre preferiu uma xícara de chá com um pouco de leite fresco de nossas vacas. Não muito tempo atrás, as idas ao pub eram algo que fazíamos juntos em uma sexta-feira.

— Vamos acender a lareira, pelo menos?

Vejo minha cunhada espiar dentro da cesta de lenha, dedos vacilantes enquanto procura os melhores pedaços de madeira: tiras de casca de nossas bétulas, pinhas, um punhado de galhos secos. Ela arranca páginas de um exemplar da *Farmer's Weekly* e começa a colocar na grelha pequenos pedaços de papel amassados. Por cima vai uma pilha de gravetos escorados uns nos outros, depois os troncos menores são perfeitamente posicionados; queimamos carvalho, freixo e olmo principalmente, o cedro é o meu favorito pelo cheiro. Nina e eu lidamos bem com o fogo;

você tem que lidar, quando se vive em uma casa tão decrépita e fria como esta.

Em poucos minutos, estamos aquecendo o rosto em frente a uma chama gloriosa.

— Ainda temos bebidas? — pergunta Nina.

— Bastante. Tem muito vinho na geladeira.

— Deixe isso comigo.

Meio dançando, meio desfilando de forma pomposa, Nina vai até a cozinha. Ela está feliz da vida.

Nós nos sentamos de pernas cruzadas no chão, com taças cheias de vinho e um prato de queijo e biscoitos.

— Falta muito para as sobras acabarem? — pergunto.

— O queijo vai durar mais do que todos nós. Sobrou coisa pra caramba.

— Vocês deveriam ter saído em lua de mel.

Essa não é a primeira vez que tocamos nesse assunto, Nina e eu temos falado sobre isso quase todos os dias desde que eles decidiram se casar. Frank insistiu que seria plenamente capaz de cuidar sozinho da fazenda por alguns dias, mas Jimmy não quis nem saber.

— Por favor, refresquem a minha memória — disse ele, provocando. — Pra onde vocês dois foram mesmo? Paris? Ou Roma?

A dor toma conta de mim rapidamente. Nossa lua de mel de vinte e quatro horas em Dorchester. Frank me carregando até a porta do hotel em que nos hospedamos, um presente de David. Vejo nós dois, na flor da idade, lutando para conter o riso em meio a uma sala de jantar repleta de septuagenários.

— Bem, em algum momento vocês podiam fazer uma viagem de lua de mel.

Nina faz um gesto de desdém com a mão. Férias são para outras pessoas, não para fazendeiros.

— Adivinha só? — Seu rosto à luz do fogo brilha de entusiasmo. — Eu sou uma mulher sem controle de natalidade.

Demoro um momento para assimilar suas palavras. Quando a ficha cai, respiro fundo demais e engulo em seco, me sentindo instantaneamente ferida, embora não tenha o direito de estar.

Nina estende a mão para pegar a minha.

Outra criança na Fazenda Blakely, não nossa, mas deles. É o que eu e Frank queríamos. Nós ainda não nos sentimos prontos para tentar de novo, mas às vezes eu anseio ardentemente por um bebê, um recém-nascido tranquilo que eu possa pegar emprestado e que pertença às pessoas que eu mais amo no mundo.

— Estou tão feliz por vocês — digo, meio rindo. — Eu sei que não parece. Mas é o que Frank e eu queríamos.

— Sério?

— Com certeza.

Nós nos abraçamos, e eu penso em todos os outros homens e mulheres que devem ter se sentado ao lado desta antiga lareira para compartilhar boas notícias. Os séculos passam, mas a esperança e o otimismo que acompanham cada nova família são os mesmos. Afinal, existe algo mais importante do que isso na vida? Esse momento em que tudo muda.

— Quando vocês decidiram?

— Estamos falando sobre isso já faz um tempo. Nós dois estamos prontos. Bem... — Nina para bruscamente de falar para rir. — Jimmy está pronto na medida do possível. Espero que um bebê o ajude a tomar jeito, sabe?

— Vai ajudar, sim. Não se esqueça de como Jimmy foi incrível no dia em que o Bobby nasceu. Ele sempre nos surpreende. Eu mal posso esperar. Vou ser a melhor tia do mundo. Ah, meu Deus, o Frank vai ser titio. Imagine como ele vai ser.

Eu devo ter feito uma expressão triste quando pensei em Frank, porque Nina pergunta, baixinho:

— Beth? — Ela espera até que eu olhe para ela. — Tem alguma coisa errada?

Se pelo menos eu pudesse contar a ela. Eu fiz algo tão ruim, tão errado, e nunca poderei desfazer. E o problema é que não sei se quero mesmo desfazer. Como a infidelidade, uma linha que você acha que nunca cruzará, se torna quase banal depois de algum tempo? Amanhã, quando eu terminar todas as minhas tarefas em casa e na fazenda, vou até Meadowlands para ver meu amante. Iremos direto para a cama e, durante essas horas preciosas, não me permitirei pensar em Frank. É necessário agir de certa forma para existir dentro de dois universos paralelos. Nunca me imaginei como o tipo de mulher que faria isso. Mas eu fiz.

— Não. Nada de errado.

— Ótimo — diz Nina, inclinando-se para beijar minha bochecha. — Porque ainda é a semana do meu casamento e eu quero continuar comemorando. Isto aqui é a minha lua de mel, Beth. Você e eu e, com alguma sorte, mais cedo ou mais tarde, nossos maridos bêbados para manter a festa rolando. Agora, isso é tudo o que importa.

## *Quarta-feira*

A porta da frente em Meadowlands está sempre destrancada, então decido entrar de mansinho e surpreender Gabriel. Ele deve estar sentado à escrivaninha, aproveitando para escrever antes de eu chegar. Eu me imagino tirando as roupas e as largando pelo corredor até estar completamente nua quando chegar ao seu escritório. Sinto que estou enlouquecendo, não há outra palavra para descrever, possuída pelo erotismo, por esse amor que reacendeu tão rápido e com tanta força.

Do corredor, ouço vozes; Gabriel está falando com alguém. Uma mulher. Minha mente rodopia, em choque. E se for alguém que eu conheço? Alguém que pode acabar contando a Frank que me encontrou por acaso em Meadowlands durante o dia, sem Leo. Já pensei sobre essa possibilidade, nós dois pensamos, e decidimos que se alguém perguntasse, diríamos que eu estava cozinhando para Gabriel. O que eu estou fazendo, vindo aqui dia após dia, sem pensar nas consequências? É como se eu estivesse em queda livre, esperando ou uma aterrissagem de emergência, ou ser pega em flagrante.

Dou meia-volta, na esperança de conseguir entrar no carro e ir embora antes que alguém me veja, quando Gabriel surge no corredor.

— Oi! — diz ele, num tom que indica a presença de uma pessoa desconhecida. — Por favor, não vá. Eu não vou demorar. Esqueci que uma jornalista do *The Times* viria hoje.

— Posso voltar outra hora.

— Não, não vá. Entre, estamos quase terminando. Eu fiz café.

Uma jovem está sentada à mesa da cozinha, um caderno espiral aberto na frente dela. Ela sorri quando entro.

— Beth, esta é Flora Hughes, ela está escrevendo uma matéria para a edição que vai sair no próximo fim de semana. A Beth é uma velha amiga minha.

Sinto uma confusa pontada de inveja ao olhar para Flora, uma jornalista iniciante com toda a carreira pela frente e que já escreve para um jornal importante. Ela está usando um minivestido azul-marinho com botas plataforma brancas na altura dos joelhos, o cabelo cortado com uma franja curta que paira logo acima dos olhos, a última moda. De um jeito intimidante, ela tem "a cara de Londres".

Gabriel me passa uma caneca de café, esboçando um ligeiro sorriso quando seus dedos tocam os meus. *Não vai demorar*, seu olhar diz.

— Você tem mais perguntas? — Ele se dirige a Flora e depois a mim: — Flora me disse que está escrevendo uma matéria sobre uma nova onda de jovens autores que vem revolucionando o mercado literário britânico, e vai publicar junto com sua entrevista comigo, o autor decadente. Sou oficialmente a velha guarda, aos trinta e um anos de idade.

Gabriel ri. Flora não.

— Não foi isso que eu quis dizer — se defende ela. — Por favor, não pense que...

— Flora. Eu estou brincando.

Quando Gabriel sorri para ela, a jovem enrubesce.

É uma sensação estranha testemunhar isso. Eu sempre soube que Gabriel era considerado um muso, um galã, principalmente quando seus primeiros livros foram lançados. Vários artigos foram escritos por jornalistas mulheres de revistas que pareciam gastar quase tanto tempo descrevendo o que ele estava vestindo e a fragrância de sua loção pós-barba quanto falando sobre o conteúdo de seus romances. Não era apenas sua boa aparência. As cenas de sexo que ele descrevia, mais explícitas do que qualquer coisa já escrita, lhe renderam milhares de leitores. Ele deixou D. H. Lawrence, com suas passagens ousadas, comendo poeira.

Eu me sento na outra ponta da mesa com meu café e o exemplar do *The Daily Telegraph* de Gabriel aberto nas palavras cruzadas, cujas respostas ele começou a preencher com sua caligrafia elegante e arredondada. Eu me pego olhando para sua letra, lembrando-me das cartas que ele me enviou de Oxford, tão apaixonadas no começo. Depois que terminamos, eu as queimei, mas eu lia essas cartas com tanta frequência que ainda me lembro das coisas que ele escreveu. *Como pode haver justiça no fato de duas pessoas que viviam uma dentro da outra do jeito que nós vivíamos, que haviam se tornado quase a mesma pessoa, serem separadas assim?*

Parece incompreensível agora, sabendo o que sei, termos caído na desilusão sem ao menos tentar entender o que aconteceu. A juventude e a ingenuidade nos levaram a nos comportar daquela forma? Se eu tivesse ligado para ele, se ele tivesse enviado uma daquelas cartas que ele me disse que escreveu e depois rasgou, se sua mãe não tivesse se intrometido... o que teria acontecido? Essa vida que eu poderia ter tido, a que estou vivendo pela metade agora, em alguma fantasia estranha e invertida em que nada é exatamente como deveria ser.

Flora está perguntando a Gabriel sobre seu mais recente romance e, enquanto ouço, me ocorre que nunca perguntei a ele sobre de que se trata o livro. Eu poderia ter dito "Como está indo o trabalho?" ou "Em que ponto do rascunho você está?", mas em momento algum ele trouxe à tona o assunto. Sinto-me enrijecer conforme assimilo as palavras.

— Este romance é uma ideia que tive muitos anos atrás, antes mesmo de meu primeiro livro ser publicado. A história gira em torno de uma jovem mulher explorando sua sexualidade numa época em que os padrões da sociedade eram ainda piores do que são agora. Estamos vivendo uma revolução sexual, de acordo com os jornais. E, no entanto, algumas das reportagens que leio sobre mulheres, mesmo em jornais mais respeitáveis como o seu, me deixam desconfortável. A meu ver, escrever é uma maneira de dar sentido à ansiedade que sinto no meu subconsciente. Quando começo um romance, nem sempre sei por que estou escrevendo, as coisas só ficam claras para mim depois de um tempo.

— E a ideia de igualdade de gênero é algo que você achou fácil de aceitar, sendo homem? — questiona Flora.

*Ahá*, eu penso. *É por isso que Flora conquistou seu lugar em um jornal de prestígio.*

Ela não tem medo, ela faz as perguntas certas. Ela está feliz em mostrar suas garras.

Gabriel ri, mas eu posso ouvir sua irritação.

— Se eu não tivesse aceitado, dificilmente estaria escrevendo o romance. — Ele se cala por alguns segundos e, com um olhar fatal, se dirige a mim. — A Beth e eu costumávamos conversar sobre isso quando éramos jovens. Você se lembra, Beth?

— O quê? — Ergo o rosto da forma mais indiferente de que sou capaz.

— Aquelas conversas que eu e você costumávamos ter sobre desigualdade. Você sempre apontava as coisas que as mulheres não podiam fazer. Como abrir uma conta bancária. Ou se sentar sozinhas em um pub. Coisas que eu via com a maior naturalidade e aceitava sem discutir.

É uma referência inocente — afinal, Gabriel me apresentou a Flora como uma velha amiga. Mas eu me pego corando. Há um tenso momento de silêncio quando me mantenho calada e Gabriel, notando meu desconforto, desvia o olhar.

Flora observa com indisfarçável curiosidade.

— Como foi mesmo que você disse que se conheceram?

— Eu não disse. Nós dois crescemos aqui em Hemston.

— Estou sentindo algum tipo de história entre vocês...?

A voz de Flora é amena e provocadora, mas Gabriel a rechaça.

— Você está errada. E isso não é nem um pouco relevante para a matéria. Creio que agora você já tem tudo de que precisa, sim?

Quando a jornalista vai embora, Gabriel e eu subimos para o quarto e fechamos as cortinas para o mundo exterior. Fazemos sexo, depois conversamos, e a tarde se desenrola como as outras antes dela, mas não consigo relaxar de verdade. Meu medo de ser descoberta por algum conhecido não me abandona. Não consigo me livrar desse temor. A intromissão de Flora Hughes em nossa vida, uma jovem jornalista em busca de um quê de sensacionalismo, me inquietou, e este universo paralelo que criamos já não parece sagrado. Deixou de parecer seguro.

## *Quarta-feira à noite*

— Agora você vai ao pub toda noite, é? — digo, tentando manter um tom leve quando Frank se levanta da mesa no momento em que terminamos o jantar.

— Parece que sim. — Ele também está tentando soar descontraído, mas percebo a tensão em sua voz, e a tristeza.

Frank não me pergunta se eu quero ir com ele, o que ele faria até uma semana atrás. Comemos nossas batatas assadas com queijo praticamente em silêncio, e eu me odeio mais um pouco a cada tentativa de iniciar uma conversa. Não consigo pensar em mais nada além de "Vamos ficar bem?", "Por favor, não me odeie" e "Eu sinto muito, eu sinto muito". De vez em quando eu o pego me observando, mas é impossível saber em que ele está pensando.

— Frank... — eu digo, quando ele está prestes a sair pela porta da frente.

Ele se vira. Espera.

— Sim? — pergunta, quando já não consigo pensar em nada para dizer.

Nada e tudo.

— Espero que você se divirta lá. — É tudo o que consigo dizer, e me sinto horrível pelas minhas palavras vazias.

— Boa noite, Beth — responde ele.

Já estamos nos tornando desconhecidos.

Agora, ando pela cozinha sozinha, incapaz de acalmar a tempestade de pensamentos. O que devo fazer? Por favor, alguém, qualquer um, me diga o que fazer. Não há ninguém com quem eu possa conversar, ninguém que possa me dar conselhos sem me punir severamente com suas palavras ou seu olhar, seu julgamento. *Como você tem coragem de continuar machucando seu marido desse jeito? Um homem que sempre te amou?* É porque, no fundo, sou uma pessoa ruim. Devo ser, pois de que outra forma eu seria capaz de trair Frank, não apenas uma vez, mas dia após dia? Como é que mesmo agora, me sentindo tão culpada, vou para a cama ansiando pela manhã seguinte? Porque de manhã verei Gabriel de novo.

# Quinta-feira

Será que um dia eu verei o rosto de Gabriel e não ficarei atordoada com a beleza dele? Ou atordoada com o quanto eu o acho bonito, pelo menos? Em que ele não se lançará às pressas para o corredor ao ouvir o som da porta da frente se fechando? Em que não me pegará em seus braços para me beijar como se tivéssemos ficado separados por meses em vez de apenas uma noite? Em que não me sentirei tão sufocada pelo amor, pela luxúria, a ponto de não conseguir falar? Quando nossa paixão, que tem sido tão feroz, começará a minguar?

Nós nos agarramos, neste nosso quarto dia como amantes, e nem sequer subimos as escadas, largamos nossas roupas espalhadas no piso de parquete, o lustre ofuscante acima de mim, o sexo rápido e imprudente desta vez. Depois, eu mostro a Gabriel a marca vermelha onde a borda do degrau inferior pressionou minha lombar, de um jeito tão doloroso que eu quase tive que parar. Quase, mas não foi o suficiente. Gabriel se abaixa para beijar a marca que em um ou dois dias vai se transformar em um hematoma.

— Por que você não me disse?
— Não é assim que funciona.

Ele ri.

— Não, não é. Mas eu nunca quero te machucar. Então você tem que me dizer.

Está quente hoje, então decidimos ir para o lago. É uma insensatez arriscar ser vista lá fora com Gabriel em plena luz do dia, principalmente depois da jornalista ontem, mas faço isso mesmo assim. Eu me pergunto se aceito correr esses riscos porque, no fundo, desejo que isto acabe — seja lá o que *isto* possa significar. Contudo, talvez seja simplesmente porque estamos querendo reviver o passado, voltar a ser a menina e o menino que outrora passaram um verão inteiro na beira deste lago.

Nós estendemos a velha toalha de piquenique azul, a mesma do dia em que conheci Gabriel.

— Você se lembra daquela primeira tarde? — pergunto.

— Claro que sim. Achei você a garota mais rude, irritante e completamente deslumbrante que eu já tinha conhecido na vida.

— Você que foi o grosseiro. Você me mandou sair da sua propriedade.

— Meu Deus, eu era insuportável. E me vestia como um velho aposentado. Não é de se espantar que você tenha me odiado à primeira vista.

— Você conseguiu me fazer mudar de ideia bem rápido.

Sorrimos um para o outro ao recordar. Percebo que é a primeira vez que consigo recordar aqueles dias sem sentir dor. Foi isto que o nosso caso fez: abrandou nosso começo para que pudéssemos lembrá-lo como realmente foi, duas pessoas se tornando uma. Por um curto período, um entendeu como era ser o outro. Sabíamos ler o silêncio de cada um, sempre fazendo a pergunta certa. Não havia segredos entre nós dois, nós compartilhávamos tudo. Não é surpresa não termos conseguido nos recuperar completamente e sentido a necessidade de reviver essa relação.

Durante algumas horas, não temos ninguém para agradar além de nós mesmos. E temos este lago, este encantador lago de livro ilustrado, onde, era uma vez, tudo começou.

Nós dois estamos contemplando a paisagem quando uma cotovia se eleva acima da água em um voo vertical perfeito, se exibindo. E eu sei que nossos pensamentos estão correndo como um só, do jeito que sempre era, quando Gabriel diz:

— Eu não me incomodaria se isto aqui fosse a minha vida pra sempre.

\* \* \*

Quando chega a hora de buscar Leo, Gabriel me avisa que hoje é ele quem fará isso.

— Fique aqui, aproveite o sol — diz ele, inclinando-se para me beijar. — Eu preciso mesmo ir buscá-lo na escola mais vezes.

Nós dois sabemos que não podemos correr o risco de sermos vistos juntos na escola.

Assim que Gabriel parte, eu me sento direito e fito o nosso lago, e minha mente é transportada para o passado. Quando eu era adolescente, não fazia nada além de sonhar acordada. Agora me vejo imersa mais uma vez enquanto imagino a vida que poderíamos ter vivido se nosso relacionamento não tivesse naufragado.

Visualizo nós dois em Oxford, jovens estudantes inteligentes com o mundo a seus pés. Caminhando de mãos dadas por ruas iluminadas pelo luar, parando para se beijar em um beco escuro. Passeando de barco no rio, Gabriel de chapéu de palha, eu deslizando minha mão pela água. Escrevendo ensaios lado a lado na Biblioteca Bodleiana. À noite, Gabriel lendo seu romance, esperando ansiosamente minha opinião. Eu mostrando a ele meus poemas. A vida de escritora que um dia eu tanto desejei, e que em segredo ainda desejo. O primeiro romance de Gabriel sendo publicado, nós dois bebendo champanhe, atordoados de alegria e incrédulos que aquilo que ele mais desejava tivesse de fato acontecido. Mais tarde, uma antologia de poemas meus, Gabriel assistindo enquanto eu leio minha poesia em voz alta para uma plateia extasiada. Nós dois como pai e mãe, eu ouso imaginar isso? Gabriel e eu com nosso próprio filho. Meu coração palpita com a visão da família que poderíamos ter sido e, quando Leo chama meu nome e eu me viro para ver pai e filho caminhando em minha direção, fico chocada. Como se eu os tivesse concebido em um sonho.

— Vamos fazer um piquenique! — anuncia Leo, colocando uma cesta de vime ao meu lado na toalha. — Vocês vão beber vinho e eu suco de groselha.

— É praticamente a mesma coisa — eu digo a ele, e Leo ri.

Ele começa a tirar os produtos da cesta. Presunto fatiado, queijo, alface, tomates, um potinho de geleia com molho francês. Ecos daquele primeiro jantar ao luar de muito tempo atrás.

— Foi sugestão do Leo. Boa ideia, não? — diz Gabriel, sorrindo para mim.

Eu faço que sim com a cabeça e rapidamente desvio o rosto, preocupada que Leo perceba alguma coisa se nos olharmos por muito tempo. A cada dia fica mais difícil me desligar do meu papel de amante e assumir de volta a função de cuidadora do filho de Gabriel.

Gabriel desarrolha o vinho e o despeja em duas taças, depois pega outra taça de vinho para o suco de groselha de Leo, que eles diluíram em casa.

— Tim-tim! — diz Leo, levantando sua taça e tomando goles entusiasmados de sua bebida.

Sorrimos para ele, Gabriel e eu, como se fôssemos dois pais permissivos.

É uma tarde perfeita, o sol ainda quente sob um céu sem nuvens. Tiramos nossos sapatos e meias e ficamos sentados na beira do lago, refrescando os pés em suas sombras prateadas.

Leo enumera os pássaros que ele consegue reconhecer pelo som — abibe, andorinha, melro e depois, com um fraco pio que vem das entranhas da floresta, uma coruja anuncia o fim da nossa tarde.

— Você pode me ensinar? — pergunta Gabriel.

Fico lá sentada, com o rosto virado para o sol, abrindo os olhos de vez em quando para ver pai e filho enquanto eles ouvem atentamente os sons da vida selvagem, cabeças de cabelos escuros inclinadas perto da outra.

— Eu adoro quando você não está trabalhando, papai — diz Leo, e Gabriel coloca um dos braços em volta do ombro do menino.

— Eu também. Temos que fazer isto aqui com mais frequência.

— É a melhor coisa de todas — diz Leo, virando a cabeça para mim. — Não é?

— É — diz Gabriel, com mais emoção do que deveria ser permitido.

— É — eu digo, num fiapo de voz.

## Sexta-feira de manhã

Nina aparece quando estou prestes a ir para Meadowlands.
— Tem um tempinho pra uma xícara de chá? — pergunta ela.
Levamos o chá para fora, até a mesinha no jardim dos fundos. O outono está chegando, nossa cerca está repleta de amoras, rosas-mosquetas, frutos de sabugueiros e abrunhos. Antigamente, Bobby estaria aqui ao ar livre, lábios manchados de roxo, na ponta dos pés para agarrar o cacho mais gordo.
Assim que nos sentamos, Nina dispara:
— O Gabriel recebeu uma jornalista na casa dele outro dia, não recebeu?
— Recebeu, é? Não sei.
Nina olha para mim, a irritação estampada em seu rosto bonito.
— Bem, você sabe sim, afinal de contas você estava lá. E eu quero saber o porquê.
— Por que o quê? — digo, enrolando para ganhar tempo.
— Por que você estava em Meadowlands no meio do dia enquanto o Leo estava na escola. Por que tem uma imbecil bisbilhotando no pub e fazendo perguntas sobre você?
Ah, eu quero contar a ela. Eu quero. Despejar uma onda de angústia, alegria e confusão, todas as emoções que se alternam dentro de mim a todo instante. Nina e eu somos próximas, mas ela também é casada com o irmão do meu marido. Ela é a última pessoa no planeta a quem eu posso contar.
— Me conte o que a tal jornalista queria saber sobre mim. E eu vou te explicar o que eu estava fazendo em Meadowlands.
— Tudo bem. — Nina pega sua caneca, toma um gole de chá.
— Ela era muito jovem, muito confiante. Bem, você a conhe-

ceu. Ela chegou na hora do almoço, na primeira vez. Pediu uma limonada. Chamou a atenção. Fiquei curiosa, então perguntei onde ela tinha comprado suas botas brancas. Numa "pequena butique na rua Carnaby", ela disse. — Nina imita perfeitamente o sotaque londrino arrogante de Flora. — Nós começamos a papear e ela me disse que estava entrevistando "o famoso escritor" Gabriel Wolfe. Disse que esperava arrancar dos moradores que o conheciam alguma informação sobre o passado dele, como ele era quando criança, blá-blá-blá. Eu disse a ela que a família Wolfe nunca ia ao pub, eles deviam preferir beber seu próprio champanhe em casa. Até onde eu sei, eles também não iam à igreja, então ninguém os via com muita frequência. Aí ela me disse que uma velha amiga do escritor estava na casa dele. Beth. E que ela e o escritor pareciam bem próximos. E queria saber onde poderia encontrá-la.

Eu não enrubesço sob o olhar duro da minha cunhada. Enquanto o pânico se avoluma no meu peito, tento inventar uma desculpa, uma meia verdade que possa funcionar. É isso que eu me tornei, uma grande mentirosa.

— Que vaca intrometida! — eu digo, mas Nina nem sorri.

— E então? Por que você estava lá?

— Se eu te contar, você vai ter que me prometer não dizer nada pro Jimmy. Nem pro Frank. Não até que eu tenha tempo de contar a eles eu mesma.

Ela assente, impaciente.

— O novo romance de Gabriel é baseado numa ideia antiga, uma história de amor na qual ele estava trabalhando quando nos conhecemos na adolescência.

— Não me diga que ele está escrevendo sobre a *história de amor* de vocês?

Seu tom de voz é quase cômico. Nina sabe muito pouco sobre minha história com Gabriel, foi muito tempo antes de nos conhecermos, e não é exatamente um assunto que alguém goste de discutir na Fazenda Blakely.

— Não, nada disso. Mas voltar a falar comigo fez o Gabriel se lembrar das conversas que costumávamos ter. Naquela época, eu e ele conversávamos muito sobre escrita, era algo que tínhamos em comum. E, como ele estava empacado nesse manuscrito, começou a falar comigo a respeito. A gente trocou ideias sobre o enredo, o que poderia acontecer a seguir, e acho que ele curtiu minhas sugestões. Só isso.

— Sei.

Não gosto do jeito como Nina está olhando para mim. Ou do tom de sua voz, estranho, desconfiado.

— Bem, você precisa saber que a jornalista voltou à noite. Provavelmente ficou bisbilhotando pela cidade a tarde toda. Ela se sentou no bar e tomou um Campari com limonada. O Frank e o Jimmy estavam lá.

— O quê? Ah, não...

— Ela começou a fazer perguntas de novo. O seu nome surgiu na conversa. Eu disse a ela que não podia dar o endereço de nenhum dos moradores, e ela me disse, toda alegre: "Descobri onde Beth Johnson mora. Ela mora na Fazenda Blakely." Aí Frank ouviu e disse: "O que você quer com a minha esposa?"

Eu pressiono a boca com as mãos.

— O que ela disse?

— Exatamente o que disse pra mim. Ela estava escrevendo uma matéria especial sobre Gabriel Wolfe e queria falar com as pessoas mais próximas a ele.

— Ai, meu Deus. Por que ele não me contou?

— O Frank ficou muito irritado, Beth. Ele mandou a mulher cair fora. Depois disse: "Se você incomodar minha esposa lá na fazenda, vou denunciá-la à polícia por invasão de propriedade." Ele reagiu de uma forma muito exagerada e agressiva, e deu pra ver que a jornalista ficou nervosa e acreditou em cada palavra da ameaça que ele fez. Não sei o que está acontecendo com você e o Gabriel, mas, seja lá o que for, eu diria que o Frank já sabe.

Quando Nina vai embora, ando de um lado para outro na cozinha, falando comigo mesma. *O que isso significa? Frank sabe? É o fim? O fim de mim e Gabriel? O fim de mim e Frank?*

Eu pego o telefone e ligo para Gabriel, discando seu número com as mãos trêmulas. Não há nada de arriscado nisso, não tem ninguém em casa, mas ainda me pego sussurrando, cheia de culpa, enquanto repito a conversa que acabei de ter com Nina.

— Eu não posso me arriscar a ir até aí. Não hoje, não até eu ver o Frank.

— Mas como o Frank estava ontem à noite? Ele não teria dito alguma coisa?

— Eu mal o vi. Ele nem se deu ao trabalho de jantar, foi direto pro pub.

Isso, mais do que qualquer outra coisa, é a prova de que meu marido está me evitando porque ele sabe. Ele sempre soube. Estamos presos nesse triângulo há mais de uma década e, mesmo em nossos melhores anos, Frank tinha medo de que eu o deixasse. Ele nunca verbalizou isso, não precisava.

— O que você vai fazer? — pergunta Gabriel, baixinho.

*Você,* não *nós.* Este dilema é meu, não dele. Gabriel pode amar quem ele quiser. É uma pena que ele queira uma mulher que não é livre para retribuir o amor dele.

— Eu não sei. Eu preciso falar com o Frank.

— Você vai ficar bem?

Eu ouço as palavras que ele não diz: *Nós vamos ficar bem?*

— Estou com medo.

— Do que você tem medo? Do que o Frank vai fazer se ele descobrir?

— Não, não disso.

Frank não fica com raiva. Eu nunca o vi perder o controle. Ou talvez eu ainda não o tenha visto sair do sério de verdade. Nina parecia chocada quando descreveu Frank aos gritos com a jornalista. Assim como eu, ela só viu o Frank tranquilo e passivo, o homem que sempre acalma o irmão, que geralmente é o irritadiço e pavio curto. Quando tínhamos Bobby, eu ficava feliz por ter me casado com um homem que jamais levantava a voz para o filho. Eu via este tipo de coisa o tempo todo, pais gritando com os filhos, dando um tapinha ou uma bofetada de mão cheia. Não o Frank. Em todos os nove anos em que Bobby viveu, não vi Frank gritar com ele uma única vez.

— Estou com medo da dor que o Frank deve estar sentindo. E de perder você.

— Sim. Isso me deixa apavorado.

Por um longo minuto, nem eu nem ele dizemos nada, só respiramos juntos em silêncio. Estou pensando em como será impossível dizer adeus a Gabriel. Ainda tenho esperança de não precisar fazer isso, de que a nossa história, essa obsessão louca e ardente, seja lá o que for, encontre seu fim. E de que talvez o nosso fim não seja um fim.

— Eu te amo — diz Gabriel. — Se for o fim, você sabe que eu entendo. Quero que você faça o que for certo pra você. Mas... posso dizer uma coisa? Estes últimos dias com você me fizeram perceber o quanto eu fui um idiota por ter deixado você ir embora da última vez. Eu sempre soube disso, mas agora eu sei *de verdade*. Nós fomos feitos um pro outro. Só espero que possamos ter uma segunda chance.

## *Sexta-feira à tarde*

Assim que saio de casa, vejo a fumaça, fragmentos cinza e retorcidos, mas a princípio não consigo descobrir de onde ela vem. Fico parada no jardim, confusa, enquanto a fumaça se espalha em espirais pelo céu. Tento imaginar o que pode estar causando o incêndio. Ateamos fogo aos campos há um mês, logo após a colheita, queimamos o restolho até ficar estorricado. Não há outra razão para tanta fumaça.

Quando enfim compreendo, é como se eu tivesse levado um soco no estômago.

Eu corro feito uma louca pelos nossos campos. As sebes ardem com suas gloriosas cores de outono, mas quase não noto, listras vermelhas e roxas passando feito borrões. Passo por cercas que eu mal vejo ou sinto e das quais não me lembrarei de ter escalado. Portões que abro com violência e não me preocupo em fechar. Vários hectares de grama alta com buracos escondidos em que tropeço.

A árvore de Bobby está ardendo. Eu sei disso antes de ver, antes de me deter na beira do campo e observar as chamas que se encaracolam tronco acima e uma linha de fogo que serpenteia pela grama em direção às árvores. Frank está de costas, mas vejo as latas de parafina caídas a seus pés.

— Frank! — eu grito seu nome, mas ele não se vira de primeira.

Talvez não me ouça, talvez não queira. Talvez esteja tão focado no fogo por dentro e por fora que não tenha espaço para mais nada. De onde estou, posso ler o que se passa dentro dele, a determinação feroz que o leva a destruir o tronco imensamente largo e pesado, seu desespero para incinerar uma perda que está no cerne de tudo.

Tanta coisa mudou desde aquele dia fatídico. Passamos pelo outono uma, duas e agora quase três vezes. Colhi frutas e as transformei em geleia, farofa doce e tortas, como sempre fiz, antes de Bobby, com Bobby, sem Bobby. Ele não estava aqui quando nossos cordeiros nasceram, não ouviu os rouxinóis cantarem, tampouco o cuco, que sempre marca a chegada da primavera. Fizemos a colheita sem ele. Nós aramos, revolvemos e sulcamos a terra, semeamos. Para Frank e para mim, tudo mudou quando Bobby morreu, mas a fazenda continuou a mesma, estação após estação. E em meio a tudo isso, do começo ao fim da neve, da chuva e do sol escaldante, o tronco da árvore permaneceu no mesmo lugar, para nos lembrar.

Eu alcanço Frank. Meus olhos ardem, a fumaça amarga no fundo da minha garganta.

— E os pássaros, Frank? Ele amava os pássaros.

Quantas vezes nós trouxemos os binóculos a este campo para descobrir quais pássaros conseguíamos avistar? Abutres, gaviões e melros. Pica-paus, chapins-reais. Tordos e alvéolas, e as gralhas que circulavam ao redor de seus ninhos ao anoitecer, grasnando umas para as outras feito socialites em uma festa regada a álcool. Bobby amava todos eles.

— Os pássaros já se foram há muito tempo.

Frank ainda não olhou para mim.

— Talvez tenha algum ninho. A fumaça vai matá-los.

— Eu ia queimar tudo em breve. A madeira está úmida.

— Você não pode simplesmente atear fogo às coisas.

— Por que não? É meu terreno. Eu sou o dono dele. Posso atear fogo a uma árvore se eu quiser.

— Mas por quê?

Então Frank se vira para olhar para mim.

— Acabou.

Sua voz é monótona, o rosto inexpressivo. Vejo tão pouco do homem que conheço, e nenhuma maneira de me comunicar com ele.

— O que acabou, Frank? A árvore? Bobby? Você e eu?
— Tudo isso.
Estou chorando agora.
— Eu sinto muito...
Ele levanta a mão para me calar.
— Sempre foi ele.
— Isso não é verdade.
— Eu era sua segunda opção.
— Não. Você era diferente. Você era melhor. Você me resgatou, lembra?
— Nada disso importa mais. É tarde demais.
— Como você soube?
— Eu soube desde a festa de casamento. O jeito como você olhou pra ele. Com desejo. As pessoas já estão comentando. Daqui a pouco vai ser o assunto da cidade.
— Eu ainda amo você.
— E ele? Você o ama também?

Eu hesito por um segundo além da conta. Quero mentir, proteger Frank, nos salvar. Mas a única coisa que sempre tivemos é a verdade.

— Amo.

O rosto dele continua inexpressivo, mas eu o conheço, vejo o ar — ou talvez a vontade de lutar — se esvair de dentro dele.

— Então, você pode ficar com ele. Eu não vou ficar no seu caminho. Nem no dele. Você sabe por quê.

Frank pega as latas de parafina e começa a caminhar pelo campo. Eu o observo até ele se tornar apenas um ponto no horizonte.

## Sexta-feira à noite

Frank e eu estamos dormindo, ou pelo menos fingindo dormir, quando ouvimos um alvoroço lá embaixo. Alguém bate a porta da frente com estrondo, o som de botas no chão de ardósia, uma cadeira é derrubada.

— Mas que merda é essa? — diz Frank, enquanto as botas sobem as escadas e entram em nosso quarto.

— Você sabia?! — berra Jimmy.

— Cai fora, Jimmy, estamos dormindo — diz Frank, e se inclina sobre mim para acender a lâmpada.

A manga de sua camisa roça meu rosto. Frank, que nunca usou nada para dormir, nem mesmo nos invernos mais frios, ainda está meio vestido, de camiseta e cueca.

O quarto se ilumina, e nós dois vemos Jimmy com o rosto vermelho de raiva ou cerveja, talvez ambos.

— Diga que não é verdade, Beth!

Não consigo encontrar nada para dizer a ele. Não posso ser o que ele quer, sua irmã mais velha, esposa de seu irmão, defensora, cuidadora. Em vez disso, nós nos encaramos, Jimmy e eu, enquanto a raiva ruge dentro dele. Com o rosto contorcido de desprezo, ele se vira para Frank.

— Então é isso? Vai permitir que ela trepe com aquele canalha e depois vá pra sua cama, como se nada tivesse acontecido?

— Cale a boca. Não seja nojento. — Frank sai da cama, pega a calça jeans do chão e empurra seu irmão para fora do quarto. Na porta, ele olha para mim. — Fique aqui, eu vou lidar com ele. Você não precisa ouvir isso.

Só que eu preciso ouvir. É isso, chegou o momento do acerto de contas, e de certa forma eu anseio por isso.

Na cozinha, os irmãos se entreolham, a centímetros de distância. Frank está descalço, o cinto da calça jeans ainda desafivelado. Sobre a mesa, uma garrafa de uísque pela metade nos encara.

— Como você consegue aceitar isso? — pergunta Jimmy a Frank, enquanto eu me mantenho a uns trinta centímetros de distância.

Frank olha para mim. Em seguida, encolhe os ombros.

O que eu fiz com ele, esse homem que era minha alma gêmea, meu melhor amigo e pai do meu filho por quase metade da minha vida?

— Sua vaca, sua vaca egoísta! — vocifera Jimmy, e Frank agarra seu braço com força. Com tanta força que Jimmy grita.

— Não fale assim da minha esposa. Eu não vou aceitar.

— Ela ainda é sua esposa? Você tem certeza disso?

— Tenho. Não que isso seja da sua conta.

Jimmy se vira para mim.

— Como você pôde fazer isso, Beth? Depois de tudo o que a nossa família passou. Depois do Bobby... — Ele sussurra o nome do sobrinho com tanta reverência, como se até mesmo a memória de Bobby fosse pura demais para estar no meio de tudo isso. — Nós precisamos um do outro. Não é? E o Frank ama você, mais do que qualquer homem jamais poderia te amar.

Como Frank e eu não dizemos nada — pois não há o que dizer —, Jimmy começa a esbravejar.

Ele está muito, muito mais bêbado do que eu havia pensado.

— E então? Isso vai mesmo continuar? Você sabe, não é, Beth, que a cidade inteira já está por dentro do seu segredinho sujo? Era o assunto de todas as conversas lá no pub. Você achou que ninguém notaria suas puladas de cerca, você fugindo para o seu ninho de amor enquanto seu marido trabalhava que nem um burro de carga?

— Eu já te disse, Jimmy, deixe Beth em paz. Isso cabe a mim e a ela resolver. E a mais ninguém.

Jimmy começa a chorar. Ele parece perdido, e tudo o que eu quero fazer é estender a mão e abraçá-lo, como eu fazia antigamente. Mas não agora.

— E *ele*? Você vai deixar aquele sujeito escapar impune numa boa?

Frank dá de ombros e diz:

— Eu acho que sim.

— Então tá bom, parabéns pra você. Porque eu vou arrebentar a cara dele. Vou dar uma lição nele.

Jimmy se joga para pegar a garrafa de uísque, porém Frank é mais rápido. Ele a pega e a derruba no chão, onde o vidro se estilhaça em centenas de pequenos fragmentos. O único sinal que deixa claro o quanto Frank está devastado.

Derrotado, Jimmy desaba bruscamente contra o corpo do irmão, e Frank o envolve com ambos os braços, como se estivesse segurando uma criança. Ele olha para mim por cima da cabeça de Jimmy e indica a escada com os olhos.

— Vá — murmura ele, querendo me poupar até mesmo agora.

Eu não mereço sua bondade.

## Sábado de manhã

Passo a manhã zanzando pela cozinha, tentando me lembrar do que eu fazia em um sábado antes de nossa vida entrar em colapso. Eu cozinhava, limpava e lavava roupa, ajudava os rapazes na fazenda. Frank sempre ficava feliz quando eu os surpreendia na sala de ordenha, seu rosto se iluminava de alegria. Uma coisa tão pequena e fácil, eu queria ter feito isso mais vezes.

Eu meio que esperava ver Nina novamente hoje, mas ela não veio à fazenda. Eu traí todos eles. A mesma Nina que disse, no dia em que me conheceu: "Beth, eu posso ser você quando crescer?" Naquela época eu tinha tudo, um marido por quem eu era apaixonada, a criança mais doce e divertida que o mundo já conheceu, oitenta hectares de sangue, suor e lágrimas, que também eram nosso paraíso particular. Eu me sentia tão sortuda. Por muitos anos eu me senti sortuda.

Eu sei que nunca vou me perdoar pelo que fiz a Frank, o homem que me deu tudo isso. Mas agora é com Jimmy que estou mais preocupada. A forma exagerada como ele reage a mudanças repentinas me deixa apreensiva. Assim como sua dependência de Frank, mesmo agora, como um homem casado que em breve terá os próprios filhos. Será que depois de se tornar pai Jimmy ainda se comportará como uma criança quando as coisas derem errado? Ele vai bater o pé, vai brigar com o próprio filho, engalfinhando-se numa disputa no parquinho até que Nina intervenha?

Não consigo parar de pensar em como Jimmy parecia absolutamente perdido. Em como Frank o amparou feito uma criança. Frank sempre compreendeu a intensidade com que a morte da mãe deles afetou o irmão. Como ele ficou preso, estagnado, incapaz de amadurecer. Frank nunca culpava Jimmy quando o irmão recorria ao álcool e a ocasionais episódios de violência, anestesiando sua dor da única maneira que sabia. David ficava furioso com Jimmy, mas Frank nunca ficou.

Eu me odeio pela maneira como minha família está se desintegrando, mas agora percebo que era inevitável: em algum momento, eu e Gabriel encontraríamos o caminho de volta um para o outro. Nossa história estava incompleta, ainda está. Havia muitas perguntas, muitas peças que não se encaixavam. Um bocado de desejo mal resolvido. Uma luxúria que sempre esteve lá no fundo, fervendo, mesmo com o passar dos anos. Bastou riscar o fósforo para começar o incêndio. Se Bobby tivesse sobrevivido, eu teria continuado em meu mundinho particular. Mas Bobby morreu. Tudo desmoronou. E então, logo em seguida, Gabriel reapareceu.

Estou nervosa demais para ficar sentada por muito tempo. Faço uma xícara de chá, que esfria, intocada. Esfrego sem entusiasmo alguns macacões que me esperam na tábua de lavar, mas logo abandono a tarefa, assolada por pensamentos sobre os quais não tenho controle. Por quanto tempo mais vou lavar roupa para Frank e Jimmy? Ou cozinhar o jantar? Ou ajudá-los na fazenda? Este é o fim da vida que construímos juntos — não apenas eu e Frank, mas Jimmy também — ao longo de tantos anos?

Ando pelo andar térreo da casa — um único cômodo grande, na verdade, a cozinha e um pequeno corredor que leva às escadas. No parapeito de uma janela em frente às escadas, espio nossa foto de casamento, a única que temos, coberta de poeira desde a última vez que olhei. Não havia fotógrafos em nossa cerimônia de casamento, nenhum convidado além dos meus pais, David, Jimmy e Eleanor.

Foi perfeito. Apenas Frank e eu, olhando um nos olhos do outro, em choque enquanto dizíamos o icônico "sim", tendo como testemunhas apenas nossas famílias. Depois, meu pai nos levou para almoçar no Hotel County, em Shaftesbury. Comemos rosbife e bebemos pequenas doses de xerez. Frank e eu estávamos deslumbrados, depois das formalidades, nós dois agora um novo casal, marido e esposa. Mal podíamos acreditar que tínhamos conseguido com tanta facilidade. Se minha mãe sonhava que eu tivesse um casamento mais tradicional — um vestido ornado de babados com véu e grinalda, todos os seus amigos convidados para uma festa de arromba depois —, ela não disse. Meus pais se apegaram a Frank quase que instantaneamente. Em parte, acho, porque odiavam me ver triste por causa de Gabriel, mas sobretudo porque Frank acabou sendo tudo o que eles queriam em um genro — ele era bondoso, engraçado, independente. E os dois confiavam nele.

    Levo a fotografia em sua moldura de madeira empoeirada para a cozinha e a limpo com um pano úmido. Por um longo tempo, fico olhando para nós. Somos absurdamente jovens, percebo agora, pouco mais que crianças.

## Sábado, fim da tarde

Frank entra na cozinha ao anoitecer. Não cozinhei, nem limpei, nem lavei roupa, nem fiz nada que precisava ser feito, apenas andei quilômetros inteiros dentro da nossa cozinha bagunçada enquanto minha mente explodia com tudo o que tinha acontecido antes e tudo o que estava por vir.

*Aqui está,* eu penso, assim que vejo Frank. Ele está pronto para a conversa que ambos temíamos, a pergunta que nenhum de nós queria fazer: Frank e eu devemos sair cambaleando dos escombros do nosso casamento e ver se ainda há algo para reconstruir? Ou seria melhor nos libertarmos? *Vá embora, supere, me esqueça.* Parte de mim sempre acreditou que seria impossível nos curarmos enquanto estivéssemos juntos.

Mas Frank tem outras coisas em mente.

— O Jimmy esteve aqui? — Sua voz é estranha, aflita.

— Aconteceu alguma coisa?

— Ele desapareceu. Não consigo encontrá-lo em lugar nenhum, Beth.

— Quando você o viu pela última vez?

— Hoje de manhã, na sala de ordenha, bêbado. Deve ter tomado outra garrafa em algum lugar. Ele está furioso. Fazendo ameaças idiotas.

— Você acha que é diferente das outras vezes em que ele sumiu?

— Sinceramente, ele parecia péssimo. Como se algo tivesse se despedaçado dentro dele. Eu fico de olho no meu irmão o tempo todo, não é? Até demais, você já disse isso várias vezes. Mas agora estou me perguntando se eu estava olhando direito.

Eu realmente vi o que estava acontecendo com ele? Ele não está nada bem. Mas todos nós continuamos fingindo que está.

— Os pubs vão abrir de novo a qualquer momento, você vai encontrá-lo por lá.

— Tem mais uma coisa. Uma das espingardas sumiu. — Nós nos encaramos enquanto eu absorvo suas palavras. — Ele não foi caçar. Não estava em condições pra isso. Bem, não pra caçar animais, pelo menos.

— Frank?

— Estou preocupado que ele apareça em Meadowlands. As coisas que o Jimmy estava dizendo sobre o Gabriel, não tenho nem coragem de repetir... ele parecia enlouquecido o bastante pra querer matá-lo. Bem, machucá-lo.

— Ah, meu Deus, Frank. Temos que chamar a polícia.

Faço menção de pegar o telefone, mas Frank agarra meu pulso e me puxa.

— E dizer o quê? Que o Jimmy está bêbado, armado e é perigoso? Que ele quer machucar o amante da esposa do irmão dele? Pense nisso.

O jeito que ele olha para mim ao dizer essas palavras. Inexpressivo. Não há nenhum sentimento ali. Na cabeça de Frank, nosso casamento já acabou.

— Não. Vamos lidar com isso sozinhos. Ligue pro Gabriel e avise que o Jimmy pode aparecer. Vou sair para procurá-lo.

## *Sábado, início da noite*

Acho que eu não estava raciocinando direito quando decidi ir até Meadowlands para contar a Gabriel eu mesma. Peguei o telefone para ligar para ele, mas deu sinal de ocupado, e eu estava angustiada demais para esperar.

Quando Gabriel atende a porta e vê que sou eu, percebo que cometi um erro. Ele imediatamente sorri, eufórico. Seu rosto inteiro se inunda de felicidade. Gabriel acha que terminei com Frank. Acha que estou lá para dar início a nossa nova vida juntos.

— Beth! — diz ele, sua voz se elevando de deleite.

Eu rapidamente balanço a cabeça.

— O Jimmy desapareceu. O Frank acha que ele pode vir aqui.

— Ah. — Vejo decepção, confusão e resignação passar pelo rosto de Gabriel. — Entendi.

— Jimmy sabe sobre nós. Ele está furioso. Bêbado. Fazendo ameaças. O Frank não me contou exatamente tudo o que Jimmy andou planejando fazer com você. Ele está procurando pelo Jimmy agora e disse que era melhor eu avisar você.

— Tenho certeza de que vai ficar tudo bem. Eu não me preocuparia. — A voz de Gabriel é indiferente. Despreocupada.

— Por favor, Gabriel. Ouça o que estou te dizendo. O Jimmy pegou uma das armas, e bebeu tanto que está fora de si. Acho que ele quer matar você. Ou te machucar, pelo menos.

Ouvimos um grito atrás de nós. Leo está parado no corredor, provavelmente há um bom tempo. Ele deve ter ouvido tudo.

— Papai! — grita ele. — O Jimmy vai te matar?

Gabriel abre os braços e Leo corre para eles.

— Está tudo bem — diz Gabriel, acalmando-o, beijando sua cabeça. — Não é o que você está pensando, eu prometo. Beth, entre. Vamos trancar a porta.

A princípio, Leo se recusa a soltar Gabriel, agarrando-se à sua cintura, impossibilitando que o pai se mova.

— Leo? — Espero até que ele olhe para mim. — Eu sei que você está com medo. Mas posso dizer uma coisa? Eu conheço o Jimmy há muitos anos. Ele não quis dizer isso. Ele nunca machucaria ninguém, acredite em mim.

Enquanto tento acalmar Leo, eu me recordo de todas as vezes em que Jimmy arranjou encrenca no pub. Discussões que muitas vezes levaram a brigas físicas. A noite em que Andy o trouxe para casa, jogado de braços e pernas bem abertos no banco de trás de sua viatura de polícia, e nos alertou de que Jimmy precisava aprender a moderar na bebida ou parar de beber de vez. E Frank está certo, todos nós escolhemos fechar os olhos.

Gabriel, Leo e eu nos sentamos juntos à mesa da cozinha. Eu tento, mas não consigo iniciar uma conversa. Qualquer coisa para aliviar a atmosfera, que parece muito tensa. Parece que estamos apenas em modo de espera. Penso em nós três jogando cartas aqui, alguns dias atrás, sem qualquer noção do que estava por vir. Penso em Nina e me pergunto se Frank já a avisou que Jimmy está desaparecido. O Compasses deve ter sido o primeiro lugar onde ele foi procurar.

— A porta dos fundos está trancada? — pergunto a Gabriel, tentando manter a voz tranquila.

— Acho que não. Vou lá e...

Um estrondo nos faz soltar um grito de susto em uníssono. A janela se estilhaça em uma teia de lascas com um buraco do tamanho de um punho no centro.

Do lado de fora, olhando fixamente para nós, está Jimmy, com a espingarda aninhada nos braços.

— Jimmy, pelo amor de Deus, o que você está fazendo?

A expressão de Jimmy não se altera quando grito com ele. É como se ele não me entendesse. Horrorizados, observamos enquanto ele tira um cartucho do bolso da calça jeans e recarrega a arma.

— Abaixe! — Gabriel puxa Leo para o chão e o empurra para debaixo da mesa da cozinha. — Você também, Beth!

— Vou sair pra falar com ele — anuncio. — Passei anos lidando com o Jimmy. Ele vai me ouvir.

Gabriel pousa a palma da mão na minha bochecha por um segundo.

— Eu não posso deixar você se colocar em perigo — diz ele.
— Eu vou lá.

Ao som de um novo disparo, Gabriel e eu caímos de joelhos, agachados sob a janela.

O segundo tiro mudou tudo. Não é meu cunhado que está lá do outro lado, estamos lidando com uma pessoa completamente fora de si.

Sinto uma mão agarrar meu tornozelo.

— Beth... — sussurra Leo para mim. — Por favor, vem aqui. Estou com muito medo.

Eu me abaixo para ficar ao lado do menino. Nós dois abrigados debaixo da mesa.

— Posso segurar sua mão?

— Claro.

Leo aperta com tanta força que esmaga meus dedos. Seu corpo está tremendo.

*Pense, pense. E agora? Corro para o telefone? O Jimmy atiraria em mim? Por algum motivo, acho que não. Eu sou a esposa do irmão dele, e ele pensa em mim como sua irmã, ele já me disse isso várias vezes.*

— Gabriel! — eu grito, voltando a mim. — Não vá lá fora. É perigoso.

Tarde demais. Ouço as botas de Gabriel pelo corredor, um ferrolho sendo destrancado, a porta da frente se abrindo.

Às vezes você tem uma chance, meros segundos, talvez, em que pode evitar uma tragédia antes que aconteça. Esta é a minha chance. Meu momento. Minha oportunidade. Mas eu não a aproveito. Não corro atrás de Gabriel para enfrentar Jimmy e implorar que ele abaixe a arma antes que alguém acabe se machucando. Em vez disso, faço uma escolha tola, que transformará a vida de todos nós em um show de horrores e me manterá acordada noites a fio pensando sem parar "se eu tivesse...".

Decido ficar onde estou, encolhida sob a mesa com Leo.

— O Jimmy vai matar meu pai, não vai? — choraminga Leo, e então eu sinto, o líquido quente se acumulando debaixo de mim enquanto ele solta sua bexiga.

Pobre menino. Pobre bebê. Ele ainda é muito novo para passar por tudo isso.

— Desculpa... — diz ele, agora aos prantos, e eu o abraço, o cheiro de sua urina penetrante em minhas narinas.

— Nós vamos ficar bem, eu prometo.

Por que os adultos fazem isso? Por que prometem coisas que não têm como cumprir?

— Seu pai vai falar com o Jimmy e fazê-lo recobrar o juízo. Confie em mim, o Jimmy não é um assassino.

— Ele é, sim, Beth. Ele matou o meu cachorro.

— Ah, Leo — eu digo, apoiando minha testa na dele por um segundo.

O tiro no cachorro que começou tudo. Parece que já foi há uma vida.

# Parte 4
*Frank*

## 1968

Todos em Hemston tinham a própria opinião sobre o que aconteceu na noite em que o jovem fazendeiro perdeu a vida. Alguns achavam que Frank Johnson, após uma acalorada discussão, enfim surtou e atirou no irmão. Só Deus sabe, diziam, parando para papear enquanto pegavam seu leite e jornais no mercadinho da cidade, que nos últimos anos Frank havia aguentado mais coisas do que qualquer homem poderia suportar.

A primeira matéria, divulgada na manhã seguinte pelo tabloide *The Daily Express*, deixou a cidade inteira chocada com sua dura manchete: *Caso amoroso de romancista termina em morte.*

E pensar, as pessoas diziam, colocando a chaleira no fogo para outro Nescafé, demorando-se em suas tigelas de cereais, preparando sua torrada quente com manteiga, que uma coisa tão *trágica* tinha acontecido bem na porta delas. Era mais sombrio e chocante do que qualquer um dos romances de Gabriel Wolfe.

Naquela época, ninguém sabia exatamente o que havia acontecido. Frank Johnson foi detido sob a acusação de ter assassinado seu irmão Jimmy. Conhecido por ser instável, Jimmy passou a noite bebendo e ameaçou matar o amante de Beth Johnson, Gabriel. No fim das contas, como Jimmy acabou baleado, ninguém sabia.

E fazer suposições era o passatempo predileto dos moradores de Hemston.

Com o passar das semanas, vieram à tona mais detalhes. Frank Johnson se declarou inocente das acusações duplas de assassinato ou homicídio culposo e foi solto sob fiança para aguardar o julgamento em liberdade. Nos meses seguintes, ele e a esposa ficaram sozinhos, nunca eram vistos no vilarejo, embora vez por outra algum intrometido espiasse Frank em seu trator. A imprensa continuava publicando notícias. Todos os jornais, tanto os mais renomados quanto os tabloides sensacionalistas, queriam tirar proveito da desgraça de Gabriel Wolfe. Uma ex-aluna do Convento da Imaculada Conceição contou a um repórter do *The Daily Telegraph* sobre o relacionamento entre Gabriel e Beth, que começou quando os dois ainda eram adolescentes. O *The Mirror* publicou uma matéria sobre as "aventuras sexuais" dos amantes ao ar livre, ao lado de uma fotografia do lago de Meadowlands. Nem Beth Johnson nem Gabriel Wolfe se dispuseram a comentar.

À medida que a data do julgamento se aproximava, os moradores ficavam mais frenéticos de empolgação. Seria no Tribunal Criminal Central Old Bailey, e muitos deles planejavam comparecer para assistir. Frank Johnson no banco dos réus, Gabriel Wolfe intimado para depor como testemunha; era como se Hemston tivesse sua própria telenovela.

Dias antes da data marcada para o início do julgamento, veio à tona outra polêmica.

Frank Johnson havia violado os termos de sua liberdade condicional e agora aguardava julgamento numa cela da Penitenciária de Wandsworth.

# O *julgamento*

Meu ex-amante está no banco das testemunhas, vestido com um terno cinza-escuro, o mesmo que ele usou na festa de casamento de Jimmy e Nina. De frente para ele, no banco dos réus, está meu marido, também de terno, azul-marinho, o único que ele tem. Se ao menos pudéssemos voltar no tempo, para aquela noite, para a conversa tola que Gabriel e eu tivemos atrás das árvores. Ou ainda mais longe, até o dia em que o cão invadiu nosso campo e matou nossos cordeiros.

Eu me sentei de frente para Frank à mesa da cozinha dia após dia por tantos anos que conheço cada centímetro de seu rosto, seu corpo. Mas agora, visto de cima, ele parece quase um desconhecido. Eu olho fixamente para ele até meus olhos doerem, até meu coração não aguentar mais.

É a primeira vez que vejo o júri: os homens e mulheres que têm nas mãos o destino do meu marido. Eles ouvirão os relatos de que Frank sempre foi muito mais que um irmão para Jimmy — era seu pai, seu amigo, seu guia —, e será que se darão conta de que ele jamais o teria machucado, muito menos assassinado?

Minha irmã Eleanor tem acompanhado o julgamento comigo todos os dias desde que tudo começou. Ela aponta para a bancada da imprensa, lotada de jornalistas.

— Hoje tem o dobro, é claro — sussurra ela, e revira os olhos.

Um homem está morto. O irmão de Frank, o marido de Nina, o menino que um dia fez o parto do meu bebê. Mas ninguém saberia disso ao ler a interminável enxurrada de histórias na imprensa sobre o escritor "playboy" Gabriel Wolfe e seu tórrido caso de amor com uma humilde "esposa de fazendeiro".

— Sr. Wolfe — diz o promotor público —, eu gostaria de começar do começo, se possível. Pode me contar como conheceu Beth Johnson?

Ah, é inevitável me sentir triste quando Gabriel começa a contar nosso primeiro encontro. Nossa história da invasão de propriedade. Nossa conexão por meio dos livros e da escrita. Nosso tédio mútuo, uma garota e um garoto procurando preencher um verão inteiro. A paixão que começou lentamente, mas logo nos engoliu até que não houvesse espaço para mais nada e nem ninguém.

— Do jeito que o senhor descreve, parece uma história muito bonita. Estavam apaixonados?

— Nós nos amávamos, sim.

Gabriel encara o promotor Donald Glossop sem nunca abaixar o olhar. Ele tem a voz clara e bem articulada das pessoas de classe alta, imperturbável diante do mar de rostos virados para examiná-lo. Ele pode estar no banco das testemunhas, sua vida privada prestes a ser destruída, mas eles são iguais, o promotor e ele, é o que seu olhar diz.

— Mas o relacionamento acabou. Por qual motivo?

Agora eu me pego observando Gabriel atentamente, prendendo a respiração enquanto espero que ele fale.

— Acabou sem nenhum motivo. Falha de comunicação.

— Um término mal resolvido, em certo sentido?

Gabriel permanece calado, como se as palavras o tivessem deixado sem fôlego.

— Sim — diz ele após uma pausa, a voz mais baixa agora. — É exatamente isso, um término mal resolvido.

— E quando o senhor reencontrou Beth Johnson novamente tantos anos depois, ainda tinham sentimentos um pelo outro?

Eu vejo a maneira como Gabriel olha de relance para o banco dos réus. Ele não sabe das minhas confissões diárias a Frank nos meses antes de meu marido ir para a prisão. Se fosse para ele me amar novamente, eu disse, então ele precisaria saber tudo o que eu tinha feito. Houve momentos em que ele não queria ouvir e implorou para que eu parasse, mas no fim eu sempre continuava. Sem segredos, concordamos. Não podíamos esconder mais nada um do outro. Frank sabe tudo o que há para saber sobre Gabriel e eu, desde o nosso começo até o nosso fim devastador.

Gabriel responde:

— No fundo, sim. Embora nenhum de nós quisesse admitir. Beth era feliz com o marido. Eu sabia que ela o amava.

— E, ainda assim, o senhor engatou um caso com ela?

Dá para sentir que a galeria fica em estado de alerta — é para isso que as pessoas vieram.

— Sim, eu sabia que era errado. E eu me arrependo profundamente. Mas eu a amava... Eu sempre amei.

Por um momento, eu abaixo minha cabeça, fito meus joelhos. *Ah, Gabriel,* eu penso, enquanto a inevitável tristeza percorre meu corpo. De nada adianta desejar que as coisas tivessem sido diferentes, mas mesmo assim eu desejo.

— Quando o caso começou?

— Em setembro do ano passado. Após o casamento de Jimmy e Nina Johnson.

Sinto a desaprovação se instalar pelo tribunal quando ele confirma o fato. Começamos um caso extraconjugal de forma tão insensível, logo após uma alegre celebração familiar. E uma semana depois o noivo estaria morto.

— Eu gostaria de passar agora para o dia 28 de setembro do ano passado. A noite do tiro. Beth Johnson foi à sua casa, eu acredito, para avisá-lo de que Jimmy tinha desaparecido e estava armado com uma espingarda.

Cada minuto deste julgamento é importante, muitíssimo importante. Nada nunca foi mais importante. Então, por que não consigo me concentrar na voz de Gabriel quando ele começa a contar ao tribunal sua versão dos acontecimentos daquela noite fatídica? Estou pensando em todos os 28 de setembro que se passaram antes, dias de sol, risadas, fazer amor ou brigar, ordenhar vacas ou alimentar ovelhas, cozinhar, limpar, trocar lençóis, dias em que Bobby estava vivo e dias em que não estava, dias que não deram nenhuma pista do que essa data viria a significar. Estou pensando no absurdo da história toda, no fato de Frank, que amava o irmão com toda a força com a qual é possível amar alguém, e ainda um pouco mais, ser acusado de matá-lo. Estou pensando que a pessoa errada está no banco dos réus, e eu nunca deveria ter permitido que isso chegasse tão longe.

— Como Beth estava ao chegar à sua casa? — indaga o promotor.

— Ela estava preocupada. Frank lhe disse que Jimmy queria me punir por estar tendo um caso com Beth. Ele queria sangue, ela me alertou. Não a levei a sério no começo. Parecia um tanto absurdo e improvável. Mas Beth achava que Jimmy poderia aparecer na minha casa. Em minutos, ele apareceu de fato.

Ouço Gabriel descrever o terror do filho quando Jimmy atirou na janela da cozinha. O vidro se estilhaçando. Nós três gritando em choque. Um enorme buraco na janela, meu cunhado parado do lado de fora, carregando outro cartucho em sua espingarda.

— Por que o senhor se arriscou a sair da casa? Não estava com medo? — questiona o sr. Glossop.

— Eu queria proteger meu filho. — Gabriel abaixa a voz. — E Beth. Eu queria garantir a segurança deles. Eu precisava tirar Jimmy dali. Era só nisso que eu estava pensando.

— Estou cético, sr. Wolfe, quanto a um aspecto: por que Jimmy, que atirou pela janela da cozinha, entraria alegremente e de bom grado em um carro com o senhor, manso como um cordeirinho?

— Manso? De forma alguma. Eu disse a Jimmy que iria levá-lo para casa, e ele me mandou à merda. Ele ainda estava brandindo a espingarda, bêbado e fora de si. Era assustador. Eu tinha que pensar em algo para convencê-lo a entrar no carro. Então eu lhe disse que estava tudo acabado entre mim e Beth. Que tínhamos terminado nosso caso.

— Isso era verdade?

— Não, naquele momento não.

— O senhor está dizendo que mentiu, sr. Wolfe?

— Sim, eu menti — responde Gabriel. — No calor do momento. Era uma situação tensa. Eu tive que pensar rápido.

Donald Glossop assente, mas não diz nada, permitindo que a admissão de Gabriel seja absorvida pelo júri.

— Por que Beth Johnson não o acompanhou no carro? Isso não faria mais sentido? A meu ver, ela teria sido mais capaz de acalmar Jimmy.

— Um de nós precisava ficar com meu filho. Ele estava assustado, achando que eu seria assassinado.

— O que aconteceu quando chegaram à Fazenda Blakely?

— Frank estava no jardim quando chegamos. Ele veio até o carro e ajudou Jimmy a entrar na casa. Foi a última vez que o vi.

— Vamos parar por um momento. Essa foi a primeira vez que o senhor viu Frank Johnson desde que ele soube do seu caso com a esposa dele? É isso mesmo?

— Sim.

— Ele devia estar furioso com o senhor, não?

— Se estava, não demonstrou. Na verdade, Frank parecia grato por eu ter levado Jimmy para casa... inteiro. — Gabriel vacila, mas em seguida se recompõe. — Ele me agradeceu.

— Ele *agradeceu* ao senhor.

Quando Donald Glossop foi anunciado como o promotor público do caso, minha irmã passou um dia na Biblioteca Britânica lendo sobre os casos que ele tinha vencido.

"Ele é um ator", me disse ela. "Ele atua diante do júri, cai nas graças dos jurados. Ele os diverte, os faz rir, os embala em uma falsa sensação de segurança. Depois, despeja sua bomba. É sua marca registrada."

— Não tenho certeza se, na mesma situação, eu o *agradeceria*, sr. Wolfe. Se fosse minha esposa, eu diria umas poucas e boas.

Uma onda de risadas toma conta do tribunal, vários jurados sorriem. A mulher de cabelo grisalho e óculos azul-neon. Eu já havia notado os óculos extravagantes, e fiquei me perguntando o que ela queria transmitir com aquilo. O homem de terno de risca de giz, que na minha cabeça é "o empresário de Londres", leva a mão à boca, tentando esconder uma risadinha.

— Frank Johnson nunca demonstrou ter raiva de mim, nem sequer uma única vez, apesar de saber que eu dormi com a esposa dele — diz Gabriel, calmamente. — Jimmy era instável e propenso a explosões de raiva. Mas Frank não, pelo menos eu nunca o vi agir dessa forma.

Frank olha fixamente para a frente, como fez a manhã toda. Se fosse um jogador de pôquer, ganharia todas as mãos. Seu rosto é inescrutável, desprovido de sentimento. Mas eu sei, melhor do que ninguém, o quanto ele sente falta do irmão, o quanto lamentou sua morte, os soluços angustiantes que saíam de seu peito no meio da noite, por mais que ele tentasse disfarçá-los. Frank, que em todos esses anos desde que o conheço quase nunca vi chorar, derramou um rio de lágrimas por Jimmy. Mas o júri não sabe disso.

— O senhor está pagando os advogados de Frank Johnson, não está?

Gabriel hesita, agora pego de surpresa. Nenhum de nós esperava que essa informação fosse revelada no julgamento.

— Devo repetir a pergunta?

Gabriel balança a cabeça, irritado.

— Eu tenho condições de pagar. E os Johnson não têm.

— Muito generoso de sua parte, tenho certeza — afirma o sr. Glossop em seu tom meloso. Ele se vira mais uma vez para o júri. — Ouvi dizer que essas despesas podem ser bem caras.

Mais risadas, o júri está se divertindo. É um momento de alívio da dura realidade de um julgamento de assassinato.

— Eu me pergunto: não há outra motivação para fazer isso? O senhor disse ao tribunal que amava Beth Johnson, a esposa do réu, e sempre amou. É justo dizer que o senhor preza pelos interesses dela?

— Sim. Não. Não da maneira como o senhor insinua.

— Creio que o senhor não faz ideia de que tipo de homem Frank Johnson é, já que mal o conheceu. Seu relacionamento era com a *esposa* dele. Um relacionamento muito *íntimo*. Parece improvável que Frank Johnson quisesse passar um único segundo na *sua* companhia.

O júri está sorrindo novamente, pronto para mais sarcasmo, mais performance. Mas agora Donald Glossop dá a brusca reviravolta pela qual é famoso, aumentando o tom de voz, quase gritando.

— Acredito que foi a *culpa* que o trouxe aqui hoje, sr. Wolfe. Culpa por seu caso com Beth Johnson ter sido um lamentável catalisador da morte de Jimmy Johnson.

— Não consigo entender de que forma meu relacionamento com Beth tem alguma relevância para este caso. Fui chamado para testemunhar por ter sido uma das últimas pessoas a ver Jimmy Johnson com vida.

Gabriel diz isso num tom incisivo. Para o tribunal, ele provavelmente só está demonstrando impaciência. Um homem tentando parecer irritado. Mas tudo o que ouço é a desolação de Gabriel, a discreta alteração em sua voz quando ele pronuncia meu nome.

— Exatamente. E é a veracidade do seu testemunho que eu agora questiono. Alguns momentos atrás, o senhor prontamente admitiu ser um mentiroso. Não acredito que possamos confiar em uma única palavra do que o senhor está dizendo.

Ele se permite uma derradeira e significativa pausa antes de encerrar sua arguição em um tom entediado e cansado, como se Gabriel não passasse de uma perda de tempo.

— Não tenho mais perguntas para a testemunha, meritíssimo.

# 1968

Quando a data do julgamento foi marcada, Eleanor veio ficar conosco na fazenda. Por ser advogada, ela já tinha ido ao tribunal centenas de vezes e conhecia os procedimentos. Noite após noite, instalados junto à lareira, Eleanor nos explicava o que aconteceria. Ela nos dizia quem era quem e nos mostrava onde cada um se sentaria, desenhando um mapa do tribunal com cruzes para marcar o lugar de cada pessoa.

— O meirinho se senta aqui — dizia ela, brandindo sua caneta hidrográfica. — Esta é a bancada da imprensa, vai estar lotada quando chegar a vez de Gabriel testemunhar.

Eu me lembro de olhar para seu esboço do banco dos réus, com uma etiqueta sombria — FRANK —, e pensar: *Isso não pode estar acontecendo. Não com a gente.*

Eleanor simulou o interrogatório de Frank, instruindo-o minuto a minuto, até que ele implorou por uma pausa. Ela foi implacável.

— Eu sei que é doloroso pensar nisso, Frank. Mas vai doer muito mais quando você estiver enfrentando Donald Glossop no tribunal. Acredite em mim, ele é tão cruel quanto um cachorro raivoso. Você tem que ser perfeito.

Quantas vezes ela o fez repassar aquela última cena fatídica? Jimmy, enlouquecido pela bebida, ofendendo Frank enquanto ele tentava arrancar a espingarda das mãos dele. Uma briga entre irmãos que terminou em morte.

A grande questão é: será que Frank, após as provocações e os insultos de Jimmy, teve a intenção de ferir o irmão, ou seja, o assassinou? Ou foi, como Frank afirma, um ato de legítima defesa que terminou em uma tragédia devastadora?

Robert Miles, nosso advogado de defesa, era jovem para já atuar nos tribunais. Ele está na casa dos quarenta anos, é magro e de aparência saudável, uma antítese quase exata de seu oponente. Imagino Robert correndo ao longo do Tâmisa ao nascer do sol enquanto Donald Glossop dorme até mais tarde para se recuperar de outra noitada regada a vinho do Porto e queijo Stilton. Robert é gracioso, elegante, cortês; já o promotor público da Coroa tem o corpo de um jogador de rúgbi e a postura arrogante e agressiva.

Antes de contratar Robert, Gabriel falou com todos os seus conhecidos no mundo jurídico, e consultou também amigos de amigos, pais de amigos, tios, namorados, irmãos. O nome de Robert foi o mais citado.

Gabriel está visivelmente relaxado enquanto aguarda a inquirição. Afinal, Robert está na folha de pagamento. E a provação de Gabriel está quase no fim.

— Não vejo razão para repassar novamente os detalhes do seu relacionamento com a sra. Johnson — diz Robert. — Estou muito mais interessado em saber sobre o comportamento de Jimmy no período que o senhor passou com ele, tanto no jardim de sua casa quanto no trajeto de carro até a fazenda.

— Ele estava hostil. Cheio de rancor. Mas também em um estágio de embriaguez em que suas palavras já não faziam muito sentido.

— Mas o senhor se sentiu ameaçado por ele?

Gabriel faz uma pausa, e Robert rapidamente acrescenta:

— Um homem embriagado e vingativo munido de uma espingarda pode representar uma ameaça muito séria, eu imagino?

Ele poderia muito bem ter dito: *Esta é sua chance de armar o cenário de legítima defesa, lembra?*

— Sim, eu senti que estávamos em uma situação muito perigosa. Jimmy atirou na janela da nossa cozinha. Qualquer um de nós poderia ter se machucado. É por isso que eu queria Jimmy e sua espingarda bem longe da minha casa. Eu precisava manter meu filho seguro. Qualquer pai pensaria a mesma coisa.

— De início, o senhor conseguiu acalmar Jimmy assegurando a ele que seu relacionamento com Beth tinha acabado. Ele ainda estava calmo quando o senhor o levou para casa?

Dessa vez, Gabriel morde a isca.

— A princípio, sim. Ele parecia completamente exausto com a história toda. No entanto, conforme nos aproximamos da fazenda, era como se ele tivesse esquecido o que eu lhe disse sobre mim e Beth. Ele recomeçou a fazer as mesmas ameaças. Estava violento de novo, sem dúvida.

Eu olho para Frank no banco dos réus, vejo a dor perpassar seu rosto, embora duvide que alguém mais tenha notado. Jimmy foi um sacrifício necessário para tornar nossa história convincente.

— Pelo visto, Frank teve que lidar com a agressividade do irmão depois que entrou na casa, não? — pergunta Robert, mas, antes que Gabriel possa responder, Donald Glossop se levanta de um salto.

— Isso é conjectura, meritíssimo! O sr. Wolfe não teria como saber o que aconteceu dentro da casa, ou mesmo qual era o temperamento de Jimmy Johnson naqueles momentos finais.

O meritíssimo juiz Miskin — conselheiro da Coroa, para dar a ele seu título completo — levanta a mão para validar, num gesto cansado, a objeção do promotor. Deve ser exaustivo mediar as constantes disputas entre advogados, é como supervisionar uma briga de crianças no parquinho sem término à vista.

Robert pede desculpas ao juiz e continua:

— Sr. Wolfe, além do irmão de Jimmy Johnson, o senhor foi a última pessoa a vê-lo com vida. O senhor achava que, na noite de 28 de setembro, Jimmy representava um perigo para si mesmo e para os outros?

— Eu tinha plena convicção disso. Ele estava bêbado, tinha nas mãos uma arma letal e estava disposto a causar danos.

\* \* \*

Gabriel é uma testemunha-chave, e um dos termos da condicional de Frank era que os dois não deveriam se encontrar antes do julgamento. Porém, naqueles primeiros e terríveis dias, a ideia de nunca mais encontrar Gabriel parecia impossível. Havia tanto que ainda precisávamos dizer um para o outro. Uma manhã, quando Frank estava na fazenda, liguei para ele e perguntei se poderíamos nos encontrar.

— Mas onde? — perguntou ele. — Se alguém nos vir...

Contei a ele sobre um lugar onde Bobby e eu costumávamos brincar de esconde-esconde, um campo no meio do caminho entre Meadowlands e a Fazenda Blakely que tinha uma enorme castanheira-espanhola em uma das pontas. Bobby e eu amávamos aquela árvore quase tanto quanto o velho carvalho da fazenda. Eu levava livros de histórias e uma pequena cesta de piquenique, e passávamos algumas horas lá, lendo sobre Pedro Coelho ou cavando a terra em busca de minhocas, uma das atividades favoritas de Bobby.

Cheguei à árvore antes de Gabriel e o esperei. Era um dia claro e frio. Eu queria ser qualquer pessoa, menos eu mesma. E que Gabriel fosse qualquer pessoa, menos ele. Eu não sabia dizer se a ansiedade que corria dentro de mim era porque eu o veria novamente ou por causa de tudo que precisava dizer a ele.

— Achei você — disse Gabriel, aparecendo atrás da árvore, alguns minutos depois.

Foi como ter um pequeno ataque cardíaco só de olhar para ele.

Ele havia perdido peso, estava com olheiras e sulcos profundos nas bochechas. Mas ainda era o lindo garoto por quem muito tempo antes eu tinha me apaixonado.

— Beth — disse ele.

E durante um minuto não falou mais nada, apenas meu nome. Depois ele se juntou a mim, suas costas contra a árvore, nós dois fitando o longo trecho de grama encharcada. Já era início de novembro, fazia semanas que não nos víamos, desde aquela noite terrível.

Perguntei a Gabriel sobre Leo, e ele me disse que o filho estava tendo pesadelos, outra flecha de culpa para me envenenar. Pensei no pequeno Leo trêmulo ao meu lado quando nos abrigamos debaixo da mesa, o cheiro de seu medo em minhas narinas. Um garoto que acreditava que o pai estava prestes a levar um tiro. Tínhamos muitos motivos para nos culpar, Gabriel e eu.

— Como está o Frank? — perguntou Gabriel.

Como eu poderia descrever o homem devastado que meu marido tinha se tornado?

— Ele está muito mal — sussurrei.

Gabriel segurou minha mão.

— Eu sinto muito. Sinto muito por tudo.

— Eu sei que você sente. Eu também sinto muito. Eu me culpo por tudo isso.

— Eu diria pra você não se culpar, mas eu estou fazendo exatamente a mesma coisa. Será assim pra sempre.

Passamos um minuto em silêncio, absortos em nossos próprios pensamentos. Eu estava pensando em Gabriel e no fato de ele ser uma das únicas pessoas que eu conhecia que sempre admitia quando as coisas estavam erradas ou ruins, sem tentar amenizar ou transferir a culpa. Isso é raro, eu acho. A maioria das pessoas prefere aplacar a culpa com clichês e banalidades sem sentido, e isso não ajuda em nada.

Depois de anos, eu aprendi que o que ajuda é assumir a responsabilidade pelas coisas que fiz. Prestar contas por meus atos, eu acho.

— Eu me arrependo tanto do que aconteceu, e queria, mais do que tudo, poder mudar a situação — digo. — Mas nunca vou esquecer o tempo que você e eu passamos juntos.

— Parece tão definitivo quando você diz assim.

— Eu sempre vou amar você, Gabriel.

— Na verdade, por favor, não diga mais nada. Eu não sei se quero ouvir isso.

— Mas eu preciso dizer. Por mim. Pelo Frank. Eu sinto muito. — Eu me senti mal por fazer Gabriel ouvir aquilo. Mas esse era o meu jeito agora. — Eu amei você por tanto tempo, e sei que se certas coisas não tivessem dado errado naquela época nós ainda estaríamos juntos. Estar com você foi tudo pra mim. Eu me apaixonei por você de novo. Dizem que não é possível amar duas pessoas ao mesmo tempo, mas é possível, sim, e eu amo. Eu amo você. E eu amo o Frank. Mas é com o Frank que eu tenho que ficar. Mesmo que o Jimmy não tivesse morrido, eu ainda teria escolhido o Frank. É a nossa história. Tudo o que passamos juntos. O Frank precisa de mim. E eu preciso do Frank. Eu sei que, com o tempo, você vai encontrar isso com outra pessoa. Fico muito triste que não possa ser eu. Você é um homem bom, Gabriel. Você realmente é.

Eu apertei com força a mão dele. Nós dois continuamos olhando para a frente.

— Você acha que eu vou conseguir te superar e seguir em frente assim, com tanta facilidade? Eu não sei viver sem você. Eu nunca soube.

— Vai ficar mais fácil. Com o tempo. Você e eu sabemos disso.

— Eu queria que tivéssemos tido mais tempo. Eu queria que você ainda estivesse comigo.

— Você merece alguém muito melhor.

— Isso eu é que vou decidir.

Havia leveza em sua voz, e nós nos viramos para encarar um ao outro pela primeira vez. Ambos sorrimos.

— Acho que eu já vou embora — disse ele.

— Tudo bem.

Gabriel soltou minha mão, que, sem seu aperto quente, ficou pendendo, mole e fria, ao lado do meu corpo.

— Não vou dizer adeus — avisou.

— Vamos combinar de nunca dizer isso.

Fiquei lá, encostada na velha castanheira, olhos fechados para o brilhante sol do inverno, ouvindo o som de seus passos se afastarem em direção à estrada.

Eleanor me alertou que haveria uma multidão do lado de fora do tribunal, mas, mesmo assim, é espantosa a quantidade de fotógrafos à espera de Gabriel. Vinte, trinta? Parece haver uma centena deles, acotovelando-se e se espremendo em busca da melhor foto; a qualquer momento, um deles certamente cairá.

— Beth! Beth! Aqui!

— Não olhe — diz Eleanor baixinho. — Olhe para a frente.

Mas Gabriel está logo ali, talvez a não mais de um ou dois metros de distância de nós. Eu poderia estender a mão e tocá-lo, se quisesse. E, de certa forma, eu quero. Anseio pela chance de dizer: *Obrigada. Você fez tudo o que podia. Sei que fez por mim.*

— Gabriel, olhe, a Beth está bem atrás de você!

Instintivamente, Gabriel se vira.

Leva um momento, cinco segundos, talvez dez, antes que ele recobre os sentidos. Ele e eu, mais ninguém; o resto do mundo, o alvoroço, os flashes, a gritaria, minha irmã ao meu lado — tudo simplesmente desaparece feito fumaça.

Por esse minúsculo lampejo de tempo, eu absorvo a visão dele. E acho que ele faz o mesmo. Nenhum sorriso ou meneio da cabeça, não há necessidade. Nossos olhos falam por nós. *É você.*

Quando Gabriel se vira, um repórter o cerca. Ele é alto, como Gabriel, seus rostos estão a apenas alguns centímetros de distância. Gabriel usa a palma da mão para empurrar o peito do homem, que cambaleia.

— Cai fora. Eu já disse, sem comentários.

A voz dele é pura raiva, eu nunca o tinha ouvido falar assim.

— Você ainda a ama? — grita alguém, mas Gabriel avista um táxi vazio do outro lado da rua.

Eu o observo enquanto ele atravessa velozmente a rua, um dos braços estendido fazendo sinal para o táxi. Ele abre a porta com força, pula para dentro e vai embora.

— Os piores que eu já vi — diz Eleanor, enquanto dobramos a esquina, andando tão rápido que eu fico sem fôlego. — Mas eles não conseguiram nada. Não se preocupe.

Ela está errada, é claro. Eles são bons no que fazem, esses fotógrafos, prontos para agir rápido. A foto que vai sair em todos os jornais no dia seguinte é o registro daquele rápido momento em que Gabriel e eu nos entreolhamos.

Eu pensei que estávamos inexpressivos, nós dois, mas não é o que parece nas fotos.

"O olhar do amor?", pergunta a manchete do *The Mirror*. Já o *The Sun* é mais preciso com suas duas únicas palavras: "Corações partidos". Até o *The Daily Telegraph* dá seu próprio toque à nossa história de amor, citando literalmente o depoimento de Gabriel: "Eu sabia que era errado... Mas eu a amava... Eu sempre amei."

As câmeras captaram algo que eu nem sequer me dei conta de que estava sentindo, mas que fica evidente no meu olhar: pareço feliz em vê-lo. Isso deveria ser surpresa? Estamos envolvidos neste caso exatamente da mesma forma, a vergonha que sinto reflete a dele, nós dois sabemos como é se sentir responsável por uma morte. Não Frank, o homem que está no banco dos réus.

A expressão de Gabriel é diferente da minha. Tudo o que se vê enquanto ele olha para mim, mesmo que por alguns ínfimos segundos, é sua tristeza.

Eleanor e eu desenvolvemos um ritual para quando retornamos ao seu apartamento arejado e iluminado em Parson's Green no final de cada dia. Tiramos os sapatos, desabamos no sofá e discutimos sobre de quem é a vez de preparar o chá. Se eu fechar os olhos, consigo visualizar quase exatamente as meninas que um dia já fomos.

Quando éramos adolescentes, chegávamos da escola antes de nossos pais voltarem do trabalho. Fazíamos um bule de chá e várias rodadas de torrada quente com manteiga — que sempre queimávamos — e tocávamos nosso disco favorito no gramofone. Nossas obsessões mudavam mensalmente — Little Richard, Bing Crosby, Doris Day, Frank Sinatra, amávamos todos eles. Toda vez que ouço "Sisters", de Rosemary Clooney, sou transportada de volta à inocência daqueles dias. Eleanor e eu sabíamos de cor a letra dessa música, e sempre a apresentávamos para nossos pais assim que eles chegavam em casa, enrolando nosso cabelo com o dedo e executando giros sincronizados enquanto cantávamos sobre devoção entre irmãs.

Agora tomamos nosso chá em silêncio, sentindo o peso do dia escapar de nós. Quase sempre eu me sinto exausta demais para falar. Imagino Frank em sua cela na penitenciária, deitado em um colchão fino, encarando o teto. Ele não me deixou visitá-lo na prisão, disse que seria mais fácil suportar se soubesse que eu não o tinha visto lá.

Eleanor foi visitá-lo uma vez, sem avisá-lo.

— Como é lá? — perguntei a ela.

Eu sabia que minha irmã não tentaria amenizar a verdade, não é do feitio dela.

— Como você imagina, só que dez vezes pior — disse ela.

— E o Frank? Como ele está?

— Como você imagina, só que dez vezes pior. Conformado. Abatido.

Amanhã Frank estará no banco das testemunhas. Um começo tranquilo, com Robert encabeçando o interrogatório, mas mesmo assim não consigo pensar em mais nada. Os dias passam sem que eu consiga falar com ele, tocá-lo, dizer que o amo, tranquilizá-lo de que, não importa o que aconteça, ficaremos bem. Isso é verdade? Nem Frank nem eu queríamos pensar na possibilidade de ele ser considerado culpado. Se o júri decidir que foi assassinato, meu marido receberá uma sentença de prisão de trinta anos, e ele não poderá solicitar liberdade condicional antes de cumprir pelo menos dez. Não consigo imaginar Frank vivendo em uma minúscula cela de presídio por anos, seu único exercício físico sendo um passeio diário pelo pátio. Um homem que passou a vida inteira ao ar livre. O que isso faria com ele? Como ele lidaria com essa situação? Como eu lidaria?

— Mesmo que a promotoria esteja mirando em assassinato, a opção de homicídio culposo na acusação faz com que o caso pareça fraco — me explica Eleanor. — Eles estão sendo cautelosos, não querem se arriscar. A verdade é que eles não têm elementos suficientes para prender o Frank.

Todas as noites ela me diz a mesma coisa.

— Tenha fé. Vai ficar tudo bem.

Todas as noites eu me esforço ao máximo para acreditar nela.

Nos últimos dias eu vi muita gente prestando juramentos solenes, mas é diferente quando seu marido está no banco das testemunhas. Eu vejo Frank colocar a mão na Bíblia, ouço o timbre e o tom de sua voz enquanto ele promete contar toda a verdade e nada além da verdade. Ele parece confiante. Nas últimas duas semanas, Robert o preparou para a audiência de defesa; Frank sabe que não haverá perguntas-surpresa. É com o interrogatório da promotoria que precisamos nos preocupar.

— Sr. Johnson, poderia descrever para todos os presentes no tribunal os eventos que levaram à morte de Jimmy na noite de 28 de setembro?

— Meu irmão tinha um problema com bebida — começa Frank, e por um segundo a sala do tribunal gira.

É algo que eu nunca esperaria que ele dissesse. Este é o novo Frank, a pessoa que ele se tornou durante seus meses de reflexão.

— Não era frequente. Ele conseguia se manter sóbrio por bastante tempo, e então alguma coisa desencadeava a bebedeira. Percebi que ele tinha piorado de novo, mas ignorei. Acho que eu estava tentando enganar a mim mesmo dizendo que o Jimmy estava bem. Na noite em que descobriu que minha esposa vinha tendo um caso com outro homem, ele estava no pub. Voltou furioso para casa e acordou Beth e a mim, gritando "É verdade?". Eu disse a ele que era, e Jimmy ficou arrasado.

Não importa quantas vezes eu ouça isso, nunca fica mais fácil de suportar. Jimmy está morto, a culpa é minha, e nada nunca vai mudar isso.

— O Jimmy queria saber o que eu faria. Como eu me vingaria do Gabriel. Eu disse a ele que não faria nada. Por mim, Beth e Gabriel poderiam continuar juntos. Foi isso que o deixou irritado.

— Por que se sentiu assim, sr. Johnson? Sua esposa vinha tendo um caso extraconjugal e o senhor estava contente em deixar isso continuar?

— Se isso a deixava feliz, eu queria que ela continuasse. Porque eu tinha a sensação de que havia arruinado a vida dela. Eu tirei dela a pessoa que ela mais amava. E, sem essa pessoa, a vida dela se tornou difícil demais.

A voz de Robert é baixa, suave.

— O senhor está se referindo a seu filho, Bobby, não é, sr. Johnson? O menino que morreu em um acidente quando derrubavam uma árvore, há três anos.

Agora o rosto de Frank se contorce de dor.

— Sim. A Beth me fez prometer que eu ficaria de olho no Bobby e o manteria seguro quando o carvalho caísse. — A voz dele desaparece, ele é incapaz de continuar.

Silêncio absoluto no tribunal; não se ouve nem uma tosse ou um farfalhar de papel, todos os olhos cravados no homem que luta contra sua emoção no banco das testemunhas.

— Eu sabia que era perigoso, e ainda assim não fiquei de olho nele. Eu estava muito envolvido no trabalho, sabe? Disse ao Bobby para ficar em um lugar seguro, mas ele não me obedeceu. Bem, ele tinha nove anos. E quando a árvore caiu, ele... Bobby... ficou no caminho.

Vejo várias juradas enxugando os olhos. Talvez elas próprias sejam mães. Conseguem imaginar a dor da perda, o fardo da culpa de Frank. Como isso seria capaz de destruir um casamento, uma vida. Nosso casamento, nossa vida.

Robert se permite uma longa pausa, tempo para Frank se recuperar, antes de retomar a inquirição.

— Sr. Johnson, vamos passar agora para o momento do tiro. Devo lhe perguntar isso porque meu colega tocará nesse ponto muitas vezes em seu interrogatório. O senhor alega que o acidente foi legítima defesa. O senhor estava tentando se proteger, e também a seu irmão.

— Sim. Meu irmão estava bêbado demais para manusear a arma. Eu queria tirá-la dele.

— Inicialmente o senhor disse à polícia que ambos estavam segurando a arma em uma espécie de disputa, e foi quando a arma disparou. É isso mesmo?

— Sim.

— E o senhor julgou que ela disparou à queima-roupa?

— Sim. Mas a coisa toda aconteceu tão rápido que eu não tinha certeza.

— O relatório de patologia determinou que Jimmy foi baleado a certa distância. Nesse ponto, o senhor disse à polícia que ambos cambalearam para trás quando a arma disparou. Pode parecer que o senhor mudou sua versão da história a fim de fazer com que ela batesse com as novas evidências.

— Tudo aconteceu em uma fração de segundo. Eu estava em choque total. Meu irmão sangrando no chão, eu ajoelhado ao lado dele, pressionando a mão contra seu ferimento, tentando estancar o sangue... mas eu sabia, mesmo assim...

Agora Frank desata a chorar. Meu coração se despedaça enquanto o observo aos prantos. Uma vez perguntei a ele, no meio da noite, quando nenhum de nós conseguia dormir: *Vale a pena?* Não precisei dizer mais nada, ele sabia a que eu me referia. Havia algum sentido em nós dois continuarmos juntos? Por que deveríamos nos dar ao trabalho? Tínhamos perdido todas as pessoas que mais amávamos.

Frank pensou por um longo tempo antes de me responder:

— Somos guardiões, você e eu, de algo ainda maior do que a família. Temos que preservar a terra para o futuro. O que aconteceria com ela se não estivéssemos aqui?

O juiz Miskin se inclina para a frente.

— Precisa de um intervalo, sr. Johnson? O tribunal entende que isso é difícil para o senhor.

Frank balança a cabeça.

— Eu gostaria de continuar, por favor, meritíssimo. Respondendo à pergunta: se eu me confundi com os fatos, é porque minha mente ficou em branco no momento, e depois foi complicado me lembrar exatamente de como tudo aconteceu.

Robert diz:

— Em seu depoimento à polícia, o senhor afirmou que seu irmão o estava provocando e ofendendo. Ele chamou sua esposa de alguns termos bastante desagradáveis, que não precisamos repetir aqui. Devo perguntar: isso o enfureceu?

— Na verdade, não. Eu sabia que não era o que ele pensava de fato. De qualquer forma, na manhã seguinte ele não se lembraria de nada. Eu sabia o quanto o Jimmy amava a Beth, ele a considerava uma irmã.

— O senhor teve a intenção de machucar seu irmão naquela noite, sr. Johnson?

— Não. Eu estava tentando proteger nós dois. Durante toda a minha vida, eu só quis manter meu irmão são e salvo.

Finalmente, chegamos ao ponto crucial do julgamento — o interrogatório do réu pela promotoria. Meu marido sob ataque, nenhuma maneira de ajudá-lo. O júri observando atentamente qualquer mudança em sua voz, sua expressão. Muito em breve ele será considerado culpado ou inocente. E esses minutos importam mais do que quaisquer outros.

— Sr. Johnson. — Donald Glossop começa em um tom leve e informal. — Quando o senhor aprendeu a atirar?

Frank fica surpreso com a pergunta, posso ver pela maneira como ele hesita. Ele olha para Robert no banco dos advogados, tentando descobrir a melhor forma de responder.

— Permita-me simplificar a pergunta. Tendo crescido em uma fazenda, presumo que o senhor tenha aprendido a caçar bem novo, certo?

— Por volta dos seis ou sete anos, eu acho.

— E foi uma habilidade que o senhor passou para seu filho?

— Meu pai ensinou o Bobby a atirar.

— Em uma idade semelhante, por volta de seis ou sete anos?

— Sim.

— Seria justo dizer, então, que armas de fogo eram parte integrante e indispensável da vida na fazenda?

— Sim.

O *sim* de Frank é cauteloso. Ele sabe que uma armadilha está a caminho, mas não consegue reconhecer de que se trata.

— Armas que são deixadas carregadas na varanda, na cozinha, na sala de ordenha, nos estábulos das ovelhas. Um arsenal inteiro de armas, na verdade, e nenhuma delas era mantida trancada por razões de segurança.

Robert se levanta de um salto, mas, antes que ele possa intervir, o juiz se manifesta:

— Não estamos aqui para falar sobre cuidados com armas de fogo, sr. Glossop. Aonde o senhor pretende chegar?

— Estou tentando traçar um cenário, meritíssimo. Sr. Johnson, quantas vezes acha que já disparou uma arma de fogo na vida? Cinco mil? Dez mil? Digamos que sejam incontáveis vezes. Como é possível, então, que o senhor não soubesse de quem era o dedo que estava no gatilho no momento em que a arma que ambos seguravam matou seu irmão?

Por um segundo, Frank não reage, sem saber ao certo se Donald Glossop está fazendo uma pergunta ou uma afirmação.

— Eu sei que agarrei o cano da arma. Acredito que um puxão violento de um dos dois fez a arma disparar acidentalmente.
— O senhor é um mentiroso, sr. Johnson?
— Não. Não sou.
— No entanto, o senhor alterou sua história assim que o relatório de patologia chegou, não é mesmo? O senhor *inventou* um cenário em que talvez tenha cambaleado.

Eu odeio esse homem. Por causa de seu sarcasmo afetado e charmoso, pelas aspas que se ouvem em seu discurso.

— Nós dois estávamos segurando o cano da arma, é disso que eu me lembro. E então ela disparou.
— Sim, sim. — Agora o promotor é desdenhoso. — Foi o que ouvimos. O senhor estava furioso com seu irmão, não estava?
— Não.
— Ele humilhou o senhor.
— Não.
— Ele sabia qual era o seu calcanhar de aquiles, não sabia? — Donald Glossop se vira para o júri. Ele está de costas para mim, mas ouço o sorriso em sua voz. — Nossos irmãos nos conhecem muito bem, não é? Eles sabem exatamente como bater onde dói. — Ele se vira para encarar Frank. — Naquela noite, o seu irmão o insultou, não foi, sr. Johnson?
— O Jimmy estava bêbado. Ele disse um monte de bobagens. Não dei atenção.
— O senhor ama sua esposa, não ama?

Frank parece confuso, assim como eu, com a mudança de rumo.

— Amo.
— O senhor a ama há muito tempo. Há quanto tempo, exatamente?
— Desde que eu tinha treze anos.
— *Treze.* — Donald Glossop suaviza a voz, está acionando o modo bajulador, sedutor. Ele não me engana. — E, pelo que o

tribunal ouviu, o senhor continuou a amá-la em alguns momentos bem difíceis. Quando ela o culpou pelo acidente que matou o seu filho. Quando ela admitiu que estava tendo um caso com Gabriel Wolfe. Mas nada abalou seu amor por ela, certo?
— Certo.
A voz de Frank é baixa. Ele está se preparando. Ele já viu o suficiente da performance de Donald Glossop, as rápidas mudanças de humor, para saber que algo cruel está por vir.
— Quando Jimmy insultou Beth, o senhor ficou furioso, não foi?
— Não.
— Ele a ofendeu, e o senhor ficou irritado.
— Não.
— Ele não era agressivo? — Donald Glossop consulta as anotações em sua mão, mas posso ver que é pura performance. Ele não perde tempo para lê-las. — De acordo com o depoimento que o senhor prestou à polícia, ele a chamou de vagabunda. Eu diria que é uma palavra bem agressiva, não concorda?
O termo chocante ecoa, reverberando pelo Tribunal Sete.
Eu observo atentamente o júri enquanto Donald Glossop se aquece para desferir o golpe final. A mulher de óculos azul-neon aperta os lábios numa fina linha de desaprovação. O empresário de Londres franze a testa ao ouvir a palavra ofensiva. Até o rapaz na primeira fila, com seu cabelo comprido meio hippie e camisa esvoaçante, parece chocado.
— Ele chamou sua esposa de *vagabunda*, e o senhor perdeu a cabeça, não foi?
— Não.
— O senhor estava furioso quando pegou a arma, não foi?
— Não. Não foi assim que aconteceu.
— O senhor pegou a arma e atirou no seu irmão, não foi, sr. Johnson? Foi o seu dedo no gatilho, não foi? O instinto de um caçador, todos aqueles anos atirando em criaturas indefesas. O senhor fez isso sem pensar.

— Não.
Donald Glossop levanta a voz e agora fala com gritos teatrais.

— O senhor matou seu irmão, não matou, sr. Johnson? O senhor estava furioso e atirou nele!

— Não. Não, pela última vez, NÃO! — A voz de Frank está muito alta, muito tensa, um homem que caiu na provocação. Exatamente como a promotoria pretendia.

Vejo o júri observar Frank, absorvendo essa primeira rachadura em sua armadura, um vislumbre da raiva que está escondida dentro dele. Donald Glossop retorna a seu lugar, deixando atrás de si um silêncio aturdido e os danos que aquela acusação deixou.

Este julgamento tem sido uma questão de performance, não fatos. Donald Glossop é tão empolgante quanto qualquer ator shakespeariano — ele é Hamlet, Macbeth e Rei Lear ao mesmo tempo —, manipulando seu público para acreditar em seu discurso.

Eu sabia que ele era bom. Mas, na inquirição, ele é brilhante. Meu receio é que seja imbatível.

Estamos de volta ao tribunal, meus pais, minha irmã e eu, esperando o início dos discursos de encerramento. Minha mãe, Eleanor e eu assistimos ao massacre sofrido por meu pai no banco das testemunhas enquanto ele defendia o caráter de Frank. Nunca me senti tão orgulhosa do meu pai, nem mais devastada. Ele me disse que era o mínimo que podia fazer, que não era nada. Não foi o que pareceu. Assim que o interrogatório da acusação terminou, tive a impressão de que seu coração havia sido arrancado do peito.

O juiz faz um anúncio.

— A defesa solicitou permissão para trazer uma última testemunha de caráter ao tribunal, e eu decidi concedê-la.

— Que estranho — sussurra Eleanor. — Deve ter sido realmente de última hora, ou Robert teria dito algo ontem.

Eleanor e Robert conversam ao telefone todas as noites. Ele lhe conta como Frank está — "Muito bem, considerando tudo" — e o que achou das audiências do dia.

"As perspectivas são boas", disse ele ontem à noite. "Foi um dia difícil para Frank, mas isso já era previsível. Ele lidou bem com a situação."

Estou observando Frank no banco dos réus quando o juiz Miskin diz:

— Está pronto para convocar sua testemunha, sr. Miles?

Vejo o rosto de Frank franzir quando Nina se aproxima do banco das testemunhas. A última vez que vi Nina foi no funeral de Jimmy, quando não trocamos uma única palavra, nem mesmo um olhar de relance. Os pais dela deixaram claro que Nina não queria mais nada comigo — nem com Frank. Era justo, era o que eu esperava, era o que eu merecia, mas como senti falta dela... Quanta força foi necessária para respeitar seu desejo, não ligar para ela e pedir desculpa, desculpa, desculpa. Todas as desculpas do mundo nunca seriam suficientes, eu sei disso.

Eu a encaro com um olhar faminto enquanto ela faz seu juramento; quando eu olho novamente para Frank, vejo que ele também está feliz em vê-la, essa mulher que nós dois amamos tanto desde o dia em que a conhecemos.

— Sra. Johnson — começa Robert, e isso me deixa atordoada. Seu nome de casada, o mesmo que o meu. As mulheres Johnson que deveríamos ser. Ah, se pelo menos...

— A senhora decidiu ontem à noite se apresentar como testemunha de caráter do réu. Por quê?

Vejo Nina olhar para Frank no banco dos réus, por um ou dois segundos, não mais do que isso. Duvido que ela realmente o veja.

— Eu venho acompanhando o julgamento pelos jornais. E senti algo muito forte, de uma forma que eu não pude mais ignorar — Nina começa a falar com confiança, sua voz cristalina e vigorosa. Agora ela faz uma pausa para se recompor. — Eu senti que o Jimmy, meu marido, gostaria que eu falasse em nome do irmão dele. Na verdade, eu sei que ele faria isso. E eu não conseguiria viver comigo mesma se não o fizesse.

— Obrigado, sra. Johnson. Aceite meus cumprimentos por sua coragem. Não deve ter sido uma decisão fácil.

Nina meneia ligeiramente a cabeça, um breve e brusco gesto de agradecimento a Robert.

— Como Jimmy estava nos dias que antecederam o tiro? A senhora fazia alguma ideia de que ele teria um colapso da forma como foi descrita no tribunal?

Ela suspira.

— Não exatamente. Estávamos muito felizes. Tivemos o casamento mais maravilhoso do mundo. Estávamos tentando ter um bebê. Tínhamos tudo pela frente. Mas Jimmy estava muito vulnerável, e eu me preocupava com ele. Eu sentia o cheiro de álcool em seu hálito, mesmo quando não havia motivos para ele estar bebendo.

— Seu marido era instável, sra. Johnson?

Percebo que a pergunta abala Nina e vejo que ela se esforça para se manter firme.

— Sim, ele era. Às vezes, muito.

— Qual foi a reação dele quando soube do caso extraconjugal de sua cunhada com Gabriel Wolfe?

— Ele ficou com o coração partido. A princípio, não queria acreditar que era verdade. Nenhum de nós queria. Beth e Frank significavam tudo para nós.

Eu olho para as lágrimas pingando em meus joelhos e a mão que meu pai pousa sobre eles. Não há nada de novo nessa dose diária de vergonha. É uma dor muito particular, descobrir as diferentes maneiras pelas quais consegui machucar cada membro da minha família.

— Ele estava com raiva? — pergunta Robert.

— Sim. Estava transtornado. Com raiva principalmente do Gabriel. Acho que era mais fácil descontar nele. Mas ele ficou zangado com o Frank também, quando percebeu que o irmão não faria nada a respeito. Jimmy não conseguia entender o fato de Frank aceitar aquilo de forma tão passiva.

— Na manhã do tiro, como Jimmy estava?

— Ele estava com uma tremenda ressaca. Provavelmente ainda bêbado. Tinha bebido quase uma garrafa inteira de uísque. Eu a encontrei mais tarde, escondida atrás da geladeira. Não conversamos muito, era cedo ainda. Mas o Jimmy estava obcecado por Gabriel, com a ideia de que alguém precisava dar uma lição nele.

— Foi a última vez que a senhora o viu?

— Sim. — Sua voz soa baixa e sombria no tribunal.

— Eu sei que isso é doloroso, sra. Johnson. Não vou tomar muito mais do seu tempo. A senhora pode contar ao tribunal como soube da morte do seu marido?

— Beth ligou para o pub.

— Ela lhe disse que Jimmy estava morto?

— Ela estava chorando tanto que eu não conseguia entendê-la. Mas ela repetia "Jimmy, Jimmy...", então eu soube. Ela disse que houve um acidente na fazenda. E que o Jimmy estava ferido.

— Essas foram as palavras dela? "Houve um acidente"?

— Sim.

— A senhora ficou surpresa quando se deu conta de que foi um acidente com uma espingarda?

— Na verdade, não. Beth se preocupava com as armas deixadas pela casa, mas isso quando o Bobby estava vivo. Eu estava acostumada.

— Quando soube que Frank Johnson tinha sido detido por assassinato, o que a senhora pensou?

— Que era um absurdo. A coisa mais absurda que eu já ouvi. Não existe uma única pessoa no mundo que amasse Jimmy mais do que Frank, nem mesmo eu.

Finalmente, Nina se vira para encarar Frank. Eles se olham fixamente pela primeira vez em oito meses, um olhar que parece não ter fim, uma linha de emoção conectando o banco das testemunhas e o banco dos réus.

— A senhora acredita que Frank Johnson atirou no seu marido, sra. Johnson?

Nina levanta a cabeça.

— Eu sei que ele não atirou. É impossível isso ter acontecido.

Quando o telefone no apartamento de Eleanor toca às sete em ponto, conforme o combinado, eu tiro o fone do gancho no primeiro toque.

— Esperando ao lado do telefone, não é? — Frank está rindo.

— Frank... — Estou chorando, embora eu tenha prometido a mim mesma que não faria isso.

— Não. Por favor, não.

— Estou com saudade. — Minhas palavras saem num suspiro.

— Também estou.

— Eu te amo.

— Eu também te amo. Você sabe que eu te amo.

Há tanta coisa que eu quero dizer a ele: *Você está bem? E se não conseguirmos sair dessa? O que eu vou fazer? O que você vai fazer?* Mas sei que não é o que ele precisa de mim esta noite. Estamos esperando um veredicto amanhã, nós dois precisamos permanecer fortes.

Temos apenas alguns minutos de ligação, os segundos estão passando em silêncio. Mas é um silêncio repleto de nós dois.

— Nina — diz ele, por fim.

— Eu sei. Foi muita bondade da parte dela.

— E olhar para ela?

— Incrível. Ela foi tão forte.

— Ele... ficaria tão orgulhoso dela.

— É verdade. Ele ficaria mesmo. E de você.

— Não diga isso.

— Ele ficaria, sim.

Ouço Frank tentando recuperar o fôlego e me pergunto quantos homens na prisão choram quando ligam para seus entes queridos. A maioria deles, provavelmente.

— Frank...

— Sim?

Hesito. Há algo que quero dizer a ele, uma suspeita minha, mas e se eu estiver errada?

Alguns meses atrás, tomei uma decisão bastante importante: me livrar do meu diafragma. Eu já tinha terminado as coisas com Gabriel naquela época, e Frank e eu estávamos tentando nos reconstruir aos poucos. Nós tínhamos contado tudo um ao outro, todas as coisas ruins, como se disséssemos: *Isso sou eu, no meu pior e mais feio estado, tem certeza de que é o que você quer?* Quando finalmente fizemos amor, tocando um ao outro, vacilantes, na escuridão, foi quase como a primeira vez. O surpreendente prazer disso, naqueles dias mais sombrios, tornou-se um pequeno fragmento de luz, de esperança. Mas, conforme os meses passavam e minha menstruação chegava, comecei a me desesperar. Eu havia decidido de corpo e alma ter outro bebê, mais por Frank do que por mim, mas comecei a pensar que talvez já fosse tarde demais.

Nos últimos dias, tenho sentido algo, um enjoo que não tem nada a ver com o pavor constante, uma repulsa por certos gostos e cheiros, que me faz lembrar de antes. Mas e se eu estiver apenas imaginando? Eu não suportaria dar esperanças a Frank e depois destruí-las. Não agora, quando nós dois estamos por um fio.

— Eu te amo.

Frank ri.

— Você já disse isso.

— Estou com medo.

— Eu sei. Eu também.

— E se eles descobrirem... — Os bipes começam a soar, no momento perfeito.

— Tempo esgotado. Eu te amo.
— Amanhã — eu digo.
— Amanhã.

A ligação cai, e eu fico parada por um longo tempo, o fone pressionado no ouvido, como se Frank ainda estivesse lá do outro lado.

# O *veredicto*

— Todas as partes no julgamento da Coroa contra Frank Johnson, dirijam-se ao Tribunal Sete.

Estamos esperando um veredicto há quase vinte e quatro horas. Ontem, o juiz Miskin resumiu a essência do caso para o júri. A promotoria pública afirma que Frank Johnson, em um momento de fúria incandescente, foi instigado a atirar em seu irmão. A defesa alega que foi legítima defesa: Frank estava tentando proteger a si mesmo e ao irmão. Segundo o juiz Miskin, para que haja uma condenação por homicídio doloso, o júri deve acreditar, para além de qualquer dúvida razoável, que Frank Johnson teve a intenção de infligir ferimentos graves a seu irmão quando a arma foi disparada. Para uma condenação por homicídio culposo, o júri deve concordar que ocorreu um ato ilícito, ou seja, o uso ilegal da arma que matou o irmão. Se os jurados acreditarem que, no momento em que a arma disparou, Frank a estava segurando, com o dedo no gatilho, isso equivaleria a homicídio culposo.

— Por favor, levem o tempo que precisarem para considerar todas as evidências — o juiz instruiu os jurados. — E devo insistir mais uma vez que desconsiderem a cobertura da imprensa que acompanhou este caso.

Robert nos disse que os júris podem chegar a uma decisão depois de uma hora de deliberação. Muitas vezes é um bom sinal quando isso acontece, ele explicou. À medida que a tarde se arrastava sem o anúncio de um veredicto, fomos nos sentindo cada vez mais desanimados. Estávamos exaustos pela espera e pelos dias de tensão; eu só queria que aquilo tudo acabasse logo.

Agora, com a decisão iminente, meu corpo paralisa. Meus membros se recusam a se mexer. Não consigo raciocinar. Todo o medo e a ansiedade que tentei sufocar irrompem para me esmagar.

— Eu não consigo fazer isso — ofego, com a voz entrecortada.

— Sim, você consegue. — Meu pai coloca um braço em volta dos meus ombros. — O Frank precisa de você lá, agora mais do que nunca.

Minha mãe, do meu outro lado, me pede para olhar para ela.

— Lembre-se, meu amor, estamos aqui. Sempre vamos estar. Você não está sozinha.

— O Frank não é culpado. Ele vai sair daqui como um homem livre — diz Eleanor, em um tom confiante que não me engana. — Você vai ver.

Há um silêncio nauseante no tribunal hoje, o ar pesado de expectativa. Todos ficam quietos, os jornalistas na bancada da imprensa, os advogados, as pessoas que desde as oito horas da manhã fizeram fila para garantir seu lugar na galeria para o último dia do julgamento. Eu observo os rostos ao redor e me pergunto o que os traz aqui. Este drama familiar, um marido e uma esposa cujas vidas foram destruídas não uma, mas duas vezes, pela morte. E com o envolvimento de um famoso escritor. Um caso de amor secreto que se tornou assunto nacional. Quando o julgamento terminar, eles retornarão à sua vida normal e se esquecerão de nós.

Os jurados entram em fila única, um por um, e estou tão tensa que não gritar requer toda a minha força. Examino seus rostos enquanto se sentam. É impressão minha ou eles parecem mais sombrios do que o normal? Estão vestidos com elegância para seu último e mais significativo dia na corte. Um dia em que todo o poder está nas mãos deles. Até o jovem hippie vestiu paletó e gravata. O empresário de Londres, que foi escolhido o primeiro jurado, está usando uma camisa listrada com colarinho branco. A mulher de óculos azul-neon usa um vestido com um grande laço frouxo em cada ombro.

Ninguém, absolutamente ninguém, olha para Frank no banco dos réus. Isso me parece sinistro, como se eles não suportassem olhar para o homem que estão prestes a condenar. Por outro lado, mal olharam para Frank durante todo o julgamento, exceto quando ele estava no banco das testemunhas.

O primeiro jurado se levanta. Meu coração aperta.

— Membros do júri — diz o meirinho em voz alta. — Os senhores chegaram a um veredicto com o qual todos concordam?

— Sim — responde o primeiro jurado.

— Quanto à primeira acusação, a acusação de homicídio doloso, os senhores consideram o réu culpado ou inocente?

A pausa não dura mais que um segundo. Mas você não sabe o quanto um segundo pode parecer longo quando seu marido está sendo acusado de assassinato.

— Inocente.

Eu devia estar prendendo a respiração. O ar sai de mim, numa explosão de alívio. Ao meu lado, Eleanor grita:

— Isso!

Meu pai se vira para mim e diz:

— Graças a Deus, graças a Deus, graças a Deus!

Do jeito que ele fala, suas palavras soam como um encantamento.

Um burburinho de conversas surge da bancada da imprensa.

— Silêncio no tribunal, por favor! — pede o juiz.

O meirinho espera o barulho diminuir antes de retomar a palavra.

— Quanto à segunda acusação, a acusação de homicídio culposo, os senhores consideram o réu culpado ou inocente?

Outro fragmento de tempo passa. Dentro dele há vidas, mundos inteiros.

— Culpado.

A palavra é uma pistola disparada dentro do tribunal.

— Não! Nããããão! — grita minha irmã fria e controlada.

Ao meu redor há um rugido de choque, o assombro de Eleanor, do meu pai, da minha mãe, e de todas essas pessoas para quem o veredicto não importa nem um pouco.

Eu me ponho de pé, berrando o nome dele, rechaçando meus pais e minha irmã, que tentam me arrastar de volta para meu assento. Eu me inclino sobre a galeria, meu pai ainda puxando meu pulso, e, finalmente, Frank olha para mim. Ele já está de pé, dois agentes penitenciários de cada lado dele, mas meu marido sustenta meu olhar o máximo que pode. Frank até sorri — como ele consegue fazer isso? — e me dá um único meneio da cabeça antes de ser levado embora.

## *28 de setembro de 1968*

Leo e eu ainda estamos encolhidos de medo sob a mesa quando ouvimos a porta da frente se abrir e passos correndo ao longo do corredor.

São de Gabriel ou de Jimmy?

— Beth! — grita Leo, aterrorizado, e eu o abraço com mais força.

— Está tudo bem — anuncia Gabriel, entrando na cozinha. — Você pode sair, Leo. Vai ficar tudo bem.

Na luz brilhante da cozinha, nós três ficamos parados por um momento, olhando um para o outro.

— Graças a Deus — digo, querendo dizer *Você está vivo*, e Gabriel estende a mão, como fez antes, para tocar meu rosto.

— Vou levar o Jimmy de carro até a fazenda, mas ele só aceita ir se você for também. Acho que ele quer ter certeza de que você voltou pro Frank.

— De jeito nenhum — diz Leo, apertando-se ao meu lado. — Você não vai me abandonar.

— Leo — diz Gabriel —, escute. Eu não vou demorar. Você vai estar seguro aqui, vou trancar a porta.

— Não. Não. Não.

Leo fecha os olhos com força e balança a cabeça para a frente e para trás, para a frente e para trás. Ele está visivelmente trêmulo.

— O Leo pode vir também — digo. — Não podemos deixá-lo sozinho aqui. Eu e ele vamos juntos no banco de trás.

Do lado de fora, Jimmy está encostado no capô do Wolseley azul-claro de Gabriel, seu corpo inteiro inclinado para a esquerda, como se em um segundo pudesse deslizar para o chão.

É tão destoante ver esse fazendeiro todo amarrotado, de rosto vermelho, vestindo roupas do dia anterior, jogado em cima de um carro tão novo e reluzente que parece ter saído direto da concessionária.

— Entre no carro! — diz Gabriel, em tom brusco, um pouco áspero, a voz de um pai irritado.

Jimmy levanta a cabeça e olha para Gabriel.

— Você está falando comigo?

— Estou. Vamos logo com isso, tá legal?

Eu nunca tinha visto esse lado de Gabriel.

— Quem você pensa que é? — A voz de Jimmy está grossa, e sua fala é arrastada, como a de um bêbado de desenho animado. — Vá se foder.

— Eu trouxe a Beth comigo, como você queria. Então, faça um favor a todos nós e entre no carro.

Para minha surpresa, Jimmy obedece. Talvez esteja reagindo ao tom firme, categórico e autoritário de Gabriel; ou talvez só esteja exausto e queira apenas que isso acabe.

Gabriel olha para mim e levanta as sobrancelhas de forma quase imperceptível; ele não esperava que fosse tão fácil. *Já passamos pelo pior*, seu olhar diz.

O trajeto de Meadowlands até a Fazenda Blakely geralmente leva apenas alguns minutos, mas esta noite parece dez vezes mais longo. Jimmy, tombado na frente, não para de repetir a mesma pergunta:

— Por que você fe... fez isso, Beth? Por que você te... teve que fazer isso?

— Eu sinto muito, Jimmy, eu sinto muito.

— Não tá certo. Depois de tudo pelo que você e o Frank passaram. Por que você fez isso?

Não sei como responder, exceto dizendo que o motivo é exatamente tudo pelo que passamos. Eu sei. E Frank sabe. O dia em que Bobby morreu acabou com algo mais do que apenas a vida dele.

Leo está segurando minha mão com tanta força que começa a doer. Ele tem dez anos, ainda é apenas um garotinho, e já viu coisa demais.

— Chegamos! — diz Gabriel, com falsa animação, enquanto entramos em nosso jardim.

A última vez que ele esteve aqui foi para a festa de casamento. Hoje faz uma semana, e é quase impossível acreditar em tudo o que aconteceu desde então. Desde que Jimmy estava no celeiro, com o irmão ao lado dele, observando sua noiva caminhar em sua direção ao longo de um rolo de tapete vermelho.

Gabriel estaciona do lado de fora da casa e eu salto para ajudar Jimmy.

— Aqui. — Eu lhe ofereço uma das mãos.

Jimmy olha para mim com um sorriso preguiçoso e bêbado, os olhos semicerrados.

— Tô cansado agora — diz ele, abaixando a cabeça.

Eu o puxo para mim, mas Jimmy resiste, afundando-se novamente no assento.

— Aqui, deixe que eu ajudo você — diz Gabriel, desligando o motor. Ele se vira para o filho no banco de trás. — Isso vai levar só dois segundos.

Vejo Frank estremecer quando entramos na cozinha, Gabriel e eu, com Jimmy entre nós. É a primeira vez que ele nos vê juntos desde que soube do caso.

— Desperdicei um dia inteiro e metade de uma noite procurando você, seu idiota! — diz ele, virando-se para o irmão. Para Jimmy, a voz de Frank é calorosa e afetuosa. Ele não olha para nós. — Quando você vai parar de me assustar? Você é um homem casado agora. Vai ser pai qualquer dia desses.

— Desculpa — diz Jimmy, caindo nos braços estendidos de Frank e encostando a testa na do irmão.

Por um longo momento, eles se abraçam.

— Já chega disso, tá legal? — diz Frank, em tom suave. — Meu coração não aguenta.

— Vou indo, então — diz Gabriel, e Frank olha para ele pela primeira vez.

— Obrigado por trazê-lo pra casa. — Frank agradece ao homem que estava dormindo com sua esposa. Ele parece tranquilo e realmente grato.

Mas, ao ouvir o irmão, Jimmy desperta. É como se ele tivesse levado um tapa.

— Eu não vou aceitar isso! — diz Jimmy, girando bruscamente para ficar a apenas um passo de Gabriel. Sua voz está estranhamente nítida agora. — *Obrigado* porra nenhuma! — diz ele. — Você arruinou a vida do meu irmão!

— Por favor — tenta argumentar Gabriel. — Não vamos passar por tudo isso de novo. Eu já disse que sinto muito. De verdade.

Eu ouço todo tipo de sentimento na voz de Gabriel: frustração, tristeza, arrependimento. Mas Jimmy registra apenas uma leve nota de desdém, ou pelo menos é o que imagino. Não há como saber o que Jimmy está pensando, ou mesmo se ele está pensando.

Ele estende os braços e agarra o pescoço de Gabriel com suas mãos fortes, como se fosse estrangulá-lo.

Um grito alto e apavorado surge de dentro de mim. Meus nervos estão à flor da pele.

Frank se lança na direção do irmão e berra:

— Jimmy, não!

— Tudo bem, tudo bem, fica com... — diz Jimmy enquanto solta as mãos do pescoço de Gabriel e dá um passo para trás, mas o resto da frase se perde quando a porta se abre de supetão.

É Leo.

Leo com uma espingarda apontada para Jimmy.

Leo, cambaleando para trás com a força do disparo.

Segundos de horror, nada faz sentido. Jimmy caído no chão, em silêncio, imóvel, sangue se acumulando em sua camisa clara. Frank, ajoelhado ao lado dele, a palma da mão pressionada no ferimento de bala, tentando conter os soluços de choro para soprar ar nos pulmões do irmão. Os gritos da criança. Guinchos agudos, repetidas vezes. O rosto branco feito osso com o choque, a espingarda pendurada ao lado do corpo. Gabriel, sem conseguir se mover para reconfortar o menino. É como se tivéssemos sido congelados em algum horrível quadro vivo e, por um momento de torpor, nenhum de nós pudesse se libertar.

— Vou chamar uma ambulância! — grito, recuperando os sentidos.

Mas Frank se ergue do chão. Há sangue em suas mãos e rosto. A manga direita da camisa está encharcada até o cotovelo.

— Ainda não, eu preciso de um minuto pra pensar. Ele se foi. O Jimmy está morto, Beth.

Nesse instante, Leo desata a chorar.

— Eu matei ele? Papai? Eu matei ele?

Gabriel pega o filho nos braços, e Leo enrosca as pernas em volta da cintura do pai como uma criança pequena. Ele enterra o rosto no pescoço de Gabriel.

— Está tudo bem — tenta tranquilizá-lo Gabriel, acariciando as costas do menino.

Mas não está tudo bem. Nunca mais ficará bem.

Frank também está chorando. Lágrimas silenciosas escorrem por seu rosto, mas ele fala com a voz firme:

— Tire o menino daqui — diz para Gabriel.

— Do que você está falando? Temos que chamar a polícia.

— Eu sinto muito... — choraminga Leo. — Eu sinto muito, papai. Eu não queria...

— Beth. — A voz de Frank é cortante. — Tire os dois daqui e vá embora com eles. Eu vou lidar com isto. Vou dizer que foi um acidente.

— Eu não vou deixar você sozinho.

— Vá agora mesmo. Estou falando sério. Você tem que fazer o que eu digo. *Por favor*, Beth! — grita ele, tentando me tirar do meu estupor, e talvez sair do dele.

— Temos que contar a verdade sobre is... — diz Gabriel, mas Frank o interrompe.

— Não. O menino vai acabar no tribunal. Ele tem dez anos, não tem? Eles vão obrigá-lo a se sentar no banco dos réus. É isso que você quer? — Ele olha para o corpo de Jimmy. — É meu irmão, eu vou lidar com isso do meu jeito.

No carro, no percurso de volta para Meadowlands, a única coisa que Gabriel consegue perguntar é: por quê?

— Por que Frank faria isso? Por que ele assumiria a responsabilidade por algo que não fez?

Estou me debulhando em lágrimas, incapaz de responder.

Meu marido tolo e nobre, com seu sentimento de culpa equivocado.

## 1969

O trabalho agrícola não permite tempo para tragédias, desgostos ou penas de prisão: estou exausta física, mental e emocionalmente enquanto me arrasto por nossa terra, mas é uma das épocas do ano mais movimentadas na fazenda. Para me consolar, há cordeiros que nasceram quando eu estava fora, e algumas últimas ovelhas ainda esperando para parir. Eu verifico seus traseiros em busca de sinais de trabalho de parto, pressiono minhas palmas em suas barrigas rebaixadas em busca de alguma abertura na vulva, ato que agora é tão rotineiro e meditativo para mim quanto era para Jimmy e Frank quando os observei pela primeira vez. Eu misturo a ração, as ovelhas se aglomeram ao meu redor, e eu aproveito para deslizar os dedos ao longo de sua pelagem lanosa. Depois dos dias dentro do tribunal, estar aqui é como uma injeção de adrenalina.

Faz pouco mais de um ano que um cachorro invadiu este campo e atacou nossos cordeiros, iniciando uma sequência de acontecimentos que nenhum de nós poderia ter imaginado. Eu não imaginava que Leo apareceria na minha vida, o menino parecido com o filho que perdi, que precisava de uma mãe quando eu ainda estava tão desesperada para ser uma. Não imaginava que Gabriel e eu voltaríamos a estar juntos de novo, dia após dia, e perceberíamos que os sentimentos que mantivemos guardados dentro de nós estavam lá o tempo todo, apenas esperando para aflorar mais uma vez. Que esse homem por quem eu era obcecada, esse rapaz que um dia me ensinou o que era desejo e depois me abandonou, ou assim eu pensava, acabaria não sendo o vilão que criei em minha cabeça, mas alguém de quem eu ainda gostava, alguém que eu ainda amava.

Quando vejo Gabriel caminhando campo acima em minha direção, acho que talvez seja uma aparição, alguma espécie de alucinação da minha mente cansada e fragilizada. Mas o homem continua vindo, sua silhueta alta e esbelta inconfundível para mim.

— Beth. — Ele se detém a alguns metros de mim.

Com a mão coberta de ração de ovelha, empurro para trás uma mecha de cabelo.

— Eu tinha que vir.

— Está tudo bem — digo, embora não esteja.

Está o oposto de bem. Não estou pronta para ver Gabriel. Não estou pronta para ver ninguém.

— Eu não achei que ele seria condenado. Robert é o melhor advogado no ramo, todos achavam que ele venceria o caso. Eu sinto muito, Beth. Eu decepcionei você.

Eu não quero ter essa conversa. Essa conversa inútil e sem esperança.

— Quanto tempo você acha que ele vai pegar de pena? — pergunta Gabriel.

— Robert disse que a expectativa é uma sentença de oito anos. Mas ele pode sair antes. Talvez até em cinco, se tivermos sorte.

Eu faço uma careta ao dizer a palavra, Gabriel também. Sortudos, nós não somos.

— Eu sinto muito — repete Gabriel. — Eu nunca deveria ter deixado o Frank fazer isso. Desde o começo eu não queria. Você lembra... — Ele se cala, cambaleando.

Eu sou um muro de silêncio. Eu sei que preciso falar. Eu preciso ajudar Gabriel a lidar com sua própria culpa. Mas estou tão cansada. Cansada de tudo isso.

— Robert nos decepcionou também — diz Gabriel.

— Isso não é justo. Ele fez o que pôde. A história nunca fez sentido. E ele não sabia de todos os fatos.

— Eu nunca vou entender por que o Frank fez isso. Por que levar a culpa por uma criança que não era dele?

Talvez seja por causa da exaustão, mas a verdade é que perdi a capacidade de lutar. Não há mais nenhuma resistência em mim. Na minha mente, começam a se formar palavras, uma série de palavras que eu não deveria dizer, mas elas surgem espontaneamente, sem convite, na minha garganta, na minha boca, precipitando-se para fora de mim, para o ar.

— Ele não conseguiu salvar seu filho.

— Do que você está falando? O Frank salvou meu filho. Foi parar na prisão por ele.

Meu coração está martelando com tanta força que sinto que vou desmaiar.

— Seu *primeiro* filho.

Demora um instante, apenas isso.

— Bobby? — diz ele, a voz falhando ao pronunciar o nome.

Inclino a cabeça, exalo o mais ínfimo suspiro para confirmar, é o máximo que consigo fazer.

— *Meu* filho. Ele era *meu* filho?

Ele ruge de dor. Nunca ouvi nada parecido. Esse uivo. Esse longo urro de tormento, raiva e tristeza quando, finalmente, tudo se encaixa.

— Gabriel...

Eu me aproximo, mas ele recua.

— Não chegue perto de mim.

Observo Gabriel cobrir o rosto com as mãos e começar a chorar de soluçar. Essa coisa entre nós, essa coisa chocante e profunda, é imperdoável. Eu sempre soube disso. E Frank também.

Ele olha de novo para mim, enxugando as lágrimas.

— O Leo é parecido com o Bobby, não é? Agora eu vejo, aquela sua fotografia, aquela de que o Leo gostava tanto. Meu Deus, coitado do Leo. Você o enganou e tirou um irmão dele. E tirou um filho de mim. Você o roubou. Você e o Frank.

— Ele era meu filho também. E você não estava lá por mim, lembra?

— Mas... — a voz de Gabriel se eleva para um lamento. — Eu teria ficado do seu lado! Eu amava você. Por que você não me contou?

— Eu queria. Sua mãe sabia. E eu tinha esperança de que ela contaria por mim.

— Minha mãe sabia? Minha mãe?

O horror estampado em seu rosto. Estou quase com medo demais para continuar.

— Eu não contei a ela, ela descobriu. Achei que ela iria me ajudar, sabendo que era seu filho que eu estava carregando. Mas a única coisa com que ela se importava era proteger sua reputação. Ela me fez prometer nunca contar a você. Ela me pagou, Gabriel. Um cheque bem gordo pela minha discrição.

— Não! — diz ele. — Não, não, não. Ela não faria isso comigo. — A dor em sua voz, a dúvida, são de partir o coração.

— Você sabe que ela faria. Quando foi que sua mãe se importou com alguém além de si mesma?

Há um longo silêncio. Por fim, Gabriel me encara, o olhar frio.

— Todas aquelas histórias que você me contou sobre o Bobby. Era culpa, não era? Você o manteve longe de mim todos esses anos e pensou em me dar algumas migalhas pra se sentir melhor.

A raiva explode dentro de mim. O último naco de raiva armazenada se libertando. Uma mulher enlouquecida, desvairada, gritando em seu campo de ovelhas:

— O Frank está na prisão porque o *seu filho* assassinou o irmão dele. O Frank assumiu a culpa pra que o Leo não precisasse fazer isso. Pra que *você* não tivesse que ver seu filho se apresentar pra depor num tribunal. Pra que *você* não tivesse que ver seu filho sendo levado embora. E, sim, é porque ele foi o pai do Bobby e você não foi. E, sim, ele se sentia culpado por isso, especialmente depois que o Bobby morreu. Mas onde você estava quando eu mais precisava? Onde você estava quando me pediram pra deixar a escola, grávida e solteira aos dezessete anos? O Frank me assumiu junto com o bebê de outro homem sem pensar duas vezes. Porque ele me amava. E o Frank — a essa altura estou me debulhando em lágrimas — foi o melhor pai do mundo pro Bobby. Melhor do que você jamais poderia ter sido.

Eu caio de joelhos e enterro o rosto nas mãos.

Depois do tiro, fizemos o máximo — Gabriel, Frank e eu — para convencer Leo de que foi um acidente. Sabíamos que ele nunca teve a intenção de atirar em Jimmy, e dissemos isso a ele. Ele estava apenas tentando proteger o pai. Qualquer filho teria feito o mesmo.

Mesmo assim, Leo ficou cada vez mais deprimido à medida que os meses passavam e o julgamento se aproximava. No final, Frank foi visitá-lo em Meadowlands, sabendo que isso era um risco em uma cidade habitada por uma multidão de intrometidos, pois significava violar os termos da condicional, mas ele foi mesmo assim.

"Qual é o sentido de eu fazer tudo isso, se ele ainda se culpa?", disse Frank. "Vou fazer o menino entender, de uma vez por todas, que ele é apenas um garoto azarado que se envolveu em uma confusão de adultos muito além de sua compreensão."

— Eu sinto muito — murmuro para Gabriel por trás das minhas mãos. Não tenho forças para olhar para ele. A explosão de raiva passou, estou envergonhada. — Eu sou uma pessoa horrível. Faço coisas terríveis. Não é de se admirar que você me odeie. Eu me odeio.

Gabriel se ajoelha na grama úmida, e sinto suas mãos nas minhas, delicadamente tirando-as do meu rosto.

O jeito que ele olha para mim, esse olhar fixo que contém tudo, pesar e tristeza, paixão e perda, inocência e raiva e uma luz que vai lentamente se apagando. Uma mentira que tem estado no centro de tudo. Uma mentira que sempre foi grande demais para me permitir ser absolvida. E, ainda assim, o que eu leio nos olhos de Gabriel não é censura nem ódio, como eu esperava, mas amor.

Estamos nos abraçando — segurando um ao outro, na verdade —, enquanto ao nosso redor o céu escurece devagar, ovelhas soltam balidos e resmungos e os pássaros voam para seus ninhos, no lugar que Bobby, nosso filho, mais amava estar.

## *Antes*

Eu sei que estou grávida antes mesmo de minha menstruação atrasar. Não é porque meus seios estão sensíveis ou pelo enjoo quando acordo, nem por conta de qualquer outro sinal sobre o qual tenho lido na biblioteca. Eu simplesmente sei.

A última vez que fizemos amor — como dói lembrar — foi no meio da noite em que fiquei com Gabriel em Oxford. Naquela intimidade mágica e semiconsciente, nossos corpos assumindo o controle antes que nossas mentes tivessem a chance, buscando um ao outro como em um sonho. Depois, eu não conseguia lembrar se eu estava usando meu diafragma. Mais tarde, em casa, percebo que não — e me deparo com o diafragma guardado no estojo —, mas a essa altura estou com o coração partido demais para me importar. Gabriel e eu terminamos, e tudo o que quero, tudo em que consigo pensar, é encontrar meu caminho de volta para ele.

À medida que os dias vão passando, sem que minha menstruação chegue, e eu percebo novos e incontestáveis sinais — meus seios inchados e cheios de veias azuis, a constante vontade de urinar, uma intolerância a aromas dos quais sempre gostei, como bacon frito, café, até perfume —, sei que devo contar aos meus pais. Mas, de alguma forma, não consigo encontrar as palavras.

Penso em Gabriel quase o tempo todo. Pego o telefone para ligar para ele cem vezes, duzentas vezes. Mas desde que terminamos, ele não entrou em contato, e meu medo é que haja apenas uma razão para isso: ele está apaixonado por Louisa. Sem perceber, dei a ele o que ele queria.

O que Gabriel acharia da minha gravidez? Ele é um homem honrado, disso eu sei. Ele pode se oferecer para se casar comigo. Mas eu gostaria de me casar com ele sabendo que ele ama outra pessoa?

À noite, escrevo cartas para ele e despejo todo o meu arrependimento e tristeza. O quanto eu lamento pelas coisas que disse. Como eu gostaria de poder retirá-las. O quanto eu sinto falta dele. Além disso, há algo que você tem que saber...

*Acho que talvez eu esteja grávida.*

Não importa quantas vezes eu escreva essa frase, as palavras sempre parecem chocantes demais, definitivas demais. Todas as vezes eu rasgo a carta em pedacinhos.

Depois de duas semanas de indecisão, vou a pé até Meadowlands e, antes que eu possa mudar de ideia, bato na porta da frente.

Espero ver Gabriel, que deve estar em casa para passar as férias de Natal, mas quem atende é Tessa, e ela parece assustada ao dar de cara comigo.

— Beth. O que posso fazer por você?

— Eu queria falar com o Gabriel.

— Ele não está aqui, infelizmente.

— Ah — respondo, e um nó se forma na minha garganta enquanto tento descobrir o que fazer em seguida.

Eu não tinha pensado na possibilidade de Gabriel não estar em casa. Minha respiração acelera e Tessa deve ter notado, porque de repente diz:

— Por que você não entra, Beth? — Ela se vira e entra, e eu a sigo automaticamente.

Na pequena sala de estar cor-de-rosa, onde Gabriel e eu já ficamos deitados no sofá de veludo bebendo vinho, Tessa gesticula para as poltronas em frente à lareira.

— Sente-se.

Eu obedeço, sem jeito, e espero enquanto ela me examina de cima a baixo.

— Quando o Gabriel vai chegar? — consigo perguntar, quebrando o silêncio.

— Semana que vem, eu espero. Devo admitir, estou um pouco surpresa em vê-la. Pelo que entendi, você e ele não estão mais juntos.

Fico sem palavras. Sinto como se tivesse sido apunhalada, pela maneira despreocupada, quase descontraída, com que ela confirma o nosso término. E pelo fato de ela saber.

Não sei o que fazer. Ou para onde olhar. Eu esperava que Gabriel estivesse aqui, assim eu poderia contar a ele sobre a gravidez, e juntos decidiríamos os próximos passos.

Inconscientemente, pouso a palma da mão na barriga e penso no embrião que cresce dentro de mim. Não mais do que meio centímetro de comprimento, segundo o livro da biblioteca.

Quando levanto o rosto novamente, Tessa está me observando com os olhos semicerrados.

— Pelo amor de Deus. Você está grávida, Beth? Por isso veio até aqui?

Antes que eu perceba, balbucio um "sim".

Assim que admito, sinto um alívio. Alguém além de mim sabe a verdade. Certamente, Tessa vai querer me ajudar, agora que sabe que estou carregando o bebê do filho dela, não é?

— Como isso aconteceu?

— Eu... nós... fomos descuidados lá em Oxford.

Tessa faz um muxoxo de desaprovação.

— Que irresponsáveis. Estou bastante surpresa por Gabriel não ter me contado.

— Ele ainda não sabe.

É estranho como Tessa parece aliviada com essa informação. Ela se inclina para a frente e dá um tapinha na minha mão.

— Muito sensato da sua parte esconder isso do Gabe. Não precisamos preocupá-lo com isso, certo?

— Na verdade, eu estava planejando contar a ele hoje. É por isso que estou aqui.

Tessa se levanta e começa a andar em círculos pela sala.

— Deixe-me pensar por um minuto. Seus pais já sabem?

— Ainda não.

— Melhor ainda.

— Daqui a pouco talvez comecem a notar.

Outra mudança repentina no rosto adorável de Tessa.

— Você não está pensando em ter o bebê, está?

— O que mais eu faria?

— Minha querida, às vezes eu esqueço que você é uma garota do interior e ainda não viu nada do mundo lá fora. Há lugares aonde podemos ir para resolver essas coisas. Nada clandestino, não se preocupe. Basta ter dinheiro e disposição para viajar e cuidar disso. Estou muito feliz que você tenha pensado em trazer essa questão até mim.

Angustiada, encaro Tessa.

— A senhora está falando sobre aborto?

Eu sussurro a palavra, como se até mesmo dizê-la em voz alta pudesse ofender meu filho ainda não nascido. Tive uma educação católica. Não muito boa, é verdade — minha gravidez é a prova disso —, mas os anos de doutrinação me deram a certeza de uma coisa: este pequeno óvulo fertilizado dentro de mim um dia se tornará um bebê. E eu amarei esse bebê e darei a ele a melhor vida que puder.

— Sim, é isso mesmo. É muito mais fácil do que você imagina. Não há necessidade de você ou Gabe destruírem suas vidas por causa de um errinho estúpido.

— Não acho que esse bebê vai destruir minha vida... nem a do Gabriel.

Silêncio.

— Você parece determinada a contar a ele.

— A senhora não acha que ele gostaria de saber? Talvez ele queira se envolver, é do filho dele que estamos falando.

— Ah. Estou começando a entender. Você achou que conseguiria convencer Gabriel a se casar com você? Não consigo ver isso acontecendo, Beth, realmente não consigo. Não me leve a mal, mas Gabe pareceu bastante aliviado quando me contou que vocês tinham terminado. Acho que para ele era muito esforço, para ser bem honesta, tentar manter as coisas funcionando, já que vocês nunca se viam. E, claro, ele mudou de ares e está vivendo uma vida nova em Oxford. Com muitos amigos novos.

Toda a minha coragem desaparece.

— Ele ainda está com a Louisa? — Eu engasgo com as palavras.

Ao ouvir isso, Tessa me encara com um olhar que não consigo decifrar. É confusão? Ou alívio? Ou outra coisa?

— Ainda é cedo, claro, está só no começo, mas *eles são* um ótimo casal. E o pai de Louisa pode fazer muito pela carreira de escritor de Gabriel. Sei que você não quer atrapalhar isso. — Ela dá uma risada falsa e tilintante. — Talvez eles se mudem para Hollywood quando saírem de Oxford. Talvez a família toda faça o mesmo. Fugir deste clima horrível.

Estremeço, apesar do calor da lareira. Eu não deveria ter vindo. Preciso ficar o mais longe possível de Tessa Wolfe. Preciso me isolar em um quarto silencioso e chorar por tudo o que perdi.

— Ah, você está indo embora? — pergunta Tessa quando me levanto.

Faço que sim com a cabeça.

— Espere dois segundos, tenho algo para você.

Vejo Tessa se sentar à sua escrivaninha sob a janela. Eu me lembro de desejar uma escrivaninha dessas — com lindas incrustações de madrepérola, gavetas secretas escondidas com requintadas alças folheadas a ouro — da primeira vez que a vi. *Um dia,* pensei, *vou comprar uma escrivaninha igual a esta, e vou enchê-la de tesouros. Bilhetes de amor e penas raras, pedras de formatos estranhos, poemas secretos. Fitas, selos e frascos de tinta colorida brilhante.*

Tessa atravessa a sala e me entrega um envelope.

— Não precisa olhar agora. Mas vai ajudar, não importa qual seja a sua decisão.

Eu abro, é lógico. Dentro há um cheque de mil libras, o nome deixado em branco. Eu solto um suspiro. Meus pais não ganham isso em um ano inteiro de trabalho.

— É muito.

— Bobagem. Eu insisto. Muitas garotas na sua situação optam pela adoção. Posso recomendar uma agência muito boa em Knightsbridge.

Olho para o tapete cor-de-rosa e sinto uma confusão de emoções dentro de mim. "Minha" situação. Não de Gabriel. É assim que funciona, no mundo dela.

— Beth? — Tessa espera até que eu olhe para ela. — Só vou pedir uma coisinha em troca. Prometa que você não contará a Gabriel sobre a gravidez. A vida dele em Oxford está apenas começando, eu não suportaria que isso arruinasse as perspectivas dele. E se você decidir ter a criança, poderia ser discreta quanto ao pai?

Eu não respondo. Não posso. Está tudo bem a minha vida sair dos trilhos, contanto que a do precioso filho dela permaneça intacta.

— Isso é um sim?

Meneio a cabeça para confirmar. É a única maneira de eu sair da sala, da casa, de todo o universo tóxico da família Wolfe.

Do lado de fora, eu me detenho nos degraus por um momento, observando o terreno paradisíaco, o lago com seus cisnes brancos deslizando na água, um cenário glorioso para nossa curta história de amor. No fim, ficou claro que não passou de uma ilusão.

Eu inspiro bem fundo o ar fresco, até encher meus pulmões. Expiro toda a feiura dos últimos trinta minutos.

Acabou. Acabou. Acabou.

No último dia de aula, sou chamada à sala da diretora.

— O que foi agora? — diz Helen, preocupada.

Ela é minha melhor amiga e eu sempre contei tudo a ela. Mas o segredo crescendo dentro de mim é só meu, por enquanto.

Meus pensamentos não estão mais em Shakespeare ou nas irmãs Brontë ou no St. Anne's College. Não estou interessada em Charles Dickens e sua representação da Revolução Industrial. Não me importo com as festas de Natal para as quais fui convidada, nem com os vestidos que minhas colegas planejam usar. Eu olho pela janela da sala de aula, sabendo que minha vida está prestes a mudar para sempre. Mas, por um instante, somos apenas dois nesta minha bolha particular, eu e meu filho que ainda não nasceu. Parece sagrado, de alguma forma. Não quero compartilhar com ninguém.

Bato na porta da sala da diretora pensando no quanto mudei em questão de semanas. Não há nada que ela possa dizer para me machucar agora. É estranho, mas me sinto protegida pelo pequeno e precioso segredo dentro de mim.

— Elizabeth, entre e sente-se. — Ela aponta para a cadeira do outro lado da escrivaninha.

Na sala há uma arvorezinha de Natal, decorada com enfeites e penduricalhos vermelhos, prateados e dourados feitos por algumas alunas do ensino fundamental. Em outra vida, eu fui uma dessas meninas, com apenas onze anos de idade, emocionada por ser convidada para entrar no enclave privado da Irmã Ignatius.

— Pensei em trazer o padre Michael, o coordenador da escola, para esta reunião, mas, considerando as circunstâncias, decidi que a discrição seria melhor. Este assunto é apenas entre mim e você.

Por um momento, nós nos entreolhamos, a freira e eu, minha cabeça rodopiando de perguntas. Ela sabe? Mas como? Apenas duas pessoas sabem que estou grávida. Eu e Tessa Wolfe. Não pode ter sido a mãe de Gabriel. Tudo o que ela queria era manter minha gravidez em segredo.

— Escrevi a seus pais esta tarde para informá-los de que, infelizmente, você não retornará ao convento no próximo semestre, Elizabeth.

— Eu não entendo.
— Acho que entende, sim.
— Por favor, explique.
— Você é corajosa, admiro isso em você. A escola decidiu que não é mais apropriado mantê-la aqui. As vagas são a critério da direção e muito disputadas, como você bem sabe. Decidimos oferecer sua vaga a uma aluna que seja capaz de obedecer ao código de conduta moral da escola. Esperamos que nossas meninas dos últimos anos deem um excelente exemplo para as alunas mais jovens. E você não fez nenhuma tentativa de esconder seu comportamento indecoroso, Elizabeth, muito pelo contrário. No entanto, isso não é exatamente uma expulsão, e eu expliquei isso aos seus pais. Você poderá voltar em junho para prestar o vestibular, se assim desejar. — Ela me encara com um olhar duro. — Embora eu ache isso muito improvável. Você não acha?
— Quem contou à senhora?
As palavras saem antes que eu perceba.
— Ontem, recebi uma visita que doou uma generosa quantia ao nosso fundo para a construção do novo bloco de ciências. Ela estava muito ansiosa para que sua delicada situação não fosse descoberta na escola. É melhor você sair o mais rápido possível, antes que os rumores comecem.
— Ela me comprou também — digo, com lágrimas ardendo em meus olhos. — Quem é rico pode fazer isso.
Para minha surpresa, a Irmã Ignatius ri. Uma risada genuína.
— Você ficará melhor longe dessas pessoas, na minha opinião. Sabe, eu não estou muito preocupada com você, Elizabeth. Você é inteligente. Determinada. Vai dar a volta por cima. Não duvido disso nem por um segundo.

Frank vem à nossa casa alguns dias depois do Natal. Ele fica muito diferente sem o uniforme escolar, como se o blazer preto e a calça cinza escondessem seu corpo atraente. Seu cabelo ainda está úmido do banho e sua pele cheira a sabonete.

— Tem uma coisa que eu queria te mostrar — diz ele.

— O que é?

Quando Frank sorri, seus olhos se apertam com tanta força que quase desaparecem. Eu nunca havia notado isso.

— Se eu te dissesse, isso estragaria a surpresa, não é?

Lá fora há um velho Land Rover, cuja cor original é imperceptível por baixo das camadas de lama seca.

Reparo na mão de Frank no volante, bronzeada e forte, mas com dedos surpreendentemente elegantes, as unhas cortadas bem curtas. Quando ele troca a marcha, os músculos de seu antebraço se movem sob a pele.

Entramos em uma longa trilha de terra que leva à propriedade dos Johnson, a Fazenda Blakely. Sei onde Frank mora, embora nunca tenha vindo aqui antes.

— Estamos indo pra sua casa?

— Não. — Ele estaciona o Land Rover ao lado de um portão de ferro. — Chegamos — diz ele, sorrindo para mim.

Eu o sigo pelo perímetro de um campo comprido e inclinado até chegarmos a um vasto carvalho na outra extremidade.

— Que árvore! — digo, para ser educada. — É enorme. — Se Frank Johnson acha que eu sou o tipo de garota que abraça árvores, ele está redondamente enganado.

Ele aponta para um buraco escuro no tronco da árvore, logo acima do nível dos meus olhos, e diz:

— Olhe ali. Mas não coloque o rosto muito perto.

Está tão escuro que não consigo enxergar nada, mas logo começo a distinguir o formato de um ninho, e dentro dele dois pequenos pássaros, mal cobertos de penugem, seus minúsculos bicos amarelos abertos.

— Um ninho. Não é a época errada do ano? Está tão frio. O que são?

— Melros, provavelmente. Eles chegaram cedo. Acho que foram abandonados. Estou de olho neles faz alguns dias. Estão morrendo de fome.

— Eles vão morrer?
— Não se nós os salvarmos.
— Nós?
Frank sorri.
— Ou você? Achei que você gostaria de cuidar deles. É meio que um trabalho de tempo integral no começo. E eu trabalho o dia inteiro na fazenda. Mas vou levar o ninho pra casa e arriscar, a menos que você queira.
— Eu posso fazer isso — digo, decidida. — Por que não os pegamos agora? Talvez aqui eles não sobrevivam a esta noite.
— Eu sabia que você ia dizer isso. Na traseira do Land Rover eu tenho tudo de que a gente precisa.
Ele faz menção de ir, mas eu estendo o braço para detê-lo, minha mão em seu braço.
— Você me ama, Frank?
Ele não parece nem um pouco surpreso com a pergunta, embora eu tenha perguntado do nada.
— Amo. Mas eu me contentaria em sermos amigos.
— Eu gostaria disso.
— De sermos amigos, você quer dizer?
— Ou mais do que amigos. Quando nos conhecermos melhor.
Parece tão simples e inocente, sua risada repentina. *Então este é Frank Johnson,* eu penso, um pouco melancólica, *com sua vida tranquila e descomplicada.*

Frank vem me ver em casa todos os dias assim que termina de trabalhar na fazenda. Primeiro, damos uma olhada nos meus filhotes, que estão crescendo firmes e fortes; dia após dia eles ganham peso e mais algumas penas. Depois, conversamos enquanto dirigimos pelas estradas rurais na escuridão intensa do inverno. Falamos sobre nossas famílias, de quem gostamos na escola, e de quem não gostamos. Música, nossos discos favoritos, surpresos ao descobrir que temos gostos parecidos. Frank não me pergunta sobre Gabriel ou por que saí do convento, ou se ainda pretendo ir para Oxford. Também não pergunto a Frank por que ele não continuou na escola para fazer o vestibular.

Percebo que Frank fica mais animado quando fala sobre a fazenda — ele gosta de falar até das partes entediantes, como a ovelha perdida que levou horas para encontrar ou como ele está tão acostumado com o fedor de esterco que já nem percebe mais. Vejo como este é seu mundo, seu oxigênio, e quando está fora dele, tem dificuldade de se sentir ele mesmo.

— Me mostre — digo a ele certa noite.

— Mostrar o quê?

— Seu lugar favorito na fazenda.

Esse sorriso dele, tão largo e reconfortante, é como uma dose de euforia. Fico feliz só de ver, e quero continuar recebendo minhas doses.

— Tenho a tarde de domingo de folga — diz ele. — Você precisa ver isso à luz do dia.

Eu deveria saber que ele me levaria de volta ao carvalho.

Estamos debaixo da árvore, contemplando uma vasta paisagem que parece enrijecida de frio. Mas vejo como o campo se inclina ligeiramente em declive, oferecendo uma vista das terras além, uma colcha de retalhos de quadrados marrons e ocres delimitados por sebes, a elevação de uma colina ao longe, uma sensação de infinito. Entendo por que Frank ama esse lugar.

— Toda esta terra faz parte da fazenda? — pergunto, mas Frank não me responde.

Ele diz meu nome. Suavemente.

Pelo jeito como Frank me olha, sei o que está prestes a acontecer. Meu corpo inteiro está alerta, até o ar parece denso de expectativa.

Frank se aproxima até estarmos a apenas alguns centímetros de distância. Ele vai me beijar.

— Espere. — Levanto a palma da mão. — Não é que eu não

queira — eu me apresso em explicar quando ele me encara com tristeza no olhar. — Eu quero. Mas tem uma coisa que preciso te contar primeiro.

— Tudo bem.

Ele fica lá, esperando calmamente. Despreocupado.

— Estou grávida. E decidi que vou ter o bebê.

O rosto de Frank não se altera. Ele assente, ponderando sobre o que acabei de lhe contar. Sem pressa nenhuma. Segundos se passam, talvez um minuto inteiro.

— E o outro cara não quer assumir, é isso?

— Ele não sabe. E nunca vai saber. Nós terminamos, então...

— Ah. Entendi. Bem, neste caso... — Ele sorri para mim, até que eu me pego sorrindo também. Nós dois sorrindo feito idiotas quando eu pensava que não tinha motivos para sorrir, sob um velho carvalho em uma tarde de inverno. — Isso não é algo pra comemorar?

Frank abre os braços, um convite. E ri quando eu mergulho neles.

# Parte 5
*Grace*

## 1975

Grace está descendo o morro com duas ovelhas e um grupo de cordeiros recém-nascidos. Ela sabe como perambular em nosso campo em um zigue-zague lento, atenta para que seus bebês andem na direção certa. Ela sabe quando parar e esperar até que os cordeiros fiquem perto de suas respectivas mães. Ela conversa com eles, assim como seu tio fazia, e seu irmão Bobby. Ela tem cinco anos.

Um desses cordeiros é mais especial para Grace do que os outros, porque ontem, sozinha, ela o ajudou a vir ao mundo. Quando as pernas começaram a aparecer, ela se ajoelhou ao lado da ovelha, agarrou-o com suas mãozinhas pelos tornozelos e puxou, esperando que a cada contração ele fosse saindo um pouco mais.

— Puxe com força agora, Gracie. Dê tudo o que você tem — disse meu pai quando o focinho preto do cordeiro despontou pela primeira vez.

Eu sabia que ele estava lutando contra a vontade de ajudar a menina. Eu também estava.

Grace puxou com força, grunhindo como um lutador peso-pesado, e finalmente o cordeiro deslizou para fora. Eu queria ter uma câmera comigo para registrar o rosto dela. Eu queria que Frank pudesse ter visto, a mistura de orgulho e admiração quando ela se virou para sorrir para mim e fez um sinal de positivo.

Grace nasceu, não no chão da cozinha como seu irmão, mas no Hospital de Dorchester, oito meses após o término do julgamento. Esperei até que os riscos de aborto espontâneo precoce passassem antes de contar a Frank que estava esperando um bebê dele. Eu sabia o quanto isso significaria para ele, outra criança, sangue do seu sangue desta vez.

— Adivinha só? — eu disse, assim que ele me ligou. — Estou grávida. Treze semanas. Nós vamos ter um bebê, Frank.

No curto silêncio antes de ele falar, eu o imaginei na cabine telefônica da prisão, lutando contra a emoção. Ouvi sua respiração rápida, a voz rouca quando ele enfim falou.

— Como?

— Eu joguei meu diafragma fora, alguns meses antes do julgamento. Não queria te contar, caso não acontecesse.

— Nós vamos ter um bebê? Você está grávida? Vamos ter outro filho?

Frank estava gritando agora. Gritando e rindo. Repetindo minhas palavras até assimilá-las por completo.

Lembrar-me da alegria em sua voz no momento em que lhe contei sobre a gravidez é o que me ampara nas noites mais solitárias.

Quando vi nossa filha pela primeira vez, senti uma onda de alegria. Ela tinha nascido exatamente na época certa para ser uma mulher.

— Por você — sussurrei para o pequeno bebê em meu peito — o mundo está mudando.

*Você tem uma filha*, escrevi para Frank naquela mesma tarde. *Ela é a coisa mais linda do mundo. Você quer escolher o nome dela?*

A resposta dele veio pelo correio. *Vamos chamá-la de Grace.*

Eu pensei: *Sim, o Frank entendeu. Ela é nossa segunda graça divina. Ela é nosso novo começo.*

Eu esperava que Frank me deixasse visitá-lo na prisão depois do nascimento da nossa filha. Mas, toda vez que eu pedia, ele dizia que não.

— Por favor, Beth, me deixe fazer isso do meu jeito.

Às vezes, eu o repreendia.

— Por que é que tudo gira em torno das suas necessidades? E eu? E quando eu preciso ver você? — vociferei, explodindo em um de nossos telefonemas semanais de domingo à noite. — Você tem vergonha de eu ir ver você aí? Você prefere passar anos sem ver sua esposa ou poder segurar sua filha nos braços porque tem vergonha do que eu posso pensar? Então eu tenho vergonha de você fazer tão pouco-caso de mim.

Eu desliguei na cara de Frank antes que ele pudesse responder e fiquei cheia de remorso pelo resto da noite. Eu tinha desperdiçado nosso telefonema. E, pior, eu o magoei. E agora precisava esperar uma semana inteira antes de poder falar com ele novamente.

Dois dias depois, sua carta chegou.

*Querida Beth,*
*Eu tenho uma imagem na minha cabeça, e é isso que me conforta todos os dias. Eu me imagino voltando para a fazenda em uma luminosa tarde de primavera. Um dia frio, fresco e ensolarado, o nosso tipo de clima favorito. Há cordeiros novos no campo, e todos os pássaros favoritos do Bobby voltaram para passar o verão, cantando, fazendo uma algazarra.*
*Eu piso na nossa terra e respiro tudo isso. Estou em casa, eu digo a mim mesmo. Estou em casa. É quando eu vejo você com Grace, pela primeira vez... e parece tão puro, Beth. Eu não quero a imagem desse lugar na sua cabeça nem na dela. Eu sei que estou sendo egoísta. Por favor, tente entender, tudo bem?*
*Frank*

Meu pai visita Frank todo mês para mantê-lo atualizado sobre as coisas da fazenda.

Quando Frank foi condenado a uma pena de oito anos na Penitenciária de Wandsworth, meus pais se demitiram de seus cargos de professores na Irlanda na mesma hora. Em três meses, estavam de volta a Dorset para me ajudar a administrar a fazenda.

Foi uma alegria ver como a fazenda os mudou. E como eles mudaram a fazenda. Minha mãe, que eu não imaginava sem seus livros e provas, fica conosco nos campos o dia inteiro. Ela não tira do corpo uma velha calça de veludo cotelê do meu pai, e sua pele agora é permanentemente bronzeada de tanto ficar ao ar livre. Parece estar anos mais jovem.

No meio das papeladas e recibos da fazenda, minha mãe encontrou uma velha receita de queijo cheddar escrita à mão. Ela passou meses aperfeiçoando sua versão do "Cheddar de Blakely", depois começou a vendê-lo na feira local aos sábados. É um queijo forte e salgado, mas cremoso e distinto em sua casca de cera roxa; toda semana o produto esgota em uma hora. Então, transformamos um galpão em queijaria, investimos na compra de novas máquinas e passamos a vender o queijo em todo o país. Esse pequeno experimento se tornou nossa principal fonte de renda.

Meu pai gosta de guardar os problemas para suas visitas a Frank. Quando acontece algum imprevisto que não sabemos como resolver — geralmente um equipamento quebrado —, ele sempre diz:

— Não importa, o Frank vai saber como consertar. Vou dar um pulo pra vê-lo, tudo bem? — Dessa forma, ele tenta manter Frank envolvido em nossa vida na fazenda.

Além do meu pai, Gabriel e Leo costumavam visitar Frank na prisão.

Demorou muito para que Gabriel conseguisse falar comigo novamente, e eu entendi.

Uma tarde, ele apareceu na fazenda, do nada.

Meu pai atendeu a porta e voltou para a cozinha, com uma expressão de surpresa.

— É o Gabriel — anunciou ele.

Fui até o jardim para falar com ele, fechando a porta da frente. No começo, nós dois ficamos lá em silêncio, nos encarando. Era a primeira vez que eu o via em muitos meses.

— Eu preciso te pedir uma coisa — disse ele, por fim. — Mas você não vai gostar.

— Vá em frente — respondi.

— Quero contar ao Leo que o Bobby era irmão dele. Acho que se ele entender a razão para o Frank ter feito o que fez, isso pode ajudá-lo a processar o que aconteceu. A pior coisa pro Leo é saber que o Frank está na prisão quando sente que deveria ser ele.

Nossa história era complicada, com muitas peças para encaixar. Todos nós éramos culpados de alguma forma — Gabriel e eu, Frank, Leo e Jimmy também. Todos tiveram um papel na tragédia.

Mas a verdade é que, no fundo, tudo tinha a ver com Bobby.

Gabriel e Leo visitavam Frank toda semana, e, durante uma hora inteira, eles falavam sobre Bobby. No começo, doeu em Frank passar tempo com o homem que por um breve período havia roubado sua esposa. Revisitar lembranças dos dias com Bobby na fazenda. Contar a Leo exatamente o que tinha acontecido no dia do acidente e por que ele se sentia responsável. Mas, aos poucos, ele começou a ansiar por isso. Lentamente, começou a se curar. E Leo entendeu, enfim, o que tinha levado Frank ao seu gesto nobre e tolo. Salvar Leo era, na verdade, uma maneira de salvar a si mesmo.

Num domingo, durante um de nossos telefonemas, Frank disse:

— Estou pronto pra me desapegar dele.

Ele poderia estar falando sobre Jimmy, mas eu sabia que não era o caso.

— Ah... — falei, embora eu estivesse mais exteriorizando uma emoção do que pronunciando uma palavra de verdade. Tristeza ou alegria, provavelmente as duas coisas.

Naquela noite, comecei a escrever um poema para Frank, a primeira vez, desde a morte de Bobby, que senti vontade de colocar a caneta no papel. Achei que seria sobre Grace e nosso novo começo, mas no fim das contas não foi.

O novo romance de Gabriel foi publicado um ano depois do julgamento; achei um livro tristíssimo. Não havia nada dele e de mim, a menina e o menino que éramos quando ele teve a ideia pela primeira vez, mas é, do começo ao fim, uma história sobre desejo e remorso, uma busca por segundas chances. Isso era coisa nossa, sem dúvida. Fiquei preocupada que a publicidade negativa em torno do nosso caso afetasse negativamente sua carreira, mas não foi bem assim, longe disso. Escândalo e má fama são bons para vendas de livros, ao que parece.

Gabriel e Leo moram na Califórnia agora. Leo está em uma escola norte-americana. Ele me manda cartões-postais sobre beisebol e hambúrgueres, e enviou a Grace uma camisa dos New York Yankees de presente de Natal. Ela se recusa a vestir outra coisa. Leo tem dezessete anos agora e, pelas fotos que Gabriel vez ou outra se lembra de enviar, é tão bonito quanto seu pai era quando o conheci.

Às vezes, quando estou caminhando com Grace, passamos por Meadowlands a caminho da floresta. Há um ponto na estrada de onde se pode enxergar através das árvores e ter uma vista quase perfeita do lago. Eu me detenho lá por um momento, lembrando-me da menina e do menino que um dia se apaixonaram com tanto ardor. Eles já não parecem ser Gabriel e eu. A inocência deles, enquanto nadam entre os nenúfares e preparam café em um fogareiro de camping, acreditando que não poderiam ser mais sortudos, é forte demais, e não consigo contemplá-los por um período tão longo.

Não muito tempo atrás, por iniciativa própria, Leo fez um gesto nobre: foi visitar Nina. Ele não pediu nossa permissão para contar a verdade a ela, embora a tenha feito jurar que não contaria a ninguém antes de começar. Frank não precisa enfrentar uma nova sentença por perjúrio.

Eu estava no jardim lavando minhas galochas quando Nina apareceu. Fiquei surpresa quando a vi saindo do carro, e mais surpresa ainda quando notei sua barriga protuberante. Ela estava grávida de sete meses. Ouvi falar do novo homem que Nina conheceu no Compasses certa noite — um contador, dono de um escritório em Salisbury.

— Eu sei — disse Nina.

Não precisei perguntar o que ela sabia: seu rosto dizia tudo.

— A história do Frank nunca fez sentido. Sinto muito por ter odiado vocês.

— Você tinha todo o direito.

Nós nos abraçamos por um longo tempo, ambas chorando.

Nina teve uma menina. E, embora o pai de sua filha seja outro homem, não posso deixar de sentir que há uma simetria nisso. Muita coisa aconteceu, e dificilmente Nina e eu voltaremos a ter a mesma amizade de antes, mas, quem sabe, talvez nossas filhas se tornem amigas um dia. Jimmy gostaria disso, onde quer que ele esteja. Bobby também. Ele sempre adorou Nina.

Grace está na metade do campo agora, murmurando com suas ovelhas, assim como Bobby e o tio dela faziam. Uma vez eu contei a Grace que seu irmão dava nomes a todas as ovelhas, então ela começou a fazer a mesma coisa. Pernalonga. Madame Borboleta. Sabiá. Eu a ouço dando uma bronca em Sabiá por demorar muito.

— Você vai fazer a gente esperar o dia inteiro, Sabiá?

Atrás de Grace, vejo um lampejo de azul-marinho. Um homem chegou à extremidade do nosso campo. Eu o vejo colocar uma das mãos na cerca e se içar de uma só vez, num movimento rápido e sem esforço. Frank parece alto e forte em seu terno de casamento, caminhando em sua própria terra, que é um lar para mim, para Grace, para o início de mais um dia. Eu sabia que meu marido sairia da prisão em breve, mas não tão cedo. Ele sempre dizia que queria nos surpreender.

— Você está vendo aquele homem subindo o campo? — digo a Grace, e ela se detém para olhar.

Ela protege os olhos com as mãos para enxergar melhor, como a pastorinha da cantiga ao perder suas ovelhas.

— Quem é? — pergunta ela.

— Não está reconhecendo?

Ela tem uma fotografia de Frank colada com fita adesiva na parede do quarto. Grace sempre lhe deseja boa-noite, a última coisa que faz antes de adormecer.

Por um ou dois segundos, ela congela, examinando o homem que vem caminhando pelo campo em nossa direção. Por fim, ela grita:

— Papai!

E começa a correr, abandonando suas ovelhas.

Eu a observo correr campo abaixo, os cotovelos em vaivém feito pistões. Ela está usando short cor-de-rosa e galochas vermelhas, e seu cabelo segue seu rastro como uma nuvem escura. Eu vejo Frank abrir os braços, enquanto a filha voa para eles. Ele ergue Grace do chão e rodopia a menina no ar. Ouço as risadas dos dois. E então Frank joga a cabeça para trás e grita para as nuvens cinzentas no céu:

— Estou em casa! ESTOU EM CASA!

Grace faz o mesmo, apoiando o pescoço no ombro do pai, o rosto virado para o céu:

— ESTOU EM CASA! ESTOU EM CASA!

Os dois estão rindo e gritando, e rindo um pouco mais, pai e filha se encontrando pela primeira vez. Em seguida, eles se viram para mim. Frank estica o braço direito, e Grace o esquerdo. Um gigantesco espantalho de homem e menina.

Eu olho de relance para meu pai, que está parado junto à torneira, fingindo encher um balde de água para as ovelhas, mas, na verdade, nos observando. Ele chora enquanto assiste à cena, mas ele sempre foi assim. São lágrimas de alegria.

— Corre, minha querida! — me diz ele. — Corre.

Frank fica parado, os braços bem abertos, esperando. Mais magro do que antes, e mais velho, mas ainda o mesmo Frank.

— Corre, mamãe! — grita minha menina, ainda às gargalhadas.

Então, eu corro.

Para Frank, com amor, Beth

Se o homem pudesse me ouvir, eu diria a ele:
Foi instantâneo, papai
Foi instantâneo.
Sem dor
A mágoa era toda sua.
Agora já chega.
Eu diria isso a ele.

Vidas devem ser medidas em intensidade.
Lembre-se da minha
Por sua vastidão gloriosa de luz intensa e beleza descomunal.
O mundo que amamos e em que vivemos
É terra
É pó
Sou eu, papai.

## *Agradecimentos*

Obrigada:

Antes de mais nada, à minha brilhante agente Hattie Grünewald, por acreditar em *Terra partida* quando ele era apenas um manuscrito de dez mil palavras e por me ajudar a moldá-lo, por meio de suas cuidadosas edições, na visão que compartilhamos. Obrigada também por seus conselhos sábios, sua calmaria e sua constância. Foi uma alegria trabalhar com você.

Às incansáveis Liane-Louise Smith e Kathryn Williams, por defenderem *Terra partida* ao redor do mundo — tem sido incrível ver vocês duas trabalhando! Na Blair Partnership, também sou grata a Jordan Lees, Alex Ford e Rhian Parry por sua orientação e apoio contínuos.

Aos meus editores: Jocasta Hamilton e Abi Scruby, da John Murray, e Carina Guiterman, da Simon & Schuster US, por sua leitura cuidadosa do manuscrito e por tornarem o processo tão agradável. Além de serem as pessoas mais adoráveis do mercado editorial. A Belinda Jones, por sua sensível e minuciosa revisão de texto. E a Sara Marafini, pela incrível e surpreendente capa dos sonhos.

Gostaria de agradecer aos editores estrangeiros que se apaixonaram por *Terra partida* e escreveram cartas tão bonitas para dizer isso. A maneira como vocês se conectaram com a história significa muito para mim.

Agradeço aos fazendeiros que me permitiram acompanhá-los em suas vidas diárias quando eu estava pesquisando para escrever este livro. A paixão e a compreensão instintiva da terra e da vida selvagem que vocês têm foram o combustível de que eu precisava para escrever este romance.

Obrigada a Al Sykes, Lisa e Frank Reeve e Peter Shallcross. E, é claro, a Keith e Nina Maidment, que cultivam os campos ao redor de nossa casa há meio século.

A Graham Bartlett, ex-detetive que se tornou autor de livros policiais, por responder tão gentilmente às minhas intermináveis perguntas sobre justiça criminal e o trabalho da polícia.

A Will Self, que me orientou em um curso da Arvon quando minha confiança estava baixa. Com seu gentil incentivo, voltei ao livro do meu coração.

*Terra partida* me apresentou inesperadamente a algumas mulheres inspiradoras. Elizabeth Gabler e Marisa Paiva, da Sony 3000 Pictures, Reese Witherspoon, Sarah Harden, Lauren Neustadter e Ashley Strumwasser, da Hello Sunshine: obrigada pelo carinho e paixão de vocês por este livro. E Josie Freedman, da CAA — obrigada por tornar realidade um sonho antigo!

Obrigada aos amigos autores que me apoiam, motivam e me fazem rir diariamente: Niki, Rachael, Jo, Heather, Lou, Kate e Fliss.

E a Laura Pearson, que gentilmente perguntou sobre "meus fazendeiros" quando um ano se transformou em quatro, sem nenhuma surpresa por estar demorando tanto. Finalmente, Laura, meus fazendeiros estão aqui.

Escolhi publicar *Terra partida* sob o nome de Clare Leslie Hall para homenagear meus falecidos pais, Jean Leslie e William Hall. Não os tivemos por tempo suficiente, mas a marca que eles deixaram na minha vida e na de minhas irmãs foi eterna. Para Jane e Anna, como sempre, por serem meu porto seguro.

A John, por literalmente tudo. Obrigada por sua crença inabalável e seu grande coração; tenho muita sorte de ter você ao meu lado.

E para Jake, Maya e Felix, que cresceram e se tornaram tudo o que eu esperava que vocês fossem e muito mais. Vocês me deixam muito orgulhosa.

A última menção precisa ir para Felix, meu caçula. Você inspirou este romance com sua devoção ao seu cachorro, Magnus. Já faz muito tempo — você já é quase um adulto —, mas eu sempre quis escrever esta história para você.

- intrinseca.com.br
- @intrinseca
- editoraintrinseca
- @intrinseca
- @editoraintrinseca
- intrinsecaeditora

| | |
|---:|:---|
| *1ª edição* | MAIO DE 2025 |
| *reimpressão* | MAIO DE 2025 |
| *impressão* | IMPRENSA DA FÉ |
| *papel de miolo* | IVORY BULK 65 G/M² |
| *papel de capa* | CARTÃO SUPREMO ALTA ALVURA 250 G/M² |
| *tipografia* | SABON LT PRO |